茜いろの空のかなたに

根本節子

たま出版

麻衣・序章

どう考えたって『小森麻衣』という名の私は。地球の中で、いや日本の中で、いやもっと地域を狭めるべきだ。茨城県の……もっと狭めて……県北の小さな、久慈川べりの無名の町『那珂町』という農村地帯の一画で生きていて、世の中の様々なニュースがテレビなる機械を通して伝えられる事件・事故等を、まるで他人事で。確かに「他人」なのだが、自分には関係ないの薄情さで眺めている。まさにいじけて生きている。だから世の中の恥的存在の小森麻衣だ。

名　前　小森麻衣「何回も繰り返す程の価値はないのに」
年　齢　二十四歳「二個程サバを読んでみたいところ」
体　重　四十三キログラム「食欲旺盛・好き嫌いなし」
身　長　百五十七センチ「これも三センチできたらサバ？」
勤務先　㈱建設会社「個人経営・建築工事を請け負う」
職　種　建築設計士「全国区では通用しない」
友　達　岸田　恵「ホンダという会社の車整備士」

恵は中学からの友達で高校も一緒での今も大の仲良し。「米米ＣＬＵＢ」のボーカル、カールスモーキー石井さんのファン。その恵の父親は『日立製作所』の、エレベーターのエンジニア。で、サラリーマンの家庭。私は農家の産。で、恵が羨ましい。中学の時から私の家に遊びに来て、お風呂にも一緒に入り、泊まることもあって、同じ蒲団に寝たという姉妹みたいな仲の友達。私はあらゆることを恵に教えられて成長した。女性。まず女であることの印として生理日というのがある。毎月厄介なのだが、なぜこんなふうな体に創られてるのか、うっとおしい。その生理用品がどこのホームセンターが安いか、どの製品をどの日に使用したらいいか、事細かく教えてくれて、その通りにしているが、その女性専用の製品を買いにいくたび金額も嵩《かさ》み、こんなものいつまで使うのかと面倒くさいので、「男に生まれたら良かったね」と愚痴を言う。「男は簡単で羨ましい」と繰り返す。しかし恵は「男は責任あって大変だよ。絶対女より大変だって。まず基本、家族を食べさせていくという避けられない任務背負うもの。生理用品どころの話ではないよ。世の中背負うのも男だよ」とか言うが、今は共に働くのが当たり前でそんなに難しくないと思う。「専業主夫」も珍しくもない、が私の意見。世の中かなり自由だと思う。恵は四人姉妹の長女で、『ＪＪ』だの『アンアン』だの女性週刊誌などを読んでいて、それらが古本になって私に回ってくるので、私もそれなりの若者向けの情報も少しは知っているが。これも他人事で真剣には読んでいない。

役所や企業のビルで『日立』のエレベーターに乗った時、私は心の中で「この木なんの木、気になる木……」と歌う。恵の父親を賛美したいために。「こんな父親が欲しい」の理想の父親なのだ。自分の父親に欲しい程だ。話題豊富・格好いい・娘達の良き理解者。農家の私の父親とは比較にならない。場合によっては私の父は「祖父」如くだ。幼い頃父と歩くと私は「お孫さん」かだ。絶望的ではないか。

恵の父親の会社は茨城県発祥の会社であり今や県内を網羅する工場となり、茨城県を支える大企業である。……は別にいいとして、何で私は茨城なんかに生まれたのか。非常に疑問だ。理由は、茨城弁というイントネーションが身に付き離れないという厄介な事柄が付いてまわるからだ。除去したいが、できない悲劇。

ヨーロッパの国ならどこでもいい。なだらかな傾斜の丘の、ぶどう畑の赤い屋根の家。そこに生まれたかった。恵は「麻衣はバカだ。日本のこの田舎で生きたいと望んで生まれてきたのを忘れている」とか言うが。どういうことだ？

そして、私は左膝が曲がらないというしょうがい者なので正座ができないから、生涯着物は着られないと思っていたが、父の本家は女姉妹が二人いて、成人式の着物は使い回しで。麻衣も使えと言うから、その振袖を借りて成人式に参加した。式典に正座の場面はない。恵の新しい着物とは比較にならないけれど良い思い出を頂いた。

高校からの長い髪を結い上げて、結構いい娘に変身（？）した。母親だけが褒めてくれた。そして、私も鏡の中の自分にうっとりだ。バカかね？

恵の父親が車で送り迎えをしてくれた。公民館の式典・写真館と回り、恵パパは水戸のレストランまで連れて行ってくれてフランス料理をご馳走してくれた。「ありがとう」だった。

成人式の写真は絶賛（？）する程良く（？）撮れていた。修正されているのか？　が、母娘でうっとりだ。これもバカかね。私は長い髪を両脇に結んで三つ編みスタイルを今でもやっている。三段程度で後はストレートに下げてはいるが。恵のコーディネートで。高校の時の三つ編みスタイルも、恵がそうしろと言うからその通りにしたのだが、主体性なしか。麻衣にはそれがよく似合うと言うが。煽《おだ》てに弱い。「麻衣よ。読者モデルに応募しろよ。合格間違いなしだ」などと煽てる。足の悪いのがモデルなどできるわけはないのに。さらに恵は「自然は差を付けすぎるよ。麻衣だけ、何でこんなに清楚な女に生まれてきたんだ」とか言うが。よく分からない、自分のことは。褒めすぎだ。「恵だって宝塚の男役のスターなみだよ」とお返しすると、「よく言うよ。笑わせるなよ、麻衣」と、転げ回る程のゼスチャーで恵は笑うが。適当なおふざけではある。互いに自分のことはよく分かっているもの。

かなり横道に逸れたけど。

「麻衣」という女は何度も死ぬことを考え。いえ、これは想像の領域で本気でないから、生きて二十四歳にはなっているのだが。幼い頃から、私程には同じ年齢の女性が死を考えはしないと思う。雨の日の日曜日など退屈で。恵との休みの調整がつかず、揃って出掛けるはできず一人退屈をやっていたのにも草臥《くたび》れて。一人でもどこかに出掛ければいいのだと、非常に頭の回転が遅くに気付いて、この一年、「京都」の旅を始めてはみた。働いた給料を貯蓄だけでは若いのに何だか惨めになり、少し使うのも、世の中の経済の活性化（？）にもいいのかと。まあ、この考えは適当な当て付けではある。なぜなら、たいした出費でもない旅であるから。もちろん、家にもきっちり食費入金はしているという模範生（？）でもある。？歳……何度も言いたくない……にもなって親のところで生活だから。

ただ、京都の旅も兄が京都に住んでいるので。そこを宿泊場所にできるからの旅で。ホテル使用なら、多分してはいないはずだの、ケチくさい旅だ。だから活性化は有り得ないのだが。そして、ここが非常に重要な私の部分だが、全く魅力のない女性に仕上がってしまっている、というのは「言わずもがな」である。だから、男友達もいるはずもなく、いや、欲しくないが正しい。私には『男』は敵！　だ。男に生まれればよかったは、言葉のアヤで、何でこの世に男がいるのかの憎しみが先だ。許せない程の悲しみさえ男の存在に感ずる。それと同時に、自分は何で『女』で生きねばならないか。本気で知りたく、試行（？）してみて錯誤（？）なのだが。満足する解答が出るはずはない。いや、解答が出たとしても自分の考えも信用はできない。例えばああ、こうすればいいなと決めた心積もりが、目覚めた翌朝には、ころっと考えが違ってしまうがしょっちゅうなのであるから自分さえも信用なし。会社の設計室に私より四歳年上の男性がいるが、「お茶しよう」や「飯食いに行くか」「ドライブはどうだ」の声は全然掛けてくれない。私には全く無関心。

そして、社長の息子の専務さん。結婚して子どももさんもいて……では。男の魅力は私には関係ない。ただ専務の仕事への情熱は尊敬に値する。

建設会社に必要でない免許まで持っている。病院建築使用の外注からの図面も引く才能がある。

そして、彼の言う駄じゃれは最高傑作なのだが、彼の頭脳の回転の速さに私がついていけずに消化した時には、時間経過で笑いより苦笑になってしまう。その専務は「乗り鉄」ファンでもあり、私の旅も彼の影響もある。

新幹線開業には休暇まで取って一番乗りが「自慢」？

東海道・山陽新幹線を「のぞみちゃん」「ひかりちゃん」「こだまちゃん」と呼ぶ。初めて聞いた時、「のぞみちゃんって、飲み屋さんの女の子ですか」とバカな質問をしたら、私の横の設計士は軽蔑気味に「車両にちゃんは関係ないだろうが」で、あれ！　のおっちょこちょいである。

私は、この建設会社の設計室が非常に好きで居心地がいい。私のさほどでもない才能を認知してくれ、使用してくれているからだ。私の高校時代の担任教師が専務と友達で、そのコネで就職した私は、簡単な作文と履歴書だけで入社した。「大学には行かないのか。教師もいいぞ。小学校は大変だろうから、中学の美術の教師」と、私の画く絵のタッチを見て薦めてくれたが、多分、足の不自由な女性が結婚しないことがあっても自立できるの心配りだと思えたが。家庭に事情もあって大学進学は有り得なかった。それに大学に行きたい、の強い希望もなくの流れで建設会社なのだ。

「趣味……なし。尊敬する人……なし。未来の希望……なし」の、人をバカにしたようなひねくれ履歴書を通過させてくれた会社だ。それでも作文は偉そうに「これからの農村の抱える、問題点を探る」と題して、向かうべき日本の農村問題を論じ（？）た。建設会社には関係ない、大判振舞の作文を仕上げたが、多分、会社は呆気に取られたに違いない。

つまり、自分などどうでもいい。行き当たりばったりでしか生きていない。だから何で生まれてしまったか。で、恵の言うような理論は私の中では成り立たない。人生困惑だけなのである。ナメて生きていると言われてしまえば仕方ない。その通りになる。

見習いと独学（?）に近い形で図面仕上げを覚え、このまま結婚もせず、建設会社の設計室で人生終えるに違いない見通しだ。それ以外の人生設計は考えもつかないし、それでいいと心の中は諦めている。

それでも……時々は人を羨やみ・時々は嫉妬もして・あまりにも幸せそうだと「それ、ないんじゃないの」といじけて密かに思ったり。時々は少々の嘘も平気でつき。どこに良心があるのかなと我が心を探り。しかし見つからないまま彷徨《さまよ》い。不平不満だけは人並み以上で生きているという情けない女でもある。

「人は誰かの役に立ち、誰かに助けられて生きている」と聞くと、そんな教訓どうでもいい。私は誰に助けられている？　私は誰を助けている？　誰をも助けてなんかいない。自分のことで精一杯だと心で呟くけしからんな女だが。偉そうにたいした人生経験もないくせに、へ理屈だけは言えて世の中どうなっても私の責任ではないと自己中心の生き様だ。

恵は「まず、生まれて親の世話になり」というが。うっ！　私は生まれなくてもよかったと思っている。生きてない方が楽に違いないと思うからだ。

「絶対ひとりでなんか生きていけないって。自然界はあらゆる生命を人間に差し出してくれているじゃないの。生きてる命をだよ。麻衣」

そうなってる次元だもの仕方ないよ、犠牲になる喜びもあるよ、きっと。

「バカじゃないの。だれが喜んでいるかね」って変えようもないね。

「太陽だって地球だって無償提供だよ。感謝以外にないよ」と

恵は非常に立派な教科書的なことを言うけれど、私は以上のような条件がなければ生きていなくてもいいと思っている。くり返すが、生きてないほうが楽に違いないからだ。

「麻衣。『ユニクロ』に『しまむら』に『サイゼリヤ』に諸々お安く提供してもらって私たち若者は大助かりで、世話になっているんだよ。それに、風邪引けば病院に世話になりだよ」

「すべてお金出してる」反論すると、

「ギャッ！　麻衣は駄目だね。この精神入れ替えるにはどうしたらいいのかよ」呆れていた。十代の時の会話だが私は今でもそう思っている。

つまり、はっきり言えば私みたいのはいないほうが社会は安泰である。

日本国家はやがて『小森麻衣』というひねくれ女を面倒見なくても済む、という利点があるからだ。

その、退屈で、暗く、希望も、取り柄もなく、拗《す》ねているだけの私がとんでもないことになっていく。戸惑いたい程だの日々になっていく。その自分を処理できなくなりだしたのだ。

麻衣・メモリー

「突然に失礼ですが。小森麻衣さんですね」

擦れ違いざまに声を掛けられた。

京都に来て二日目。私は桜の満開の蹴上インクラインを歩いていた。哲学の道と思ったのだが、おそらく観光客で溢れ、足の不自由な私には歩きづらいと思い、蹴上インクラインを選んだのだった。

前方から青年僧が歩いてくるのは確認していた。京都でのそういう擦れ違いは特別のことではない。が、一人の青年僧に声を掛けられ驚いた。「小森麻衣か？」と言われて「そうです」とは言えない。青年僧はしばらく私を見つめていたが。その視線はどこかで見た思いの懐かしさを含む優しさではあっても、誰であるかは急には思い出せない。

「何かの間違いではありませんか」としか、応えられない。

「そうでしょう。間違いかもしれないからお訊ねしているのです。いえ、ご本人だと確信はしているのですが。間違うはずはない。常陸太田市第二高校の少女だった」

私はギョッ！　とした。だが、その視線のなかで何も確証のあるものは浮かんでこない。が、少女だったという表現は、身近でなければ出ない言葉だとは思えた。

「中井川圭介という名を記憶しているはずですが」と言った。

なんという出会いをしてしまったのか。とても信じられなかった。青年僧の言う第二高等学校は私の出身校なのだが、学校の正門から伸びる道路がまっすぐ市内に入る。正門を出てすぐに「源氏川」という川が流れているので橋が架かっている。辺りは田圃《たんぼ》なのだ。その橋のところで一人の高校生がいつからか私を待ち、短い言葉を掛けてくるようになるのだが、私は返事もできず、そうかと言って何の理由があって待つのかも「少女」には解らなかった。それが一年半も続いた。私は会うたび無視したが、次第にそれが恐怖に変わってしまっていた。

その少年が法衣を着た青年になって私の目前に立った。とても信じがたく驚きの光景で、言葉もない。長髪だった髪を落としているので、それが過去に見た少年には結びつかない。が、そうなのだ。声の記憶を辿れば「彼」なのだとは思うのだが、「大学に行く」と伝えてきた……そこから青年僧に繋がる月日が全く不明で、ただただ驚くだけだった。

私は、その少女の時と同じに彼を無視して、ゆっくり、ゆっくりしか歩けないから歩き出した。と、青年僧も私に並んだ。私には非常に迷惑で足並みを揃えて歩かれるのは屈辱だった。悲しみだった。兄か恵他以外にない行為だったから。

「お茶でも」と言うが私は答えなかった。

「君に」逢いたい逢いたいと、長年思い続けてきて。こんな場所で出会えるとは信じがたい気持ちだ。話がしたいと言う。

私は逢いたくもないと思っている。

「かつてのあの時、私がどんな思いでいたのか。お考えになったことがおありでしたか。私は逢いたいなどとわずかも思いません。あなたとは何の関係もありません。なぜ声を掛けたりなさるのですか。知らない振りで通り過ぎていただきたかったです。とうに忘れてしまっていた方ですのに」

「知らない振りができないから声を掛けたのです。こんな出会いがあるなど夢のような思いで感動的だが、もうあの過去の時と、互いに条件が異なるはずです。それくらい理解できない年齢ではないはずだが。こちらが話したいと言っていることに応えてくれていいはずだ」と言った。

「逢いたくないと申していますが！」

私は突然青年僧を殴っていた。自分でも信じられない行動になってしまっていた。早くに逃げ出したい思いで体が震えた。

青年僧は冷静な眼差しのまま、私を見つめるが。私はその時彼の左手に数珠が握られているのを確認し、一体誰を殴ってしまったのかと訳が分からない状態だった。

「麻衣ちゃん。今でも茨城に住んでいるのだろうか。それともこの京都に生活を移したのか」

知らない振りをした。

「こちらが問うことに、なぜ返事ができないのか。いい加減な気持ちで聞いているのではない。

それとも結婚で小森の姓が変わったのか」

「結婚したのか。麻衣ちゃん」青年僧は繰り返した。

「このまま何も確認できないで別れるわけにはいかない。麻衣ちゃん。君を待って何年が過ぎたのか。切ない程の思いの日々だったが」

「麻衣ちゃん。解らないか」って。

「思えば、恋こがれるとか言うが、それに等しい程の切なさで過ぎてきた日々だった。今、出会いが来たなど、自分を見失う程の感動だが」

「比叡山延暦寺・中井川圭介。京都に赴いた時には是非訪ねてほしい」と、何も答えない私に青年僧はそう言った。途端。私の胸は詰まり意味もなく涙が溢れ出し何をどうすればいいのか訳も分からない。

だが、すぐ近くにいるのになぜか遙か彼方の遠い存在の人に思われた。この距離感は何なのかと思いたい程の隔たりを自覚していた。

「比叡山延暦寺」と聞き、涙は流れても。

偶然こんなところで出会ったからと、何の係わりもあるはずもなく。その出家という身分の男性との「縁」など考えられない。擦れ違って別れていく人に何を言う必要があるのだ。

流れた涙は……過去の痛恨の思いの少女の心とでも感じてほしかった。

私は青年僧を振り切った。

茨城県常陸太田市内。

会社は、県発注工事の『西山研修所』……茨城県の研修機関で。会社・学校の研修および野外学習などに自由に利用できる公共の場所であった。運動公園「野球場・少年野球場・体育館・広場」の施設も備わっての市民の憩いの森でもあった……の改修工事に携わっていた。その現場から「施行図を忘れたので持って来てくれや」と現場監督から電話が入った。庶務は支払い日で忙しくて外に出られないので、私に回ってきた。現場に一番に必要な図面を忘れるとは。呆れる。プロかよ！　だ。

工事部に行くと既に誰もいるはずもない。監督の机の上、設計本図面・構造計算書。そして確かに施行図面がある。現場の写真。これは県に提出するためと、建築状況の工程を組んだノートも置いてある。つまり、すべての書類を机の上に並べたまんま忘れて現場に行くなど考えられない。

何年監督をやっているのか。頼まれた分を抱え駐車場に下りて、携帯着メロだ。やはり監督からだった。「小森ちゃん」と呼ばれた。建設会社の男性従業員は私をそう呼ぶ。

「小森ちゃん。悪いがコンビニで三人分の弁当買って来てくれ。それにタバコと栄養ドリンク」と私はこき使われていた。専務は「蹴飛ばしてやれ。ついでに減給だとも伝えて来い」と見送ってくれた。設計図面用パソコン「オート・キャド」を操作していた私の机の横の建築士は笑っていたが、誰もの仕事が少しずつ狂うのに。呑気な現場監督だ。

図面・コンビニの袋を手渡す時、本当に蹴飛ばすわけにもいかないが。専務の伝言を丁寧に（?）伝えても気にもしない現場監督。慣れている（?）のだ。

「そう怒るなよ。工場で必要な部品捜してて時間を取り過ぎそのまま出てきてしまった。そんなもんでいかっぺ」と言い訳するが、会社の規定では、必要器具類は昨日中に準備すべしなのに。

現場の進行状況を写すためのカメラだけはしっかり腰ベルトに下げていた。

「チップはなしな」と代金を支払ってくれてから、「小森ちゃん。少し先の寺の枝垂れ桜が見事だから見て行け」と言う。

「仕事中」と答えると、

「難しいこと言うなよ。昼休みだ。専務の傍で気を遣いっぱなしだっぺ。経営者の傍は窮屈だ」

それはない。私の方が図々しいのでと言うと、

「無理するな。たまには花見で息抜きしろ。元気も出る」そうなので？

監督の腕時計を覗くと十二時を少し過ぎた時間なので従うことにした。

『西山研修所』周辺は県立公園であり私の卒業した高校もその一画にあった。だから監督の言う寺の枝垂れ桜の見事は高校の頃から見て知っていた。「そうか。何年かぶりだ」と思ったのが失敗だった。大失敗で……とんでもないことがまた起きた。私は地球の動き……時間というものが恨めしい程に思えた。枝垂れ桜の咲く、その寺に行くには西山研修所の下の道路をさらに奥に入

る。道路はこれしかない。私は寺の下の駐車場に車を置き歩き出した。車の中からでも充分に桜は見えたのに！　年輪を重ねて咲く桜は薄墨色とも言えて八分咲きの見頃である。歩き出して、えっ！　叫んでいた。

何でこんな光景が目前に出現してくるのか。信じられなかった。一人の男性が歩いてくる。犬の散歩中だ。まさか！　なのだった。毛の長いシーズー犬だと思う……を連れた中井川圭介だった。

私は枝垂れ桜を見に来たことを後悔していた。なぜ、また彼に逢わねばならないのか京都だけでたくさんだった。

比叡山延暦寺の人がなぜここに。信じられないではないか！

彼も私を確認した。確認して立ち止まり驚きは届いてくる。互いに思いもよらない出会いの繰り返しで、京都より有り得ない思いなのだ。木々の触れる音が聞き取れる程に静かな林の中である。あまりに静か過ぎて自分の呼吸までもが音になる。私は逃げた。逢いたくない。嫌だ！

しかし、車のドアの取っ手に手を掛けた瞬間その手を背後から掴まれた。

「麻衣ちゃん」って何なのだ。京都と同じに呼ばれたが、鳥肌が立つ思いはその時と一緒だった。どうすればいいのか。彼の手を振り切ったが男の力には逆らえない。

「父親の三回忌で帰っている」……お父様を亡くされていたのかとは思ったが、何でそんなのと組み合ってしまったのか、だった。

「手を離してください」打ちのめされた気持ちで訴えた。

「逃げないなら離す。麻衣ちゃん」

体を車に寄りかけたままどうしたらいいのか。手を離さない男は細かいチェック柄のシャツにジーパン姿で、シャツの袖は捲りあげていた。インクラインでの出会いの姿の印象とまるで違い、それは学生姿にも見えた。

「お願いです。手を離してください」再度懇願したが、

「いつでも逃げられていた。麻衣ちゃん。そんなには逃がさない」って。そんな！　私を見つめる彼の視線は動じない。物語る男の眼差しなど、初めての経験であり、たまらない。困惑だけだった。

犬は実によくしつけられているというのか。座るように命令された犬は彼の手から紐が離れたのに、休憩の姿で座り込んでお利口さんなのに、自分の落ち着かない気持ちだけが浮いていた。

「仕事中なのは承知だが、少し時間を取ってくれないか」

私は小さく首を振り拒否した。京都と違って腕を掴まれているので、すぐ側に男を意識しない訳にはいかない。こんなに勝手に女性の腕を掴んでと思っても言葉にできない。それに、会社の制服のブルゾンの胸ポケットに私の名前と顔写真の入るカードが留めてある。あっ！　と気付いたが、そのピンを取って隠す程の余裕はなく、名前を確認されてしまったと思った。つまり、女子高校生時のままの名前だというのを知られてしまった。そしてそのポケットには、私の名刺が五～六枚入っている。出先で必要の時もあり入れているのだが、その名刺を突然彼に引き抜かれた。取り戻そうとしたが駄目だった。一体何なの！

会社用の携帯着メロで、やっと彼の手が離れた。私は慌てて首に下げていたストラップを掴んで通話ボタンを押した。専務からで、「県水道事務所から入札が入ったので、方角違いだが回ってきてほしい」の連絡で、ああ救われたとホッとした。彼から逃げられる。

圭介は切なそうな表情をした。

「この先二百メートル程先の集落が実家になる」と言ったが関係ない。私は視線を逸らせて無視した。

車を発進させてからバックミラーに入る彼と犬を確認しつつ泣き出したい程であった。何でこんな繰り返しが来てしまったかと混乱し恨めしいだけだった。

水道事務所からの入札の図面・書類を抱えて事務所に戻ったが、昼食をする気も失くしていた。仕事の名刺を引き抜かれるなど信じられない、初めての経験で、有り得ないことだ。

「西山研修所がリニューアル中だが。車の会社名表示と工事中立て看板の研修所の入り口の会社名が一致するが。その現場の用件で来ているのか」と問われても返事もできなかった。そして、抜かれた名刺を取り戻そうとした時握られた手の男の感触が生々しく体に残ってしまったというショックで、何をどうしたらいいのか分からなかった。全く声張り上げて泣き出したい程だった。

翌日・内線で、「小森さんにお会いしたいとの方が見えてます。応接室にお招きしたのですが、外でいいとおっしゃって駐車場でお待ちですが」

庶務の事務員が連絡してきた。えっ！　誰か。仕事関係なら設計室に来るはずが。専務の許可を得て、三階からエレベーターで外に出た。


まさか！　信じられない！　中井川圭介だった。何の用だ。会社に来る程の用件などあるはずもない。私は立ち疎んだ。体が硬直した。引き抜かれた名刺の裏に会社の案内図が記してあったと気付いたが、訪ねて来るなどと溜め息が出た。困惑もした。動揺もした。彼は会釈すると近付いて来たが、私は後退《あとずさ》りした。

「京都に帰る途中だが暫くは会えないと思うので迷惑は承知だが」と、紙袋を差し出した。「ニューヨークで買ったものだ。ただ、僕が大学一年の時で、君が高校生だったゆえの土産なので、今では子ども向けの土産になってしまった。初めて友人とアメリカに旅した時の思い出の……麻衣ちゃんのために買ってきたもので過去のものであるが。受け取ってほしい。長い間ストックしていて捨てられなかった。だが、不要なら捨ててい〻。昨日渡したかったが……」

私は受け取らなかった。掴まされるのが嫌でブルゾンのポケットに両手を突っ込んでしまった。全く可愛げのない嫌みな女に違いない。

「もう私を追わないでください。過去など何度も何度も思い出させないでください。繰り返しますが、インクラインで声など掛けてほしくありませんでした。常に捻くれて生きる、私みたいなのに、何のご用があるのですか。訪ねるなど止めてください。嫌な女は少女の頃のまま変わらない。そんな女など相手にしなくて結構です。何の目的ですか」

「嫌な女性でもいい。想いもあるから諦めきれない。迷惑は承知だ」

「こんなに心乱されて嫌です。あなたの勝手を、押し付けないでください。いつも、あなたは自分のことしか考えない。あの頃からです。高校の頃私がどんな気持ちであなたと向かい合っていたかなど、考えてはくださらなかったではないですか。そんなしつこいだけの男の人はいいです。お帰りください。二度と会社になど来ないでください。今、仕事継続の時間帯です。気付かれないんですか。京都の時のように休日で遊んでいるのではありません。作業してますけど。それすら考えないあなたは自己中心じゃないですか。このくだらない時間会社側から見た時、私のお給料分は動いているのです。そのロスを考慮なさっておられるのですか。ただあなたと向き合っているだけの、何の利益にもならない無駄な時間です。それとも私に何か発注の御用件でもおありですか。それなら受け賜りますけれど。ただ、お安くはないとご理解ください」

ああ……私は厭なことを口走っていた。ひねくれ以外の何物でもない厭ったらしい女丸出しの疎《うと》まれても仕方ない言葉だ。

「常に人並みを超えたトップレベルで生きているらしいあなたのエリート人生から出た常識は、私には通用しません。反省が必要ではないのですか」

私の厭ったらしさは重なった。

「君の言うエリートとはどういう意味を含むのか。僕の批判ならそのような言葉は使わない方がいい。僕だけへの表現があるはずだ」と見つめる。「君の言うエリートという使用を表面的に理解すれば、一流大学を出・官公庁・大学関連関係・それに並ぶ会社レベルの意味合いか。僕がそのレベルに加わり生きているという形に聞こえるが、今のような表現はしない方がいい。卑下した語彙に聞き取れる。世の中に必要であるからエリートという立場は期待もされ存在意義もあり、尊敬されて然るべきで、それぞれに皆努力邁進《まいしん》しているはずだ。それを今の如くのような表現で位置づけるのは止めた方がいい。非常に聞きづらい」

何のためにこんな会話をしているのか、私は戸惑った。確かに簡単にその言葉を口にした。たいした意味もないのに問い詰められた私は、自分のバカさ加減も知ってもいた。そしてその立場の重要性も知っている。世の中を動かす責任も背負う人々だも知っているが、ここ引き続きでの彼との係わりに目眩のようなものを感じて、どうしたらいいのか冷静に心の処理ができなくなっているのだ。彼が気が付けば……こんな、つまり会社に尋ねてくるなど有り得ないことのはずなのだ。

「私は世の中を対象に批判しているのではありません。あなたの姿勢を見て自分の思いを告げているだけです。そんな表現しかできない私と思ってくださって結構です。つまり勤務中の者に逢いたいなどと非常識だと批判しているだけです。どこが間違っていますか。間違っているのはそちらではないのですか」

言った途端失敗したと思ったが、取り戻せない。インクラインでの彼の法衣姿を思い出し、かなり堪えた日常生活をしている男性だと気付き、自分が恥ずかしかった。話しているのが嫌になり、挨拶もせず勝手に事務所に戻った。

事務員は、「昼休みまで待つとおっしゃったのに、昼の休憩までかなりの時間があるので、勝手に小森さんに伝えてしまった。応接室に上がるよう伝えても遠慮なさって。駐車場で立ったまま昼休みの時間までお待ちになるのは大変だと気配りしたつもりですけれど」と伝えてきたが。すでに遅い。圭介に投げた会話は元に戻らない。

専務は設計図面をオート・キャドに展開させながら、「誰か？」と訊く。

「申し訳ありません。時間を取り過ぎました。高校の」で説明はできない。その程度の出会いの人だ。

「お茶でも飲んでくればいい。これから県庁まで行くのだからいいよ、休憩取っても」と言ってくれるが、お茶するような相手ではない。圭介のことなど私は何も知らない。ただ擦れ違っていただけの間柄でしかない。彼だけが勝手な思い込みをしているだけで会話等は成り立つはずもない。

「県庁に出掛けて来ます」専務に伝えた。そうなのだ。茨城県庁建築住宅課発注の分譲住宅の入札書を取りにいく準備をしていたところだったのだ。入札は電子入札となる。

かなりの時間の無駄をした。

「出掛けるついでだ。お茶でも飲んでくればいい。久しぶりの友達なのだろうから」と専務は言ってくれるが、「友達」そんなのではないと思っている。役所の発注工事関係の書類を取りにいくのは庶務でいいのだが、図面の説明があった時に、それを理解できる人がいいとの理由で私の担当なのだが。会社によっては現場監督や営業担当の人も行く。

会社の駐車場から右折して水戸方面に車を走らせた。

出てすぐに水戸駅行きのバス停か水郡線の駅に向かうであろうと思われる圭介の横を通り過ぎた。五十メートル程通過してバックミラーに映り込む圭介を捉えて私はなぜかたまらなくなっていた。何をそんなにいじけている。少女じみて馬鹿ではないか。素直に話をして過ぎていく時間を共有すればいいだけで過去と今は違う。かつての少女は「待たれる」の恐怖で始まった出会いだが、今はもう経過した時間帯だ。今は今でいいのではないか。わざわざ尋ねて来た人に対して何という対処の大人げない姿勢の愚かしさを見せてしまったのか。反省して車を左に寄せた。そして専務に携帯電話を入れた。

「申し訳ありません。二時間程有給休暇頂きたいのですけど」

「いいよいいよ。水戸まで渋滞だと思えばいい。有給などと言わなくていい。それで気が済まないなら、一時間程度残業したらいい」と心配りしてくれた。私は車を降り圭介を待った。

ああ、既に時が流れて少年は青年だ。と思い出せば「少年」でしか浮かばない過去だが。私は心の中で溜め息をついている。

グレーも濃い色調のコートに紺のズボン姿で小さめの旅行カバンの男性は魅力的な『男』を見せてくれているではないか。それをいじけて何を拒否する。バカではないのかと知るくせに。蹴上インクラインの青年僧にも、今まで見たこともない程に、磨ぎ澄まされた『男の美』を見てもいたのに。既に普段の環境にはない男の雰囲気であった。それは寺という場での「修行」の環境でしか整わない、静謐《せいひつ》などとでも言いたい特別の印象だと感じたのに。

近付いた彼に、「これから県庁までの用件で水戸に行きますけれど、よろしかったら、車に乗ってください。ローカル線で水戸に出るより、時間調整もつくでしょうから。新幹線のチケットはお持ちですか」

「いや。東京駅に出てから座れる電車を待って乗る予定だが……」

私の何回かの誘いを拒んだ。「仕事中では」と。

「ええ、それで今、会社に二時間程の有給を取りたい旨電話を入れまして許可が出ましたので。どうぞ」

でも、遠慮している。

「先程はごめんなさい。偉そうに。私っていつでもあんなで、会社の男性とも懲りもせず喧嘩をしている嫌な女で……解っていても嫌な性格は直らないみたいです。申し訳ありませんでした。勝手な思い込みでくだらないことを言い過ぎました。ごめんなさい」と謝った。謝っても何も元には戻らない。何度目かの「どうぞ」に、助手席のドアを開けて待つ私の傍らに立ち、「ありがとう」の視線は優しい。が、私は戸惑う。

何でこんな視線を向けてくるのか。そうなのだ。目が物を言うのだ。

「僕が運転しようか」と言う。

「麻衣の運転する車に乗ってみてください」と照れくさい。

「京都では、突然殴ったりして、御免なさい。とんでもない方を殴ってしまったと心から反省はしていますけれど。本当に御免なさい。申し訳ありませんでした」と頭を下げてのバカな私である。

「過去の少女を思えば元気なので誉めてやってもよかったが」と彼は少し笑顔を見せた。

車を発進させてから、「君がこの町に住んでいたなど想像もしなかった。車の免許を取る時、この町の自動車学校のほかないから、ここまで通ったが、すぐ近くが君の田舎だったとは……運転教習は苦労しなかったか？」と私を気遣ってくれた。

「しょうがい者なので最初に直進での練習の判定後、運転免許センターでの適性検査があり、OKが出てから教習でした。友達より少し時間延長でしたけれど、オートマチック車なので助かりました。免許を取ってから行動範囲も広がり、福島の鍾乳洞や日光までも足を伸ばせて楽しいです。建設会社で仕事ができるのも、私には車は必要不可欠で、オートマチック車に感謝です」

「昨日、麻衣ちゃんの制服姿を見て本当に良かったと思った。何の心配もなく生活していたのだと安心した。またこうして君の運転する車に乗車するなど考えられなかったが、なにより嬉しい。過去の少女を思う時、切なくなる程だ」と圭介は言った。

那珂町を抜けるバイパスはまっすぐ水戸市に入る。その道路に出てから、「高校生活は楽しかったか」「卒業して後どんな思いで過ぎた日々だったか」「今の生活に満足しているか」「両親は元気か」「兄弟は何人か」「休日は主に何をしているか」「世の中の関心事は」「趣味は」「誕生日は」「男友達は」「恋人はいるのか」と立て続けに聞かれた。恋人？って……私は返事に詰まった。まるで身上書を執られているような気持ちにさせられていた。やがて「大学へは？」と聞く。ああ、そんなのは聞かないでくださいと言いたかった。大卒か短大卒だと、圭介の前では言ってもみたいが……仕方ない、「高卒です」が最終学歴だ。

「勉強は苦手で……高校入学時から就職希望での三年間で悔いはなく、今、会社での仕事も順調で納得できての図面作業ですので、これでいいと思っています。入社当時は庶務で事務職でした。その頃、専務が一人で設計図を引いてましたので、その手伝いで、設計室に呼ばれての雑用が始まりです。その整理をしつつ、また専務の仕事を見ているうちに興味が湧いてきまして。簡単な図面の立ち上げを教えていただき……専務の指導がよかったのだと思います。自分の感性に合う仕事内容だ、などと大それた勘違いの始まりでした。ですから簡単に建築士の資格が取れるはずもなく試験にも落ちました。苦労と落ち込みで迷いももちろんありましたが。ただ、設計という職種は絶対辞めたくない、の自惚れと強気で頑張れたとは思い、やりがいはあります。パソコン（オート・キャドと呼びます）使用ですから、建築図面の仕事ができるかと思います。専務はトレース使用で、手書きで、図面・デザインを使い分けしていて、そのスケッチを見るとき機械の打ち出した形式とはまるで違いますから、専務を尊敬しています。手書きは技術だと思います。手書きはやってみると難しいだけです。昨年、一級建築士の資格に合格はしても、なぜ合格したか、自分でもよく分からず、つまりまだ無我夢中の最中です。学ぶことはもちろん底が深く、なかなか追い付けない焦りはあります」

何の会話が成り立つのかと思っていたのに、何と私は説明していた。

「大学を卒業してのち、三年間、水戸一高で教師をした」と彼は言った。

「えっ！　先生なさったんですか。水戸で生活してらしたんですか！」私は驚いていた。

「すぐ近くにいながら」と彼も言う。

「兄の宏も水戸一高卒で、かなり苦労して医学部へ」と、うっかり余計なことを口にしていた。

「もしかすると京都大学付属病院・消化器内科の小森宏医師がお兄さんか」と言った。なぜ知っているのかと私はまた驚いたが、返事はしなかった。

「君は小森先生の妹だったのかと」と、私を見つめる。


バイパスが那珂町を過ぎると一気に水戸市内の高台が見渡せて、彼が勤務したという高校の森が真正面に見える。「大学に行く」の報告を受けて素直にならなかった少女は情けない限りの過去になる。そのあたりの記憶はあまりに幼過ぎて成長しなかった少女の姿でしかない。

「故郷に戻ったのは君に会いたい。ただその思いだけで戻ってきたのだが」と言われても、

「あの頃、私、自分の表現が自由にならずに戸惑うだけで……ごめんなさい」としか答えようがない。

「いや、過去はどうすることもできない。あれでよかった。ゆえに今、出会いが来たと思うから」と圭介は言った。

彼を見送るために私は入場券を求めて水戸駅構内に入った。上野行は四線ホームなのでエスカ

レーターに乗るが、私と並んで乗った彼は私の腕を取った。少し抵抗したがきつく握られた。支えてくださらなくてもいいと言いたかったが、前後に人がいる。下りにも二の腕を掴まれた。

恵は必ず支えてくれるが男に支えられたのは初めてのことなので、何とも言いようがない程の緊張で固まっていた。

「どうしているのかの心配だけで生きてきたが、安心した。大学の時も教員の時も、麻衣ちゃんと共に、の思い出で生きていた。その思いをいつも消し切れなかった。いつも君が気になり、田舎に帰れば、あの高校前の道路で『少女』を思い出す。時に、生きるのがつらい程だった。それ程に忘れることができなかった」

そこで言葉を区切り、「ありがとう。感謝する」と言った。

その圭介を見て、私の心は呟く。

あの少年は今、男の魅力を誇らしく見せてくれている。

蹴上インクラインでの青年僧にひねくれを見せたのも、私の表現でしかない。

何で年月は心乱すものを運んでくるのか。受け入れるのが怖いために抵抗もしたが、引き下がれないという、もう一方の自分の女がやるせない程でもあったのに。

駅のホームで圭介は、「比叡山の住所と携帯番号とメールアドレスが記してある」と、紙片を私の制服の胸ポケットに差し込んでくれた。ただ、山にいる時は使用不可能だが、メールは送信しておいてくれれば見る機会はあるからと言った。そして、「ごめんよ」と、私の制服の胸のポケットからボールペンを抜くと私の携帯番号を聞き、彼が昨日引き抜いた私の名刺をコートのポケットから取り出して空欄に記した。

私はその圭介を眺めて溜め息を付いた。余程大きな溜め息なのかボールペンをポケットに戻してくれながら笑顔を見せた。

「京都に来る時には必ず連絡してほしい」に、頷く自分がいた。

間もなく特急電車は入って来て、それはすぐに発車した。

去っていく圭介の視線に私は丁寧に挨拶し、電車を見送った。信じられない展開になっていた。

水戸から戻り、車の助手席に圭介の差し出した紙袋が置いたままになっているのを、私は自分の車に移した。

県住宅課発注・分譲住宅五棟分の図面を抱えると、会社の事務所に入った。

専務の言葉の通り私は残業し、帰宅して夜食事が済み母親の台所仕事を手伝い自分のお弁当箱も食器乾燥機に入れ、保温用なので中のステンレスの部分だけ、そのあと母親に何かすることはないか確認してから自分の部屋に行った。父親は晩酌が済んで横になりテレビを見ているという、農家の家庭の景色である。

圭介からの紙袋を机の上に置き中から包装された包みを三つ取り出した。ニューヨーク五番街のディズニー本店で買ったというぬいぐるみの人形達。

ミッキーマウス、プーさん、そしてもう一個ケネディ空港で買ったというベアの黒いぬいぐるみ。どれも手のひらに乗る小さなものだが、ベアの胸にはI♥NYの赤い刺繍文字があって、子ども向けと彼は言ったが、私には晴れがましい人形で、こんなものを男性から貰うなど初めてのことだった。大学の一期生がそれらをニューヨークの街で選んでくれている光景を想像して、その街がどんなものかは現実知らないが三枚の写真も入っていて私はそれを見つめた。ビルの谷間の一人の学生と、自由の女神と、ホテルから向こうに見える公園、セントラルパークの観光客を待つ馬車も雪景色の中に何台か並んで……私の知らない外国があった。「麻衣ちゃんに」のメモ用紙が付いていて学生時代に記した字だと思われるその字を見つめて、涙が浮かんだ。私は何とつまらなく、時期を無駄に生きていたのかと心痛い気持ちにさせられていた。自分の感情だけで過ごしてしまったと気づかされていた。

やがて、私は圭介の携帯メールに、「人形達をありがとうございます。麻衣は今、ニューヨークを旅する大学生を写真に見つつ心豊かな時間を感じております」と送信した。

数日しての日曜日。

「中井川君という青年が尋ねて来たが」との宏の電話に、えっ！　と返事に詰まる程驚いた。「彼と会話をしながら、麻衣にもそれなりの優しい思い出があったのかと安心した。数限りない苛めを受けての少女時代だったのは感じてはいても、兄の立場でありながら、どうすることもできなかった。そういう中で、ひとつでも温かい思い出があればそれで救われることもあるに違いないから、良かった。嬉しかった。彼に感謝したい程だった」

「圭介さんは、なぜだか宏さんのことを知ってらっしゃる」を伝えると、

「彼の親戚の方が入院したことがあって、今も通院している神戸からの患者なのだが、何度も見舞いに来ていて、病室で会っていたらしい。自分は覚えてはいない。そして、京大大学院修士課程二年哲学科の学生だそうだ」

その説明に私はまた驚き。法衣姿にも驚かされたが、戸惑った。

「いい青年ではないか。会話をしてみて、何ひとつ不足のない印象で尊敬できる姿ではないか。ただ、修行僧なのには困惑した。今日まで考えたこともない世界を目指す青年だと知って、これは、どのように考えればいいのか見当もつかない。世間一般で考えるなら戸惑いもしないが、麻衣の範疇《はんちゅう》のなかに入る存在かと思うと、さてどうしたらいいか、の不安もないではないが。それぞれの人生であるから、その姿を受け止め特別に配慮しなくてはならないという困難はあると思わされた」

「……」

「麻衣の存在を限りなく大切に労《ねぎら》ってくれている。彼の思いが伝わってきて、その心配りに兄として感謝したい程だった。ただ、彼の将来の人生を考慮した時、かなりの責任が伴うはずなので簡単ではない」

「……」

「そのような環境なのに、圭介君の考えもあるから、尋ねてきたに違いないから、その彼の意向を受け入れ心配りをしてみるのもいいのではないか。大変だとは思うが」

「……」

「時に、簡単ではなくむしろつらくなる程か。しかしいいではないか。隠し事をしている訳でもない。遠慮する必要もない。結果がどう展開しても麻衣の責任でもなく、ありのままでいいじゃないか。麻衣の生き方を見てもらい、その評価が傷つく結果でも、それはそれでいい。何もせず、予防線を張り、怖がって生きるのは空しい限りのような気がするからだ。

第一、相手の心を探りながらの交流など、しない方がいい。筋立てて書くが如くにもいくまい。彼のような生き方もある……という姿を見させてもらうだけでもかけがえのない男の人生を見せてもらうという経験もできるはずだ。結果はどうでも同じ場所で過ごせたという青春の思い出を互いに持てた。何もないより、それだけでもいいではないか。だから怖がらなくていい。あるいは彼が麻衣の求めている理想の男性の形ではないかもしれない。少女の時と、今が同じであるはずがないということもあるからだ」

「……」

「それに、完璧を望んでも、完璧であるはずもない。取り繕ったところで取り繕えるはずもなく、麻衣は麻衣のままでいい」

「……」

「麻衣の怖がっている思いが圭介君の心にあるなら、声など掛けてくるはずがないんだよ。男が」

宏はそう言った。

兄の電話に心動かされて。電話がなければ堪えてしまったが自分を見れば……圭介に逢いたいの必死さで。あんなにいじけた姿も自分の本音の叫びだとしか言いようもない。

土・日を利用しての二泊三日で京都に出掛けた。

圭介にメールで連絡を取り、ＯＫが来て心落ち着けない楽しみの戸惑いで困惑もしつつ生きているという儚《はかな》さまで感じてその日が待ちどおしい。今まで思いもしなかった女心が切ない。こんな自分がどこに隠されていたのかと情けない。悩みながらも、女でしかなかった姿を見させられてもいた。

京都駅から比叡山へバスで。

横川エリア……指定された奥まった場所に私は立った。境内での途中、黒ネコ宅急便と擦れ違い、雑種の犬に出合い、その犬は立ち止まり私を見つめた。何か間違っている場所に来ているのではないかと思う程だった。

しばらく待たされた。

やがて圭介を捉えた。

山深い、ただ静かな場所である。

圭介の道服姿を見つめた。

日本の長い伝統の僧侶の姿だ。近付いてきた圭介は笑顔を見せたが、彼を見上げて私は涙が勝手に溢れ出していた。そんな私を見つめていたが「今日は時間が取れなくなって申し訳ないが、明日の予定はどうか」と言う。

私は頷いた。では明日。と短かった。気を付けて帰るように、の言葉を残すと、圭介は立ち去った。私は涙で霞んでどうにもならない。なぜこんなに簡単に圭介の衣姿に涙するのか。まるでわからなかった。


京都に来ても、比叡山は滋賀県のエリアなので、今まで来たことはなかったのだ。山は際限なく深いが、どこまでも下刈りされていて風が淀むことなく流れていく思いだった。

横川エリアのバス停で遠足に来たらしい、幼稚園の子ども達と一緒になり、その子達がバスを待つ間、先生と順番に「あやとり」をしているのを愛しい気持ちで見つめた。


やがて、シャトルバスで山内を巡り、最後に『根本中堂』に立った。母が婦人会の京都の旅で、「比叡山延暦寺の根本中堂で涙が零れた程に感動した」と言っていたのを思い出し、そこに立ったのだ。そして暫く根本中堂で時間を過ごし、正座ができないので片隅で他の観光客に邪魔にならないようにした。やがて突然のどしゃぶりの雨が降りだし、その雨音にしばし山寺の厳かな時を感じて立ち尽くす形になった。傘を持たない私は堂を出て回廊にある丸太で出来た椅子に掛けて、しばらく雨上がりを待つことにし、木立に降る雨を眺めながら圭介の生活の場にたまらなく切ない思いにさせられていた。

かつて春の季節。……少年の差し出す「傘」、その日の雨と同じくの激しい雨であった。


翌日。

圭介の指定した時間より一時間遅れで、休日なので宏の車に送られて京都駅まで行き、郵便局前で降りた。宏は「夕飯は一緒に」と言って戻ったが、多分休みなのに病院に寄るはずだ。私はそれを時々見ている。

十時という圭介の約束の時間は既に過ぎている。私は相変わらずひねくれていた。

圭介は烏丸口を指定したのでそこまで行くつもりが、既に私を見付けて市バス乗り場まで歩いてきた。私は立ち止まり待った。

「おはよう。麻衣ちゃん」って。もう「麻衣ちゃん」は要らないのに。

「お見合いみたい」と言うと、

「知り合いではなかったか」と笑顔を見せた。

圭介は半袖の明るいピンク系のシャツにジーパン、そしてスニーカーの姿は昨日とは別人如きの印象である。何でこんなにピンク系が似合ってしまうのかと思う。帽子を被っているのを見ると、私への気遣いかとも感じた。

私は「しまむら」ルートのシフォンの重ね着にパンツスタイル。田舎者の姿だと思う。これは

「しまむら」が悪いのではない。着る者が垢抜けないだけのことである。

「あんな出会いは知り合いとは言わないと思いますけれど。勝手に待ってらしただけの」あれはストーカー。しかし。まさか言えない。

「インクラインで殴られたが知っていた男だからじゃないのか」って。

なぜそんなに責め立てるのだと言いたかった。謝罪もしているのに。

「もう忘れました。自称・健忘症の人ですので」

「そうか。では僕の雨傘も忘れてしまったか。麻衣ちゃんのところにあるはずだと思っていたが」

圭介の言葉に。キャッ！　と叫び出したい程だった。確かに昨日の延暦寺でのにわか雨で少しは過去を思い出しはしたが。

一気に高校時代が甦り、浮かび、後退りしたい程の困惑である。

「思い出したか」って言われても。

「昨日十時と指定したはずだが」

「……」

「過去のように惨めにまた振られるのかと心配した」と笑う。

少女のように、そこまでの行動はできない。でも、そしたら過去のように別の楽しさもある気もするけれど？

「諦めてお帰りになればよろしかったのに」憎まれ口を利いた。

「待つことには抵抗はない。来るのか来ないのか分からない物を待つに似た生活だから、慣らさせられもした。一週間でも待てる。いや一年……いや違う。何年待ったのか。今だ待ちくたびれてはいない。まだまだ待てる。際限なく待てる。喜んで待てる。もっとも、やがて老いてしまうという……取り返しのつかないことにはなるか。それは困るか」と圭介は笑顔を見せた。私は答えにつまった。

「待つ時間、いろいろ思い出して退屈はしなかった。何を考えていたか想像できるか」

「人の気持ちなど、昔から読めません。というより、そういうゆとりなどのある私ではありませんし、他人のことなど知りたくもありませんけれど」

「かつての少女とあれこれ夢を語っていた。無口な女子高校生は心優しく聞いてくれていた。アニメの映像から抜け出した印象だとかの誰かさん」

「そんな、少女存在してましたかしら。空想世界がお好きみたいな人にはついていけませんけれど」

「いたらしいね。お下げ髪の。ただしその少女は、少年の問いかけには返事もせず。うつむくだけで自転車に乗れと誘っても知らない振り。あれは誰だったのだろうか。夢だったのかもしれない。いや、人形だったか。でなかったら、しっかり仲良くなれて、今頃日本のどこかの田舎でふたり仲良く生活していたのかもしれないのに。取り残された少年は今もって迷わされているという情けない現実だ」

「……」

「まあ、過去はいいとして一時間遅れという待ち時間は麻衣ちゃんの書いたシナリオか。その脚本にそって下手な役者は、この観光客という夥しい流れの群集の中で待つを演じさせられていたか」と言われてしまった。のところで圭介は私の腕を掴んだ。

嵐山方面に行くか……のバスが来たのである。

私の席は確保してくれたが、圭介は渡月橋のバス停まで立っていた。渋滞もあって一時間以上も経過していたのに。

麻衣・女子高生メモリー

山吹の花が学校周辺に咲き乱れ、「山吹の里」とも呼ばれている一帯の中の高校だ。

久しぶりに岸田恵と下校できた。クラブ活動、ソフトボール部所属の恵であるが風邪気味でソフトボールを休んだためだ。

校門を出たところで。

「あいつか。まいの言う、ストーカーの高校生は」少年を見付けて恵が言った。

振り返れば山吹の黄色い花が一気に眺められて心地よい風も吹き、天気良好の季節であるのに。

恵のセーラー服の腕を掴んで、彼女に隠れるように橋の袂に立つ詰襟の少年の前を通り過ぎようとしたその時、恵は突然、「おい、何という名前だよ。名前言えよ」と、少年の前に立ち、男みたいな口をきいた。

「まいが嫌がっているのに、まいを待つのなど止めろよ。おい！」

私は恥ずかしくてどうしたらいいのか。

「まい」と少年は呟いた。

「そうよ、小森麻衣よ」

私は恵のセーラー服を引っ張りながら、

「言わないで。名前なんか言わないで。言っては駄目だって、名前なんか」

「いいんだよ、名前なんか人間のナンバーみたいなもので、世界中一二三四五と付けるわけにもいかないから名前があるだけの話で。国の方針で間もなくコードナンバーが付けられるだろ。その程度だよ」と恵は言う。名前には親の想いが込められているはずなのに。

「教えようか、小さな森の、麻は麻の木の麻で、衣はころも」と、言ってしまった。少年は私を見た。私は視線を逸らせた。

「お前、どんな育ち方してんだよ。バッジ見れば一高の三年生だな。お前バカか。三年になれば進学・就職で大変でないのか。それを、何やってんだよ、こんなところで油売ってさ。こっちはそんなの買ってられないんだからな。止めろよ」

「お前」だとか「バカ!」だとか、とんでもないことになっていた。

「まいが嫌がっているのくらい解るだろうが。解らない程のバカ! か」

「女子高生待つなんて最悪だろうよ。あまりしつこいとニュースざたにまでになるだろうが。それも理解できないバカか」

「こんなアニメ作品から抜け出したような少女苛めて何が楽しいんだよ。野生動物と一緒じゃんかよ、バカ」

「女子高生待つ時間があったら勉強しろよ。二度と繰り返すな」

恵は平気で繰り返す。私は逃げ出したい程なのに。

「めぐ。帰ろう。もういい」

いくらなんでも気の毒だった。

私は恵の制服を引っ張った。


男子高校生から離れて、恵は、「あいつ。そんなにイカレポンチには見えないな。多分まいが好きなんだよ。苛めではないよ。あの目を見てると。話がしたいんだよ。まい」

「怖いっ。待っているんだもの。まいを見つめるんだもの。いつも」

「そうか。ストーカーになるか。バカだね」

「出会うと気持ち悪くなるんだもの」

「でも、まい、あいつが話しかけてきたら返事してみろよ。素直になったら案外優しい少年かもな。頭悪そうにも見えないしな」

「そんなことできるなら、こんなドキドキしない、顔見るとドキドキしてしまうんだもん。そんな麻衣の心知らないに違いないもの」


恵は振り返り、「お前の親の職業は何だ。親に恥じるような行為は止めろ。それに同じ事を繰り返したら一高に言い付けるからな。覚えておけ」と叫んだ。

「これ以上続いたら警察に通報するからな。バカ!」

私は限りなく恥ずかしかった。恵の物凄さにどうしたらいいのか、さらに分からなかった。何でこんなに自由に言葉が出てくるのか信じられなかった。

その日、少年は自転車だった。雨の日や冬の寒い時は歩きなのだが……季節に暖かさが感じられると自転車になる。その自転車はいつでも光っていた。私をみるとその自転車を降りた。

「麻衣ちゃん」と言った。私はゾッとした。こういうことになるから名前など言ってもらいたくなかった。他人事だと思って。

「麻衣ちゃん。僕の自転車に乗らないか」

乗らないかって。荷台にはカバンが積んである。

「駅まで送ってあげるよ。乗れよ。麻衣ちゃん」と、何だか知らないが今までと違って急に馴れ馴れしい。恵に怒鳴られて親近感を抱いたのか？　乗れよって、簡単に言うが、親しくもないのに何で乗れるのと思う。

少年は真っすぐに見つめるが、止めてほしい。そんな視線は要らない！

「麻衣ちゃん。天気いいから少し歩こうか。源氏川の土手から山吹運動公園を経由して、西山研修所の森までの散策がいいな。歩くには適当な距離だから。麻衣ちゃんを自転車に乗せてもいいからさ。僕麻衣ちゃんにたくさん話があるんだよ」

いや！　何で散歩などできるんだよ。話など要らない。

私は下校中の他のクラスの生徒にひっついて少年から離れた。

夏服になった。互いに半袖の制服になっていた。

「麻衣ちゃん」と呼ばれて、「これ、貰ったものだけれど。僕使わないからあげるよ。麻衣ちゃん使えよ」

友達が皆付けているカバン用のストラップ。私のカバンに何も下がってないのを少年は見ているのだ、もちろん手など出せない。が、カバンのポケットに入れられた。

動物の人形だった。人形には責任ないか？　で、カバンに取り付けた。可愛いので。

恵は、「何だそれ。まいはカバンのストラップは邪魔で要らないではなかったか」とは言われたが。


「びわ」の季節を知らされた。

「麻衣ちゃん。びわ」と少年は差し出した。「庭先の畑での収穫のもの。今年はいっぱい実った」

私は知らない振りをした。

「麻衣ちゃん。あげると言ってるんだから受け取ってくれよ。これは麻衣ちゃんの分なんだから」

私は受け取らされていた。

「夏休み何か計画しているのか」って、関係ない。

「麻衣ちゃん。何でいつでも返事しないんだよ。返事してくれよ」

返事などしたくない。勝手に話しかけてくるのに、何で返事しなくてはならない。

だが「びわ」は十個あったので恵に五個分けた。

「へえ、大きくて美味しそうだね。高かったろう？」って。


夏休み直前。

「李《すもも》」と言って少年は差し出した。「家での収穫もの」とまた言った。

それは私の大好きな果物だった。なんとその袋は、手を出して受け取っていた。食べ物に弱かった。自分で呆れる。

「麻衣ちゃん。夏休み、袋田の滝に行かないか。計画練ってみたんだよ。麻衣ちゃんとふたりで楽しいよ。なぜって僕。想像しているだけでも楽しいもの」

また、勝手に決めている。何で楽しいのよ。想像？　だけで楽しいなど理解もできない。

「袋田が駄目なら、西山荘にしてもいいよ。僕麻衣ちゃんを自転車に乗せるから」

西山荘なら歩いても行ける。しかし何で「二人」で行けるのかと思う。

「麻衣ちゃん。返事くらいしてくれよ。悲しくなるよ。いつも答えがかえってこないんだもの」

と、図々しく、しつこい。嫌がっているのに。

「麻衣ちゃんと手を繋いで歩けたら嬉しいのにな」

えっ！　バカじゃないの。何で手など繋げるの？　気持ち悪い！

「麻衣ちゃん。これ僕が書いた『島崎藤村論』だけれど、読んでみてくれないか。そして感想を聞かせてほしい。夏休みに読んでほしい」

　そんなの知らない。差し出すノートは無視した。文学関係の論説など要らない。面白くもない。しかし。プラムの袋だけは、しっかり受け取り抱え込んでいた。

「すもも」と言ったが、大きなソルダムという種類のプラムで。大好きな果物なのだ。母親も、それがスーパーに並び始めると「麻衣の好きなソルダムの季節になった。買ってきたよ」と、必ず買ってきてくれた。十個。恵にまた五個分けた。本当は毎日毎日一個ずつ、自分ひとりで食べたい程に好きなのに。


秋……。

「麻衣ちゃん。夏休み前に見せて断られた『藤村論』ある小雑誌に応募したら入賞したんだよ。これは、それが掲載された雑誌。読んでほしい」

　雑誌などいらない。そんなの読む気もしない。が、納得しない。掴まされていた。

　さらに、「これ賞品の万年筆とボールペン。パイロット製品だよ。麻衣ちゃんにあげる」と、カバンのポケットに詰め込まれた。

　私は何と、掴まされていた雑誌を源氏川に投げ入れた。ただひとつできる抵抗だった。

「麻衣ちゃん！」

　少年は驚いて絶句した。

冬……。

「麻衣ちゃん。あげる」

と、何でいつでもあげるなのか。

寒いのに私が手袋をしていないのを見ているのだ。

差し出す手袋は可愛いデザインで、高校生向きだが何でこんなものに気が付くのか。母親に頼んで買ってきてもらった。東京のデパートで買ったものだと言う。

「寒いのに。麻衣ちゃん、手袋してないんだもの。冷たい手を想像すると、僕、温めてあげたいけれど……だから。気に入らなければ捨てていいよ」

温めてくれなくてもいい。気持ち悪い！　が。手袋は掴まされていた。

手袋に責任はないや。で使用した。クラスの皆が褒めてくれて、

「どこで買ったの。私も欲しいよ」と言われても。


少年はしっかり思い出を積み重ねているが、迷惑だ！　なのに。


三月……。

数週間で春休みに入る。私は校門を出てキャッ！　だった。橋のところに少年がいた。すでに高校を卒業しているはずなのに。何でまた。

細かい雨が降り出して、駅まで行くには濡れるが傘を持っていない。私は知らない振りで彼の

前を通過しようとした。少年はすでに学生服ではない。ピンクのシャツに紺のセーターにジーパン姿である。

視線が合ってしまったが、恵の言うようにはいかない。かなりドキドキしてしまっている。傘を差し掛けてきたが振り切った。

「麻衣ちゃん。僕、東京の大学に行く」

報告してきた。が、そんなこと私には関係ない。

「今日は少し話がある。僕と話をしてほしい。麻衣ちゃんは僕を避けてばかりで悲しいよ。僕そんなに悪者か。僕、麻衣ちゃんを苛めるつもりなんかないのに。だから。その僕を知ってもらいたいし、知ってもらうには話し合いが必要だと思うんだよ。麻衣ちゃん」

私は首を横に振った。話などいらない。

私が立ち止まらないものだから、「三四郎の池のある大学に行く」と歩きつつ報告してきた。関係ない。そんな報告いらないと思っている。

「文系」何類とか言うが、聞き取れない。聞き取れなくて丁度いい。文学部ということか。が、知ったところで何になる。嬉しくもなく、「他人の」感激などさらに関係ない。

だが、私は立ち止まり彼を見上げた。『三四郎』の池と言った。夏目漱石の作品だ。これは関心がある。『三四郎』の池は見たい。彼の進学はどっちでもいいが、その池は見たい。作品に出てくる場所だから見たい。

何を自問自答している。話がしたいと彼は伝える。笑顔を見せたらすべては友達という関係で優しい未来の日々の心通い合う生活が訪れるはずなのに。どんなに望んでも、こんな機会があるはずはないのに。少女の小さな胸は溜め息をついている。そうなのだ。たったの一月の月日なのに詰襟の少年は「青年」になってしまっていた。大学合格。そして高校を卒業したという日々だけなのに、なんでこんなに変化してしまうのか。シャツのピンクがセーターから衿だけ覗く。それが眩しい。彼に淡いピンクがなんでこんなに似合うのか。そんな余計なことまで思って心は揺れているのに。

しかし……だった。

「これに寮の住所と名前と僕の携帯電話の番号が書いてある。連絡が欲しい。それから麻衣ちゃんの住所と電話番号教えてくれないか。携帯持っているならその番号も知りたいな」

携帯電話なんか持ってない。

彼は、私のセーラー服のポケットにその紙片を差し込んだ。私は咄嗟にそれを引き抜き、握り潰すと下を流れる源氏川に投げ捨てた。

私のその態度のめちゃくっちゃ振りは何なのか。自分でも分からない。

少年は悲しげな表情をしたが何も言わない。ぶん殴りたい程でもあるはずなのに、ただ私を見つめている。私は歩き出した。傘を差し掛けてくれつつ、「麻衣ちゃん。麻衣ちゃんの田舎どこだ。教えてくれよ。僕遊びに行くから。ここを離れてしまうと、もう麻衣ちゃんに会えなくなるから僕耐えられない。だからせめて今のうちに麻衣ちゃんともっと親しい仲になっておきたいんだよ。

僕の気持ち解ってくれよ」

　仲って。何？

「そんなに僕が嫌いか？　嫌な僕か？　僕のどこが嫌いか言えよ。反省するから。麻衣ちゃんの自由だから、嫌いでも仕方ないけれどせめて僕の気持ちだけは伝えたい。聞いてくれよ」

「麻衣ちゃんは、僕のことちょっとでも考えてくれたことはないのか？」

　ない！

「あのー。麻衣ちゃん。これから僕の家に来てくれないか。大切な話がしたい。立ち話では肝心な話はできないし心打ち解けもしないもの。ゆっくり落ち着いて話し合えば必ず心通わせられると思うし、理解できるはずだよ。簡単ではないかもしれないけれど僕のこと、解ってくれるはずだし。僕、麻衣ちゃんにうちあけたいこともあって本気なんだよ」

「いや！」と初めての返事である。が、それが私のすべてなのだ。

「麻衣ちゃん。僕麻衣ちゃんの存在があったから高校生活楽しかった。ありがとう。感謝だよ。頑張れたもの。僕の心の中麻衣ちゃんでいっぱいだよ」って。そんなの勝手なことで、知らない。私の気持ちなど少しも考えない思い込みだと言いたい。

「僕の頼みすべて駄目なら。駅まで送るから。途中話ししよう」って。要らない！

「麻衣」と、後ろから声が掛かった。私はホッとした。クラスメートの直美だった。彼は複雑な表情をしたが傘を差し出した。私は拒否した。本当は傘が欲しい。生理中であるから雨で体を濡らしたくない、が、本音なのに。ああ……。

　彼から離れて、

「彼……だれ？　大学生の友達？」と直美は聞く。

「知らない人だもの」

「ふーん。そうかな。傘持っていけって差し出してるじゃないのよ。借りてくればよかったのに。これから駅まで、ふたり共かなり濡れるよ。制服もカバンも台無しだよ。これでは風邪も引きかねない。借りてこようよ。体裁などどっちでもいい程だもの。知らない人でも借りてくるよ」

「止めて。そんなの止めて」

　私は必死で止めていたが、直美は振り返り、「彼、何だか悲しげだよ。どうしようか」と言ったが走り出した。なぜなら雨足がかなり強くなってきたのだ。そして傘を受け取ってきた。私は内心ホッとしていた。

「貰っていいかと聞いたら、いいと言った。ただこの傘麻衣ちゃんに預けておいてくれるようにって言った」と直美は報告した。

「麻衣。彼の名前聞いたら『中井川圭介』と言ったよ」

　えっ！　名前など知りたくもない。名前の綴りを説明したと直美は教えてくれた。「僕の名前を、麻衣ちゃんに伝えておいてほしい」と言ったというのである。が、名前などどいい。誰であろうと関係ない。

「どういうことよ、麻衣」と直美は不思議がるが、説明などしたくもない。

「だけど」と直美は振り返り、「彼、びしょ濡れで可哀想だね。悪かったかな。濡れたままだと風邪引いて寝込むようだものね」と思い遣りをみせたが、私はそんなことはとてもだが考えられない。彼の語り掛けが心を塞ぎ憂鬱でもあった。

あんな勝手なことを言って。それしかない。

だが、『中井川圭介』の名を日記帳に書き込んだ。書き込みながら自分が悲しかった。何をどうすることもできないのだけは解っていた。私は机の下の自分の故障している左足の膝を撫でつつ、「誰も解らないことを私だけが知っている」とひたすら惨めな気持ちだった。

ああ。また待っている、と私は出会いを恨んだ。後三日で春休みに入る。もういいのに。何でそんなに待たれるの。しつこい。嫌いだ！　と思った。

「麻衣ちゃん。僕、準備もあり明日東京に行く。だから僕の為に時間作ってくれよ。家に来てもらうのは諦めたから。喫茶店に行こう。話ししよう。考えていることだけは聞いてほしい。麻衣ちゃんの意見も欲しいから。なぜって。もう麻衣ちゃんに会いたくたって、僕、じっと我慢しなければならない。そんな僕が可哀想だと思わないか」

思わない。圭介さんの独り善がりだと言いたい。だが、圭介さんと心の中では知ったばかりの名前を呟く自分がいる。

「僕必死なんだよ。せめて話しくらいはさせてくれよ」

「……」

「本当は大学なんか行かなくていい。就職して麻衣ちゃんのいるこの田舎で暮らしたいのが本音だけれど。将来のこと思えばそうもいかないので仕方ないんだよ」

「……」

「でも、大学卒業したらまたこの田舎に戻ってくるよ。麻衣ちゃんのいる場所に。それとも麻衣ちゃんも進学か。将来何をしたい？　言えよ。東京考えているなら嬉しいな。待つという楽しみ増えるから」

ああ勝手だ。関係ない。好きに東京という所に行けばいい。田舎者は東京などまるで視野にない。「パンダちゃん」さえ見に行ったこともない。

それに、ふたりに一体何があるというのか。

「麻衣ちゃん。僕麻衣ちゃんのこと。いつも気にしている」

「……」

「いつでも麻衣ちゃんのこと考えている。真剣だよ。ふざけてなんかいないよ。麻衣ちゃんと二人一緒なら将来幸せになれると思うよ」って、考えてくれなくてもいい。考えてもらったところで、何もかもどうにもならないではないか。こんな田舎の誰も知らない日々など変化するはずもない。

それに、二人一緒の幸せって……何？　幸せなど考えたこともない。そんなのどこにあるの？　あるはずもない！

「麻衣ちゃん。せめて、じゃあ僕と握手してくれないか。麻衣ちゃんの温かさを記憶するから」

「いや！」だけしか言えない。

「本当は麻衣ちゃん。前に言った通り手を繋いで田舎道歩いて……西山荘にも行きたかったのに。何も実現しなくて。こんなのってあるのかよ。悲しいだけだよ麻衣ちゃん。僕」って私を見つめるが。気持ち悪いことばかりを言う。

何でこんなに私を困らせるのか。それしか考えられないのだった。

「麻衣ちゃん。これ僕が大事にしていたものだけど。麻衣ちゃんに渡したいから受け取ってほしい。これだけは捨てては駄目だよ」

そんな大事なものなど貰いたくない。責任は負えないし、私には大事なものではない。

「たまにこれ見て僕を思い出してほしいから。麻衣ちゃんに僕のこと忘れてほしくないから」

また、勝手なことを押し付ける。しつこい。

趣味の切手集めの……中学校の頃からのものだと言う。切手シートブックが差し出された。『蒐集癖』など私にはない。

私は首を振った。それだけで解るはずが、「麻衣ちゃん。僕、どうしたらいい？　電話番号だけでも教えてくれよ。東京で声だけでも聞けたら他は我慢するから」

我慢するから？　何を我慢する。

そんなことより私のことなど忘れてほしい。東京という場所の大学に行けば、こんな田舎のつまらない世界でない輝かしい生活が待っていて私みたいな少女を待つ必要もなくなりのはずだ。

その時取り残された私の方が惨めになるではないか。何も解っていない。

足の不自由な女の子より健康な女の子がいいはずだ。

私は初めて心の思いを問いかけた。

「圭介さんは……麻衣みたいなしょうがい者でない女の子を見つけたらいい」

「麻衣ちゃん。何言うんだ。僕そんなこと考えたこともない。だから麻衣ちゃんじゃないか。悲しいこと言っては駄目だよ。僕はしょうがい者の麻衣ちゃんなんて思ったことも感じたこともない。麻衣ちゃんが僕には一番大事な人なのに。そう僕は思っているのに。解らないか」

悲しくしか生きられない女の子など相手にしなくていい。例えば、いつか惨めな最後になることだってある。私はそんな経験などしたくない。

今だって充分悲しい。限界に近いのに更なる苦しみは要らない。

「麻衣ちゃん。喫茶店でなく西山研修所の森に行こう」

「……」

「あのー麻衣ちゃんを抱きしめていいかな。本当は握手ではなく抱きしめたいんだよ。もう別れてしまうんだもの。僕、思い出が欲しい。解ってくれよ。麻衣ちゃん」気持ち悪い！

そんなこと言ったって。何でそんなことができるの。親しくもないのに。

「だから研修所の森まで行こう。そして大事な話ししよう。二人の将来のこと、相談しよう。考えていることがあるんだよ。麻衣ちゃん。僕の心、解ってほしい。麻衣ちゃん。僕とふたり一緒なら、そんなに苦しむはずないもの。僕、支えるから。必死で。だから多分地球は男と女となんだよ。そう出来ているんだよ。だから仲良くして。そうしよう」って？

「麻衣ちゃんの悲しみ、僕も背負うよ。それに僕、これから麻衣ちゃんの為に一生懸命頑張るから約束するよ」って、有り得ない。

私の心など誰も理解はしない。いやできない。何でこんなに私を苦しめるのか。それしかなかった。だが私はなぜか涙を零した。意味はないのに。

「麻衣ちゃん、何で涙出るの？　僕、苛めてるんじゃないよ」


恵が後ろから声を掛けてきた。ソフトボールの練習が済んだらしい……ほどの時間、私は少年と向き合っていたのだが。心の思いは幼い少女だった。彼の問い掛けが苦痛でしかなかったのだ。

「おい、反省もなく、相変わらずまいを苛めてるのか。卒業してまでまとわりつくなよ。その程度では大学進学失敗したか。天罰だな。バカ！」と、恵は言うが。


二階の四番教室、三年四組「就職クラス」

三年になったばかり。

恵が私の横に来て「帰ろうか」と言った。雨の日でソフトボールができない。

「まい、知ってるか？」

「何を？」

「あいつ。東大だとよ。へっ？　で信じられないな。野生動物が変化した。進化というのか。ストーカーがさ。腰抜かす心境だ」

「めぐは何で知ってるの？」

「笑っちゃうよ。二高には彼のファンがいっぱいいてさ。情報取ってたんだよ。まいはバカだね。それを蹴飛ばしてさ」

「いっぱいいるならそのいっぱいからいくらでも選択できたのに」

「そうさ。どうやら、そのいっぱいの中からまいが選ばれてたんだよ。何で気が付かなかったのかよ。ほれ！」と、封筒を机の上に差し出した。

「ソフト部室からの帰り音楽室に寄ったらさ。この『写真』広げてキャーキャーやってんだよ。『スマップ』の写真でも見て騒いでいるのかと思いきや、何とあいつの写真でびっくりだよ。貰ってきたよ。信じられない東大生の写真」

　恵は封筒から五枚の写真を引き出した。

「えっ！　これ！」

「そうよ。あいつを盗み撮りしたものだ。よく撮れているけどパパラッチに近いな」と恵は笑うが。

　中井川圭介の通学中の写真だった。いったい何をやっているのかと女子生徒達の発想に仰天した。が、場合によっては犯罪にもなると私は思った。人権侵害にならないとも限らない。Ｅサイズの五枚の彼の写真は机に並んだ。こんなもの。教室で何でこんなものを見なくてはならない。嫌な奴の写真なんか。

「ファンクラブから貰ってきてやったよ」

「こんなの要らない」と、私は五枚を重ねて破こうとした。恵は両手で私の手を抑えつけた。

校門から入って月桂樹の大木があるのだが、そこからのアングルと、校庭の土手に桜の並木がある。そこからも捉えた……の写真であるが。私は呼吸をするのもつらい思いになっていた。思い出さなくてもいいことまで思い出させられていた。

恵は写真を封筒に納めると、私のカバンの中の教科書に挟み込んだ。そしてカバンのストラップを引っ張り、「可愛いな。一個くれ」と言うが、私は首を振った。

「欲深いな」って。

「いつか、その写真はいい思い出作りになるよ。まいだけの経験だからな。貴重品だ。だから捨てるな」

こんな思い出、別に要らない。気持ち悪い少年なんか要らない！

「まいは馬鹿だよ。彼と友達になっていたら。東大見学ができたのにな。私もついていけてさ。楽しいのにな」

「……」

「やがて偉くなったりして。もったいなかったの男かもしれないのに」

「ストーカーが偉くなんかなるはずないよ」

「世の中わかんないよ。軽蔑していた男がさ。ノーベル賞かもしれないよ」

「そんなの西から太陽が昇ってもありえない。あんなのが」

「怒るなよ」

「あいつの話なんか、もういい」

「ああそうですか。分かりました。では帰りますか」

他に教室に残っていたクラスメートも「帰ろうか」とこちらに声を掛けてきた。

あいつなんか目前からいなくなってホッとした。目障りだった。


職員室の前を通り掛かった時、やはり帰宅する担任教師と出会い、「雨が強くなりそうだから気を付けて帰れ」と声が掛かった。

「先生さようなら」合唱したら先生は笑顔を見せた。

職員室前のヒマラヤ杉が雨に濡れて緑が際立って見える。その横を抜けながら今彼は、東京生活だと思っている。教養課程は駒場だと言った。そこで大学生活をしている。と、バカみたいだが思っていた。


そして……なのだ。日曜日。テレビで、その大学周辺の散歩番組を見付け、それを真剣に見る自分がいて。彼は今このキャンパスだとやるせない心があった。

何で何も言い出せなかったのかと悲しい。そして、恋しくて恋しくての想いが噴き出す自分も訳が分からない。私の心は何でちぐはぐなのか。と、十七歳の小さな胸は痛み彼に何も表現ができなかったのは何でだろうと悩み。既に橋の所で少年に出会うはずもなく。彼がいなくなって、急に彼を捜して。どこかに待っていてくれるはずだと捜している。

しかし彼はどこにいるはずもなく「ひとりぼっち」を知り。何でひとりぼっちになってしまったのかと、悲しみ。だが彼はいるはずもない。


やがて「中井川圭介」を忘れていった。

就職試験にあたふたする毎日となり、その将来の目的に振り回されて自滅するのではないかと思う程の経験をし圭介を忘れた。わずかも思い出さなくなった。

卒業と共に建設会社入社となりただ働く環境だけとなった。雨傘などまるで忘れている。多分母親が乾かしてどこかにしまい込んでくれているはずだと思うが不明に近い。

圭介との再会が訪れるなど予想もしない。晴天の霹靂に等しい。

そんな女子高校の頃を、圭介に指摘されて突然思い出すことになった。

麻衣・メモリー

渡月橋の下のバス停で降り。修学旅行の生徒達・観光客で混雑しているので渡月橋から少し下った桂川の護岸の場所で待つように、と圭介は伝えて、土産物店の方に歩いていった。私は組んだその石の上に腰を掛け川面を眺めて溜め息をついた。何回も歩いた嵐山の景色がまるで違う場所に思える。宏以外の男となど歩いたことがない。男といっても宏は意味が違う。その他人の男と一緒になどと、どうすればいいが本音だ。日差しが強いのに帽子も忘れてきていた。

あの頃の何を話し掛けられても拒否していた自分の、ぎくしゃくした思いの心情になってしまっている。つまり「劣等感」それが心を塞ぐ。なぜなら、たくさんの観光客なのに足の不自由の人などひとりもいないのだ。

圭介はソフトクリームを買ってきた。それも一個。差し出すそれに手が出ない。

「食べたかったんだろう？」と言う。そうなのだ。アイスクリームが欲しい程の日差しなのだ。心の中では感動しているのに手が出せない。私の大好きな宇治抹茶のだ。

「何を遠慮してる？」と、あまりに手を出さない私に握らせてくれた。

溶けてくるので口に含んだ。美味しかった。

圭介は自分の帽子を私に被せてくれた。多分私への心配りで帽子を被ってきたと再度思うのだが。それにも「ありがとう」が言えない。

私は食べかけのソフトクリームを差し出し「食べてください」の言葉は出なかったが。そういう行動をした。

が、「いい」と言う。

私にだけ買ってきたのだ。彼の生活態度をふと見た気がした。たった一個の「ソフトクリーム」だが、贅沢が消えたのかと感じた。

やがて、天龍寺の庭を見て……混雑する道路を抜けて竹林に向かった。

「ソフトクリーム買ってくださらなくてもよろしかったのに」

「食べたかったんじゃないのか？」

「だって、貧乏学生さんでしょう」

「ソフトクリーム一個しか買えない貧乏か」と圭介は笑顔を見せた。

「研究貧乏とかもあるでしょう。寺の生活では一生貧乏でしょう」

「なる程。それではどこかの誰かに援助してもらうしかないか」

「どこにそんな寄付マニアの人がいるのかしら」

「すぐ傍にいるではないか。その設計士はアイスクリームの礼で助けてくれるはずだがと思いたいが」

「援助なんかして差し上げたくない。貧乏人は嫌いなので」

　圭介は苦笑しつつ、「かなりきついんだね。優しい性格だと思っていたのは勘違いで大変そうだ。さて、どうすればいいかな。困ったな」って、そんなの知らない。

「あの、失礼ですが、僧職の方ですよね」と、六人の集団行動の高校生が圭介に問いかけてきた。

「修行も見習の立場で、修行という入り口にも届かない」と圭介は答えた。

「僕ら熊谷の高校生です。修学旅行の思い出作りをしています。迷惑かと思いますが写真御一緒していただいてよろしいですか」

「行きずりでは」と圭介は答えたが。

「お願いいたします」で頭を下げている。

　私は彼らからデジタル一眼レフカメラを受け取ると、自然に圭介を真ん中にして並んだ高校生をレンズに入れ込んだ。二枚と言うのでシャッターを二回切った。高校生は圭介と私を写すと言ったが圭介は拒否した。私もまた、二人だけの写真など要らないと思っている。いい思い出だけがあるとは思えない。圭介が比叡の出家者でなければ引っかかりも少ないのだが。かなりの拘わりは私の中にもある。

　爽やかな高校生達は圭介に握手を求めて別れたが。

「思い出されるでしょう。かつての教え子の高校生達を」と、うっかり愚かなことを口にした。

圭介は何も答えなかった。というより、黙秘の姿に見えた。聞かない方がよかったと後悔した。

嵯峨野の竹林は葉擦れの音さえ心地よく、優しい風が流れ、佇むだけで心安らげる思いだった。けれども二人連れとは誰も思えない程に、並んではいるのだが圭介と私の間には距離があった。ひねくれて私が離れているだけのことではあるけれど。

大河内山荘では抹茶とお菓子が出てきた。それを運んできた女性は「どこのお山で御修行ですか」と圭介に話しかけてきた。それを聞いて私は慌てて彼の脇を離れた。彼が修行僧だというのが高校生にさえも解るのだ。

私はどうしたらいいのか分からない程、複雑な気持ちにさせられてしまった。圭介はその女性と二言三言会話をした後、私の横に来たが。私は椅子を替えて圭介から離れた。だが次には私の傍には来なかった。山荘の庭を眺めていたが、やがて私に声を掛けることなくひとり庭園へ歩いていった。

休憩所に残されて圭介を視線で追いかけたが、着いていく程の気持ちもない。

思い掛けない引っ掛かりを意識した。彼は会社という組織の人ではない。を思い知らされてしまった。想像以上に厳しいものを実感した。普通の男性でないのはインクラインで感じたのに。だから振り切ったのに。それがやはり正解だったのだ。身に詰まされる思いだった。

山荘の門前に、数台のタクシーが停車していたのに気付き、私はひとり帰る決心で坂道を下りかけたが後ろから腕を掴まれた。

「麻衣ちゃん」

「……」

「細かく気を使う必要はない。気にしなくていい」

圭介は私の腕を支えたまま、砂利道から大乗閣まで上った。

「向こうに見えるので」

圭介の精神「こころ」を抱え込む比叡山が彼方に見えるのだ。茜いろの時刻なら映えて輝き、美しく見えるのだろうと思われた。


「昼食どうしようか」と圭介は聞く。

「食べなくてもいい。帰宅してから食べます」

「そんな表現でひねくれなくてもいい」

「どうせそんな女です。苛められて苛められて。なぜあんなに足の不自由な少女を苛めて楽しいのか。苛められるたびに死ぬことを考えて普通に歩けたらどんなにいいかとそのたびに思い、いつの間にかそんな中で成長した女はひねくれさせられてしまっている。あの男の子達はすでに大人で今、何を思うのか。多分、人を悲しませたなど考えることもなく今も平気で生きているはずです。子どもも生まれ、その子が足が不自由であっても過去に苛めた少女などわずかも思うことなく生きているはずです。こんな極めて悲しいことしか言えない女などに優しくしてくださらなくてもいい。なぜならこんな暗い女などいないはずですもの」

　圭介は暫く私を見つめていた。


「麻衣ちゃん。少女の頃からの麻衣ちゃんを、いっときも忘れてはいなかった。唯々『小森麻衣』だった。ひねくれていても暗くてもいい。なぜ待ったのか。その少女が心から愛しかったからではないか。それ以外に何の待つ理由がある。我が心を伝えたい他に、理由などはない。逢いたい逢いたいとそれだけだった」

「麻衣ちゃん」と静かに呼ばれて、いつでも傍にいてくれた少年を思い出し。あの時、知っていたなのに。

「いつも……ごめんなさい」呟いた。

「おばかさんだったね」って。

「インクラインで麻衣ちゃんと出会って、生きるとは、こんな感動を授かることもあると思った程に嬉しかった。麻衣ちゃんは僕の青春すべてなんだよ」

　私は抱きしめられていた。圭介に腕を廻し洋服を掴んだ。

「ソルダムもびわも美味しかった。手袋も頂いて嬉しかった」報告していた。

「昼食。おそばが食べたい」伝えた。

大河内山荘の景色も太陽の光も何もかもが優しく思え、そして恵の言った言葉「一人では生きていけない」他を心から理解して、今はもう逆らう必要もない自分を確認し。自然そのものすべてが愛しく思えた。

昼食をしてのち、トロッコ列車で亀岡までを往復した。保津川の清流と舟下りの何隻かを下に見て、流れには両岸の緑が映え、心まで瑞々しく煌めく思いだった。

圭介に送られて宏のマンションに着いた時には夕方になっていた。宏の姿を見て圭介は遠慮して、すぐに帰ろうとする。

お世話様。と圭介に挨拶の後、宏は、「入りなさい。お茶でも」と言ったが、遠慮している圭介に、「じゃあ。このまま外に出ようか」と伝えた。

宏の車で京会席の店に行った。宏は圭介の生活に配慮した食事処を選んでいた。私は料亭の座席で左脚を伸ばす他ない。宏は膝掛けを頼んでくれて、店はすぐに持ってきてくれたが私の膝は少し曲がりはするが、正座はできない。その姿を圭介に見せねばならない。若い自分でなかったら、こんなには切なくはないのにと思う。苛められていた子どもの頃より、数倍つらい。人とはその時その時自分に降りかかる問題が最大級の悩みと感ずるものだがそれよりもはるかにつらい問題も出てくるのだと思わされていた。私はどうすればいいのか分からない。

私はふたりの男性の話を聞くだけだった。

最初から密教の話になっている。天台宗も密教なのだと私は知る。空海の密教は日本史の授業から記憶に残っていたが。念仏・真言と密教は独特の経文だと聞きながらも、理解はできない。私の田舎の寺は永平寺系なので禅寺だった。だから宏も天台宗は初めて聞く内容であると思う。京都に生活していても各寺の宗派までは知らないと思う。マントラの響きは密教特有の語りらしい。

夜。比叡へのバスはない。食事後、宏は圭介を山に送ったが。車から降りて私がせねばならないことをしている。圭介は宏に丁寧に挨拶の後、私に視線を送ってきたが私は受け取ることができずに逸らせた。

脚の不自由の身が悲しい。拘わらないわけにはいかなかった。食事が終わり、立ち上がる私に圭介は手を貸してくれた。私は戸惑いながら、その力強い男性の優しさの手に甘えて掴まったが。

横川エリアの暗闇に真っすぐに歩いていく圭介を見つめながら、涙が零れた。

宏のマンションで、なかなか寝つけず、体をあっちこっち動かしながら溜め息ばかりついていた。大河内山荘で圭介に抱きしめられた瞬間、今まで思いもしなかった『男』を意識してしまった。男の生命の力強さが想像以上の生々しさで女の心に溶け込んできた。何と表現していいのか分からない動揺で。考えていたこととはまるで異なり、心が震え、感情が勝手に揺らぐのだ。惚れるという言葉があるが、その言葉が一番妙を得て心を命を彩る感じなのだ。だが、なぜこんなふうに自分がその流れに心を任せ始めたのか。断ち切れるはずなのに。京都に来てしまっている自分が遣る瀬無《やるせな》い。忘れていた男なのだ。それを振り切れずに圭介という男性と係わりたいという自分が悔しくもあった。仕事だけでいいと頑張ってきたのは、独身でいいとの決心だからだ。それを自分から崩している。

だが、逢わない方がいい。今ならまだ引き下がれる、と心積もりした。圭介は比叡山の出家者なのだ。そこが問題点で、そこで行き止まる。道路の行き止まりと同じで、立ち往生でしかないではないか。


翌日……京都駅。

外壁に背を凭せ掛けている圭介を見付けて、ギャッ！　心で叫んだ。明日帰ることは伝えたが。まさか！　私は烏丸中央口を、彼に気付かないふりで迂回した。困惑した表情の男性は、「おはよう。かなり迷惑そうだな」と私の前に立ち塞がった。

「もちろん迷惑です。待っていただく必要はありません。物語は昨日で終しまいにすることにしました。私の結論です」

圭介は可笑しそうな表情をした。

「嫌な男だと認識したか。しかし、こちらは、そういう希望に簡単には応えられない。永い年月待ち焦がれて、まだまだ待てるとは言ったものの、再会が訪れてみれば、待ち草臥れてもいたと気が付いた。更には、何十枚ものレポート用紙を使用する程の記録になるであろう我が心の過去からの麻衣ちゃんへの想いを簡単には捨てられない。納得するエンドマークを見るまでは引き下がれないという男がいる。麻衣ちゃん」

　麻衣ちゃん……など要らない。

「ついて来ないでください」

「目的達成までは頑張らねばならない。麻衣ちゃん」

「それをストーカーと言いますけれど」

「さあ。どうだろうか。京都府警に捕まる程ではないと思うが」

「第一。それって」と、私は彼の下げているベルト結束の二冊の教科書とA5のノート、ボールペンケースを示しつつ。

「今日大学院の授業じゃなかったんですか」

「そうらしいね。サボッた」

「講義キャンセルして今の時間までつまらない女を待ってらしたんですか」

「つまらい女性なら待ちはしない」と私を見つめる。

「くだらない女を待つより大学の講義の方が大事のはずですし、あなたにとっては必要のはずです。なぜなら今日という日は永久に戻っては来ないはずですから」

「難解なこと言うね」

「第一、国家の税金の無駄使いに相当するんではありませんか。私も税金引かれてますけれど」

「悪かった。今日は許してもらうしかない」と応えたが、「何が大事かより自分は今、何をしたいかだけだ。それを外したがためにとんでもない運命になってしまうであろうクジだけは引きたくない。批判されようが構わない」

白いTシャツに前ボタンを外して、明るい色彩の格子柄のシャツを重ね着して、その袖を無造作に捲りあげてジーパンにスニーカー姿の、男の若さを見せて癪にさわる程だ。

「そうですね。かつての誰かさんは茨城県警に捕まってらしたわね。常陸太田署に捕まえて貰っていたらよかった。二十メートル以内に入らないようにと念書を頂いておけば助かってたのに。悔しいわ。しつこいんですもの」

圭介は視線を逸らすと可笑しげに笑った。私が歩き出したものだから後退りしつつ、私のカバンを横取りした。

「前科一犯か。しつこいのは性格なので直しようがない。残念だな。諦めてもらうしかないな」

「これで二犯じゃないですか。ああ悔しい」

圭介は大股で歩き出した。置いていかれて私は彼の背に少し舌を出した。

やがて振り返り、「新幹線は何時だ。チケットは持っているな」って、知らない。

私は……フン！　と横を向いた。彼は笑っているが、地団太踏みたい程だ。どう思ったたって私の負けだ。悔しい！

昨夜なかなか寝付けない程考えたのに、逢ってしまえば恋しい男性なのだ。そんな女の心の動きを隠せない女を彼は知っている。生きていることの楽しさなど、ひとりぼっちでは感じなかったのに、心が活き活きしてきて、唯彼の傍らにいるだけなのに、弾んだ思いになってしまっている。

フン！　などの態度は、まるで少女みたいだと知っていてそうしている。「生きる」の中に何でこんな心の一隅があるのか戸惑いくらいだ。だから……やがて彼の持つ教科書を引っ張り受け取り、自分から話し掛けている。

「質問ですけれど」と、南北自由道路を圭介と並んで歩き出してから、「人はなぜ生きているのですか」

「分からない」即答であった。

「なぜ生きているのかなど考えたこともない。気付かないうちに生きてしまっている。どうにもできないではないか。それに戻る訳にもいかない。せいぜい楽しく生きるしかないではないか。好きをする。好きを食べる。文句も言ってみる。拗ねてもみる。そして恋もする……ではないか」って。

そんな適当信じられない。これ……と預かった教科書を少し掲げて、「この中に書いてあるんじゃないですか。指針とか」

「さあ。読んでみればいい」

「そんな！　高卒です。これ英語とドイツ語ですもの。読めません！」

「それが判れば読んだようなものではないか。懸賞金付けようか」って。

ああからかって。意地悪だ。私は彼のシャツを引っ張った。

「では質問替えます。人はなぜ生まれてくるのですか」

「分からない」これも素早い返事である。

「つまり、人は何も解らず生まれて生きねばならないですか」

「そうらしい。よく解っているではないか」

「圭介さんは生まれて感謝ですか」何と私は、彼の名前を言っている。

「麻衣ちゃんはどうかな」

「失敗でした。しつこい誰かさんに逢わない時代に産まれたら感謝したかも知れません。それに毎日悩んでばかりで生きてますから」

「何を悩む」

「女で生きるのがつらい思いなので」

「悩みもつらいのも生きるではないか。それを余裕で少し楽しんでみればいい。なぜなら、『小森麻衣』とは地球の中で、唯一、選ばれて存在しているという輝かしい女性ではないか。誇らしいではないか」

「余裕って。苦しみを余裕に等変化できません。そんな考えなど不遜です」

「なぜだ。真実ではないか。悩みなど自分が作り出しているのではないか」

「そんな！　私には絶対に通用しない考えですもの。信じられません！」

「信じなくても……既に宇宙に組み込まれている。だから生きている」

「私は多分、そこから除外された者です」

「そんなことはない」

「では、なぜ地球上は男と女ですか。メスだけ存在の種別などは別にして」

「わからない。ただ人間にだけ区分けするなら男・女だけではなく、男『女心』・女『男心』もあってと認識しての男・女にはなるか。自然界では、男という役割は絶対的に必要な存在でもあるはずだ」

「そう哲学の教科書に書いてあるのですか」

「ないが、人は自分がどこから来てどこに去るのか。さらにはその自分は何者なのかを知り、確認しつゝ、何を成せばいいのか。その役割を知り。そしてやがてどう消えるか。どこに消え去るのか。見えていたなら哲学や宗教のイデオロギーはない。ただ、今解るのは誰ひとり同じ指紋の人間がいないということだから、そのあたりから考えてみれば生きねばならないという存在の価値と意味が見えてきて責任・目的が生じてくるのではないか。麻衣ちゃんは地球の中でそのたった『ひとり』という存在の訳なのだから、悩むより、その存在価値を認識して思いのままでいい、好きなように、楽しく日々生きたらいい、他ないではないか」

「そんなの、思いつきのいい加減な言い分で私には受け入れがたいです。適当に生まれてしまったというのが正しいのでは」

「そうかな。僕の言った程度が人間の普通のレベルの気がするが」

「つまり、深刻に考えても月日は過ぎていく。悩むだけ損。なら勝手に生きたがいいということを言いたいのですか」

「いや。そんな適当な思いではないが。悩んでいると言うからそれなりの真剣さで答えたが。なぜなら理論等時代が変わればこれも千差万別になっていく。適当なところで妥協もしなければならないではないのか」

「幸せなのですね。いえ、めでたいとしか言いようがなく。ばかばかしくもなってきますけれど」

「人生なんてそんなもんではないか。麻衣ちゃんと僕と二人で深刻に悩んで議論してみたところで、世の中変えられるか。何も変わりはしない。平凡な者は呑気に冗談で生きるのもいいではないか。持論だが神か仏か。つまり生の根源を自分なりに迷いながらでも探り当て、それを我が心で確信できたら、生きる希望はそれなりに出てくるはずだ。もちろん迷いながら絶望しながらでもあろうが」

「私には生の根源も神も仏も見えません。というより、それは日常生活での自分をあるところで誤魔化し納得させる手段でしかないのではないですか」

「いや、なかなか難しいんだね。麻衣ちゃんを洗脳するにはかなりの日数が必要らしいな。困ったね」

「ひねくれていると言いたいでしょう。ひねくれていた女子高校生だったのは見えていなかったらしいですね」

「言ったではないか。ひねくれていてもいいとね。そんなのは問題ではない。麻衣ちゃんが生きているという、何にも変えがたい大切な存在の生命があるだけでいい。それ以外の真実など自分には必要ではない。で……終しまい」

新幹線のコンコースは中・高校の修学旅行生で溢れていて、彼らは男子も女子も床に腰を下ろしていた。二人の高校生が近付いて来た。昨日の嵯峨野竹林での熊谷の生徒達である。

「住所をお聞きするのを忘れていました。後で写真をお送りしたいので」

圭介は暫く黙っていたがやがて寺の名を躊躇いがちに告げた。

「おお、京都に来て最初に訪ねました。案内書がありますからそれで確認致します。延暦寺は又いつか訪れたいと思う程の感動がありました。山全体が哲学の香りだと思いました。横川がとても印象深かったです」

圭介はなぜか苦笑した。私にだけ見えた圭介の表情だった。

やがて高校生は、「どこまでですか」と私に聞く。

「水戸の少し先まで」

「同じ関東ではないですか。熊谷の方に来た時には是非学校に寄ってください」と、高校名を名乗った。旅を共有する縁もあると思った。臨時の新幹線で彼らは帰っていった。丁寧に挨拶の男子高校生は頼もしく見えた。

別れの時。新幹線ホームで圭介は瞬間私の手を握り、すぐに離して、「麻衣ちゃん……麻衣という女性を必要としている男がいる。麻衣ちゃんはその男の為にこの世に来てくれた女性ではないか」

私を見つめて、「だから……望まれて……生まれてくれた女性ではないか。なぜ女で生きなければならないなどと悩む必要はない。何にも替えがたく重要で大切な存在として期待され、この世に迎え入れられた、喜ばしい女性ではないか。そのたった一人を必要として心から待つ男がいるのであるから、深刻に悩まなくていい。毎日をただ悔いなく生きるでいい。麻衣ちゃん……」

私は砕け落ちる程に驚いていた。圭介の言葉に、女で生きる命の幸せを教えられ。苛められるたび何で女か、男だったらこんなに苦しまずに済んだのにと打ちのめされ、人とはなんでこんなに残酷な仕打ちができるのかとばかり思わされ、人は弱い者を虐めるために生きてなんかいないはずだ、という思いの少女時代だった。そこからは悲しみと人の酷さしか教えられなかった私だったが新幹線の中、圭介の言葉に涙がこぼれ溢れて止まらなかった。いじけて、いじけて生きていた少女時代が鮮明に浮かび、その年月に圭介が存在していたのを改めて思い、人は誰かに支えられていたなら悲しみを抱えていても生き抜けるのだと思わされた。

長髪の高校生の姿が思い出の中で輝き出した。

「ありがとう。私の見える世界の中で生きてくれていてありがとう」

圭介に向かって心の中で叫んでいた。

「麻衣、ちょっと来な。由木子さんがテレビに出ているから」

朝、出勤前に私は母に呼ばれた。それはわずか数分のもので、由木子を取材した番組ではない。

テレビ局がアフリカ取材に入った通りすがりの映像にすぎなかったが、由木子と看護師の仕事の現場が映し出されていた。

高山由木子……宏の恋人である。というより、インターンの頃から同棲している女性である。NPO法人からの派遣現場であった。看護師共に、化粧もない質素な服装の、髪を結わえただけの笑顔を見つつ私は震えるほど感動していた。数分間流してくれた由木子達の映像に感謝したかった。とんでもない不便な場所でのボランティア活動である。テレビの取材班がそこに入るのに二日も掛かっているのである。

「宏がいるから、私は医師になった時からの夢であるボランティア活動ができる。宏がいなかったら夢は夢で終わる。宏という支えで、大変なことも乗り越えられ、アフリカ奥地での生活ができる。私は宏という素晴らしい男性と巡り合えての、感謝の心を現地に活かしているだけ……」

そう由木子は言うけれど、二回目のアフリカなのである。妹から見れば宏は素晴らしくもなくいい男でもなく、農家育ちの普通の男だと思う。十人並みという奴だ。医学部を目指した時からの兄の努力は限りなく大変だったことを妹は知っている。夜、二時三時、少女の私は隣の部屋の灯がついているのを何度も見ていて、いつ寝るのかと思う程だったから。裕福でない農家ゆえで、国立なら、そして塾もなし、浪人も許されずの父親の許可で頑張る他なかったのだ。見ていて気の毒と思った程だから。

「麻衣ちゃん。兄ちゃんはバカだな。死に物狂いとはこのことだ。何をやってんだろうな。楽な日常の方がいいのにな」と高校生は笑ったことがあった。

「偉いね。由木子さんは」と母は言うけれど、私は宏も偉いと思っていた。

二回で辞めるというけれど、その二回目の現地で仕事をする由木子の姿は頼もしい。これを宏がみたら涙が零れるのではないかと思うほどの由木子の爽やかな奉仕姿である。

由木子は宏との生活のなか、宏の実家に来てインターンの頃から休みが取れると農家の手伝いに来る。遊びに来るのではないのだ。宏は来なくても農作業をしていく。由木子のその姿は宏を尊敬する姿勢だと感じさせる。

そういう由木子だからアフリカ奥地にも行けるのだと思う。

農業は傍で見ていても好きになれない。逃げ出したくなる。だからサラリーマンの恵の家庭が羨ましいのだ。農家の女が悲しくなる思いなのだ。休みなし。遊びもなし。朝早くから夜遅くまで暇なしだ。だから、そんな環境を選んで生きる母親をも、私は偉い女性だと思っている。

由木子・メモリー

いつでも宏は図書館にいた。その日、由木子は宏を見……勇気を出してその横の椅子に座ろうとしたが、横に並ぶ程の仲ではないから、一つ置いて腰を掛け、しばらく話しかけるのを我慢していた。が、やがて我慢も限界で、

「私をご存知かしら」

宏は知らない振りをしている。由木子は握り拳でコツコツやった。知らないはずはない。教養課程からずっと一緒なのであるから。もう一度机を鳴らしたが、やはり知らない振りだ。

由木子は宏の前に並ぶ二冊の本とノートを自分の方に引っ張った。それでも何も言わない。

「ね。聞こえているはずですけれど」

「……知らない」ボソッと言った。宏の握っているボールペンを引き抜くと、宏のノートに「高山由木子」と記し、宏の前に突き出した。

「私の名前」

「読めない」と宏は平気で言った。癪にさわるので、由木子は自分の名前にルビを振った。

「この程度の簡単な日本語読めないで、よく医学部合格しましたこと。幼稚園の子どもでさえ読めますけど」

「まぐれの合格だ。それに農家で幼稚園とかは行かずじまいで、学習しなかった」

「恋愛好きですか。その研究はもう済まされました？」

「……」

「研究結果は？　その数式理論は完成しました」馬鹿なことを口走った。

「今言ったように、まぐれの医学部だ。そんなのに係わっていたら講義についてはいけない。自分の頭脳はその程度なので、遊ぶ暇などはない。いや、医学部は失敗だった。容易ではない。場合によっては学部を変更したい程で。やがてそうするかもしれない。それに、そっちの言ってることは好き嫌いの問題かね」

「関心があるのかということですけれど」

「ない」

じゃあ。と由木子は言ってしまった。

「じゃあ、少年のままそのまんま」

「そっちはどうだ」と、これは早い。

「そんなの答えられないわ」

「答えられないようなことは聞くな」と怒られた。

これが宏との最初の会話だった。由木子はそれ以後宏を教室に見ると、そ知らぬ振りで横の席に座るのだが、少しずつ体をずらして逃げられてしまう。

ある朝気付いた。自分のお弁当を作った時、そうだ、もう一個だと。

午前中の講義が終わって、宏の傍へ行った。黙ったまま包んだお弁当の一つを宏の前に差し出した。

「サンドイッチですけど」紙コップ使用で、小さめのポットのお湯だったがインスタントコーヒーも作った。

「今日は私の作った昼食食べてみません？」

あまりに黙っているので、由木子は包みを開き、サンドイッチ・果物・サラダの入るタッパーを机に並べた。

「私の手料理の味をみてください。いつの日にか、この味でいいかのテストね」と、作ってきた濡れ手拭きを宏に掴ませた。

「いつの日かとは……何の意味だ」

「私、医学部に迷い込んだけれど、本当は女子大に行って家政科を選択して栄養学を知識として詰め込みいずれ専業主婦となり家族の栄養管理をしたい……が理想でしたのに。高校の担任教師が医学部など薦めるものだから、違うのになと思いながら先生のおっしゃるようにここに来てしまったのだけれど。専業主婦が諦めきれないのね。だから、その専業主婦という女性の理想を実現してくれそうなのが、小森さんという男性なのね……と勝手な思い込み」

図々しく言った。

「どういう意味だ。難しくて理解困難だ」

「小森さんがいて。私がいて。私の描きだす幸せ絵柄・専業主婦」

「バカバカしい。何が専業主婦だ。そちらの方が成績優秀でトップクラスではないか。羨ましい限りだ。こちらはいくら努力しても追い付かない。何年掛けても無理だ。どうみても将来そちらの方が早くに出世して、自分はその部下しかないじゃないか」

えっ！　と由木子は戸惑った。思いがけない言葉がきた。しばらく沈黙していたが、やがて「それは有り得ないことだけれど、例えばそうなった時高山という女の部下で我慢できます？」

「する他なかろうが」

「尊敬できない嫌な女かもしれない上司の元で、我慢なさる？」

「尊敬する」と宏は言った。ああこの男性を失いたくない。いや支えていきたい。私の人生はそれしかないと勝手に思い込んだ。

入学時から心に意識してしまった青年だった。都会育ちではないはすぐに分かって可笑しくなるのだが、表現できない魅力を持ち合わせていたのだ。

男の出世は成績ではない。選択した環境に入って、如何に自分をその組織で発揮でき、努力が活かせるか。また、巡り合いという組織に守られなければできない研究もあるはずでありどんなに努力しても一人ではどうにもならないとも言える。環境という枠にも助けられて初めて成し遂げられるものがある気がする。学生時代の成績優秀等、現場では通用しないこともあるはずだ。何であんなのがと言われた程の人でも、その、組み合わせの妙で、いい仕事が成せる場合もあり、社会に組み込まれてこそ、その人の持つ感性が活きて輝くこともあるはずだ。これはあらゆる職場に言えることで、社会に出てからが運命を左右する勝負に違いないと……由木子は宏を見つめて涙が浮かんだ。

お弁当を食べてもらったからと親しくなったわけでもなく、しかしお弁当を作る楽しみが増え、宏を見付けると後についていく。

「ついてくるな」と振り返えられ、教室で横に座わると、「気が散るから離れてくれ」と冷たい。聞こえぬ振りをする。

冬の季節が近づく連休に由木子は横浜の実家に帰った。

元町で両親は洋品店を経営している。その店内でこれは宏が着るためのセーターだと勝手に納得して父親からただで仕入れた。

次の日、由木子は東大路通のバス停で降りる宏を待った。が、知らない振りで通り過ぎていく。小走りで追いかけ、紙袋を差し出した。宏は立ち止まり、由木子を見た。その宏を見つめて……私はこの青年に恋をしている。どうすればいいのか心納められないと思っていた。

「何の用か」

その宏を見つめて声が出ない。冗談は言えなくなっていたのだ。宏は歩き出した。その背に向かい、

「宏さん」

由木子は呼んだ。それが失礼なのは意識したが、そう呼びたかった。宏は立ち止まり、振り返った。

「横浜の実家の店頭から誰かさんのために盗んできてしまった」

と、由木子はそんな表現をした。宏はしばらく由木子の差し出した紙袋を見つめていたが、「盗難品か」と言いつつ、受け取ってくれた。

「後で警察に掴まるわよ」

歩き出した宏に向かって由木子は伝えた。振り返った宏は、「了解。その時は出頭しよう」と、その紙袋を少し掲げて由木子に初めて笑顔を見せた。笑顔が優しい青年だった。いつでも無表情の人が。


医師の国家資格試験が終わり……数日後。

由木子がいつも乗り降りする近衛通バス停で宏が待っていた。由木子は自分を待っているとは思わなかった。

「お茶でもどうか」

声が掛かった。由木子は聞き返した。

「えっ！　お茶？」誘いが来るなど信じられなかったのだ。

「慰めてもらいたい……」とは。何を慰める？

行き先は市内のホテルだった。そのホテルのレストランでのお茶かと思ったが、「部屋を予約してある」と、フロントで鍵を受け取って来た宏は、由木子の腕を掴むとエレベーター方向へ歩き出した。

えっ！　と思ったので、

「まだ合格発表も済んでない」尻込みすると、

「そんなのはどっちでもいい」宏は答える。「終わってしまったものは修正がきかない。不合格だ。それが今までの自分の努力の結論で、今期は終わりだろう。今更どうにもならない。医者という人生は夢物語かも知れない。その可哀想で駄目な男は……誰かの慰めが必要になったらしい」

「……」

「茨城の田舎に戻って農業を継ぐことになるかもしれないが、それでもついてくるか」と宏は言った。

由木子は咄嗟のことで、「農業への憧れはあるからできると思う。宏さんの応援程度かもしれないけれど」と小さく返事した。

「農家の収入は少ない。あげくに暇なしだ。お洒落も除外で我慢できるか」

「できるではなくて、我慢する。宏さんと生きたいから必死で農業する」

「……という訳で、私は『知能犯』とは知らずにの農家生まれの男に騙されてしまったのよ。麻衣ちゃん」と由木子は笑うけれど……さて？

麻衣・メモリー

夜。宏から電話が入った。母が暫く話していたが。息子からの電話に母親は特別の思いがあるらしく、嬉しくてたまらないのが伝わってきていた。明日は休みという夜なので、私は父と飲んでいた。私はビール・日本酒なら少し飲めたというより会社の宴会で飲めるようになってしまっていた。生ビールは美味しいというのを覚えてしまった。宏はほとんど飲まない。親戚の結婚式でジュースを飲んでいるのだから。

母から「兄ちゃんから。電話」と呼ばれて子器を受け取ると「飲んでいたのか」と言われたのを見ると、私は酔っ払っていたのか？

「宏兄ちゃん。麻衣ちゃんはお酒なんか飲んでなんかいないのよ」では酔っ払いか。宏の用件はマンションの掃除以来であった。毎日忙しく部屋の整理もままならなかったので頼むという。

ヨーロッパへ十日程行って来ると言った。由木子のＮＰＯ法人での任期が終了し、パリで待ち合わせてフランス・イギリス他を旅行するというのである。永すぎた年月の終わりらしい。

同棲という研修医時代からの共同生活の完了らしい。ふたり分のアパートの節約で共に生活していたのだと思うのだが。由木子はまだ宏の籍に入っていない。その内縁関係の結論の旅か。つまり『結婚』かと私の思い込み。こんな田舎育ちの男の何がいいのかとも思う。母も「横浜育ちの由木子さん。宏でいいのかね」という程農村育ちの男は垢抜けない？

私は土産を催促した。男物と女物のイギリス製のカシミヤのマフラーを。

「女物は由木子さんのセンスで。男物は宏さんの好みでいい」と図々しく頼んだ。由木子は男兄弟の中の女ひとりであるから、私を可愛がってくれて、古着やカバンを全部私に下げてくる。古着といっても横浜元町ブランドだ。勿体ないほどで、恵も欲しがるので配るが、いい素材いいデザインで助かる。学生時代のは全部下ってきていた。

私は宏と由木子が帰国する日時に合わせて京都に行った。だが私に掃除を依頼する程ではないマンション内である。いつでもそれなりに整えられてはいるのだ。だから京都に誘うための私への思いやりだと思った。

それでも蒲団カバーを洗濯し蒲団を干し水廻りの掃除で二日程を過ごし、圭介に連絡を入れた。恋している女は掃除をしながら恋する男性を意識から外せない。比叡山の見える角度……他人の部屋のスペースの通路に廻り込んで彼方の山頂を何度も見ないではいられないというアホさだ。

その、待ち合わせ場所。私が決めた。シーズンオフの季節でおそらく混んではいないと思い「哲学の道」を選んだ。

哲学の道は予想通り少ない観光客で静かだった。

「圭介さん。生涯比叡山の生活では、悲しい人生の気がします。なぜそこで埋もれて一生なのですか。修行という傘を着て社会を拒絶したとも思える人生ではないのですか。ずるい気がする。見えないものを見て、感動は自分だけでしょう。教員という現場の方が人を教育して若者に勇気を与えもしての、社会参加の方が役に立つ人生であり、生き甲斐がある気がします。山寺ではひたすら、自分磨きだけで終わりではないですか。そこには社会に尽くすという役目はないようにも思えるもの」

愚かしいことを言った。圭介は黙っていた。私の言葉は軽率でしかない。

そういう価値観のないことを言い出す女は修行僧には相応しくないのは知ってはいるが。彼と係わるは「覚悟」が必要であり特別な思いでの理解も兼ね備える必要がある。そして時には諦めも必要だ。が、

「やがて、坂本日吉で幕を引くという」呟いた。

「何か、調べたのか」圭介は聞く。

そうなのだ。たまたま見ていた京都のパンフレットで、大津市坂本日吉の場所が、比叡山での修行を終えた老僧の方達の隠居所の「里坊が点在」するという記事を見付けて、私は堪らないショックを受けていたのだ。呆然としてしまう程だった。小雑誌を開いたまま、「里坊が点在する」の活字に釘付けになってしまっていた。読まなければ良かったと思った。つまり圭介のそういう

老後等自分の視野に入れたくなかった。今の圭介から、彼の老僧の姿等、想像もつかないし「ひとりぼっち」の圭介の最後も認めたくなかった。哀し過ぎた。哲学の道の場所は突然の悲劇で崩れる思いだった。

僧との関係は「日陰」という存在だとその「里坊」の言葉に空しい自分を意識しないではいられなかった。

圭介は私の女に何を期待し求めているのか。求めたいのか。それがなかったらインクラインで声など掛けてこなかったはずだ。声を掛けたところから彼の人生は狂い出したことになると思うから。

彼が大学院に通うのは、やがてその学問を寺で活かす必要があり期待もされ信用されているからではないのか。女と関っていて目的達成など有り得ない思いもする。

髪を落とした男に女が寄り添うなど、すでに狂気ではないのか。寺での読経の傍に私がいるはずもなく。居たら可笑しいのだ。私が感ずるのだから圭介は激しく心痛めているはずだ。

哲学の道を歩く男と女は会話が途切れて何のために会っているのかわけが分からなくなっている気さえした。

今頃宏と由木子はドイツかオランダの国かと思いながら、

「圭介さんの老僧等嫌です。認めたくないもの」

私は圭介の人生を否定していた。

「圭介さんのひとりぼっちの最後など比叡山麓の里には見たくない」

「麻衣ちゃん。僕とこうしているのがつらいのか」と圭介は言った。

翌日京都駅。いいと伝えたのに、圭介は見送りに来てくれた。これから大学の講義には出るがという前に。

新幹線ホーム……圭介を見上げて、

「麻衣は圭介さんなくてはもう生きていけない。何で再会してしまったのか恨めしい。もう、女一人では頑張れないもの。何でこんなに弱くだらしない麻衣になってしまったのか。こんな腰砕けの麻衣ではなかったのに」言わずにはいられなかった。

その私を見つめて圭介は限りない涙を流した。私はその圭介を生涯忘れられないと思う。広島発「のぞみ」はあっけなく京都を離れたが、私は圭介を抱きしめて乗車拒否をしたい程だった。群集の中にいるのに、たった二人っきりで地球に取り残されたような思いでさえあった。

定時で会社を出た私は恵の勤務する事務所に寄った。彼女は明日納車だという車検の済んだ車の拭き取り作業をしていた。終わりを待つつもりが、時間外の自分納得の仕事で残業ではないからお喋りはいいとのことなので「あのー」と切り出した。

「何だよ。勿体ぶるな。早く言えよ。電話でできない話だから来たんだろう」と恵の手は動いている。着ているつなぎも格好いい。

「うん」

「うんではないよ。急げよ」

「あの、覚えているよね」

「何を？」

「何をって。その……あのー」

「早く言えよ。時間の無駄じゃんか」

「彼の……」

「彼？　どこの彼だ」

「高校の時の……橋の所の」

「何だ。橋って……まさか。長髪のあいつしかいないな。橋というなら。真面目だったのか、よたってたのか分からないあいつかよ」

「会ったの」

「へっ？　どこでだ」

「京都」

「この前八ツ橋の土産くれたが、あの時の京都でか」

「……」

「びっくりだね。何で出会ってしまったか。それで？」

「大学院の学生だった」

「へエー。麻衣。麻衣よりあいつの方がびっくりしたんじゃないか。あいつからはびっくりでなく、感動か」

「ただ、比叡山の修行が生活で」

「何？　驚かせるなよ。僧侶になっていたのか。マジかよ。男が生涯独身で生きるという人生を……普通では有り得ない特別な自由を選択していたのか。なる程驚きだね。驚き超えて腰抜かすに等しいな。それで」

「それでって」

「何、震えてんだよ。そうか、仕返しできる時が来て、実行したいのか」

恵は車の整備用工具を棚から取り出し私の目前に翳し、

「あの少年を殺したい程の麻衣だったんだろう」って。それはない！

「仕返ししたらいい。やったらいい。言葉ひとつで人は人を殺せることもある。麻衣がそれを一番知っているよな」

「違う。そんなんじゃない。そんなこと有り得ない！」私は叫んだ。

「まさか麻衣よ。あいつを好きになっちゃったのか。あんなに嫌っていたのに信じられないよ」

人とは時に、思わぬ人生展開もあるのではないか。

「今度は、野生動物が仏様に変身ですか」

「野生動物なんて言ってほしくない」

恵は笑い、

「麻衣だって人間失格とか言ったじゃないか。全く」

「……」

「あいつ麻衣が好きだったはずだから。麻衣に失恋して仏門か。まさか。そんなのはないよな。だけど凄い哲学人生選択したね。あの時麻衣は苛められてるんだっていう思い込み激しかったからな。あの時OK出していたらあいつそんな人生生きなかったかもしれないのに。麻衣は馬鹿だ。あいつの人生狂わしたとこもあるんではないか」

そうかもしれない。ごめんなさいなのかもしれない。

「あいつ。だけど何だろうか。人の人生探っても仕方ないけど」

「あいつなんていう汚い言葉も言ってほしくない」

「へぇーそうですか。解りました」と恵は苦笑する。

「墨染めの衣の似合ういい男になっていたのか。気の毒に」

「……」

「雨の日。彼大学に行くと報告に来てたんだろう。直美に聞いたよ。中井川圭介……これも呼び捨てだと気にいらないか。じゃあ圭介様か。その圭介様が傘差しかけてくれているのに麻衣の態度の冷たいこと。彼が可哀想ぐらいだと直美が言っていたよ。何であんな優しい雰囲気の青年を拒否するんだろう。話してみれば静かで好印象で、麻衣、何が嫌なんだろうってさ。彼は麻衣が好きみたいだから横取りできないけれど、私が彼の相手の主人公になりたい程だよって。さ、それが今頃になり飛躍して突然の心境の変化ですか。悲しいですな」

だって……それは……もあるではないか。

「修行僧ですか。衣姿が忘れられなくなってしまったか。彼は今麻衣との再会に苦渋の困惑なのではないか。いくら青春という掛け替えのない頃の忘れられない出会いの引き続きになったとはいえ。場合によっては彼の人生挫折させるということにもなりかねない。困ったね」

「でも圭介さんが求めてきたのならいい他ないか。ただ彼が比叡山にいる限り麻衣は陰の存在の女だろう。厳しいけど。麻衣覚悟はあるか」

覚悟なんて何んであるの。今はただ♡のさなかなのに。

「人を好きになるは自由だから仕方ないな。人を愛するに理屈はないもんね。だけど。ひょんな再会でなんちゅうことか、だね。幸せなのか。不幸なのか行き先わけ分からんね。全く……益々難しくなるだけだね」

「それはさておき。麻衣。圭介さんびっくり仰天しているんじゃないか。何にも喋れなかった少女が年月重ねたら頑固で元気良過ぎてさに、ものの見事に変化してしまっているなど、想像もしてないはずだからな」

言われてしまったが、年を重ねて「あのまんま」ではおかしくないか？

「もっとも、蜉蝣《かげろう》か存在感のない人形のようなイメージで頼りなげに細々と生きていた、かつての少女が車の運転もする。仕事も男の中で必死に頑張っている。彼、安心しているか。喜んでいるはずか」

「麻衣。夕飯おごりだね。サイゼリヤ」

そのレストランで。

「何だよ。その腕時計。麻衣は腕時計するの好きでないのに。高校の頃からしてなかったでないか。今頃に、なんだ?」

何でも細かく私を観察する恵である。

「うん。この頃」で。適当な言い訳が出てこない。

「あの……必要の時もあるので」

「嘘つけ。携帯の時刻表示で間に合うが言い分だったが。それグッチじゃないのか。誰が選んだ」

圭介は私が腕時計をしていないのを……そう、恵と同じに、高校の頃から見ていたのだ。で、誕生日が近いのでと赤いベルトの腕時計を京都の帰りに渡してくれたのだが。

「宏兄ちゃんが買ってくれたのか」なので。そうすることにした。ややこしいことも出てきて少々の嘘も仕方なかった。


「めぐの言う陰の女って現実は空しい女の形になるね」

「そうよ。結婚して延暦寺に行けるわけなかろうに。世間には、いっぱいある存在。愛人だよ」

「この田舎では軽蔑されるだけね」

「そんなの関係ないのが愛人だろう。彼の子どもを産んでも彼の子と世間に言えない奴だよ。麻衣できるか」

「……」

「麻衣、大丈夫か。それができなければ彼を山から引き摺り降ろす他ないな」

「それはできないもの」

「女はやるきならできるって。麻衣、女は怖いよ。男の人生駄目にもするくらい怖いよ。平気で人の亭主横取りもするというしたたかさもある」

「怖いの？　どこが」

「怖いだろうが、自分に感じないか。少女の頃は可愛いのにな。女は次第に根性も、思いも残酷にも変化してしまえるという『業』を持つ魔物でもあるよ」

「違うとは思えない。したたかなって、なに？　業ってなに？」

「おい、生きているのか」呆れられた。

「麻衣が、彼を比叡山から引き摺り降ろす程の女の存在かどうかだね」

「存在って？」

「また何を言わせるんだよ。草臥れる」とまた恵を呆れさせている。男にとって女の存在って。どれ程の意味合いだ。そうか愛人か。できるか。我が胸に圭介の子どもを誰の子か分からない表情で田舎で生きられるか。だが、行き先はそれ他ないは現実だと知ってはいるが。生易しくはない。圭介からの腕時計を見つめて『圭介を比叡山延暦寺から引き摺り降ろす』という恵の言葉はどのような凶器より恐ろしい言葉に思え、こんな会話をしている自分は圭介に相応しい女性には思えないと反省した。ごめんなさい圭介さんと反省した。今この時間彼は山寺で私達のように暢気なはずはないのである。

恵の言うように腕時計はグッチである。圭介の母親がグアムへ旅した時に頼んで買ってきてもらっておいたの年月を経た腕時計だった。つまり、逢うはずもない女に買っておいたのだ。高校教師の頃に。有り得ない圭介の「想い」……つまり。形はただの腕時計だが、男の遣る瀬無さまで込められていると思わないではいられない物なのだ。

「麻衣、京都に連れて行け、圭介さんに会う」

「そんなのいいって」

「連れて行け麻衣」

「私も新幹線に乗りたいし。修学旅行以来乗ってない。麻衣の話しばかりでは乗った気分にはなれないもんな。休暇取る。二泊三日で行こう。ホテルどこか取れよ」

恵の強引さには勝てない。二人の旅行などないので珍しく旅のパンフレットを旅行会社からもらってきて、どこに宿を決めるかの準備を始めた。今まで『京都』と題した雑誌など読んだことがなかったが、買ってみた。そして圭介の住まう寺のページで何だか息苦しくなる思いだった。

一日目……龍安寺・金閣寺・他。

二日目……三千院・そして叡山ケーブル・ロープウェイで比叡山山頂へ。ホテルも決めて恵に予定表を見せると、

「彼の寺、宿坊ないのか。そこ一泊がいいな」と私を責める。

「ないもの」厄介な意見が出てきた。

「まじかよ。でかい寺にないはずないいな」

どう思っても私がそこに泊まれるはずがないではないか。失神して病院行きだ。心の揺れは……本音は圭介に会いたくて会いたくて仕方ないのに。途中で待つなどの女の心の……ああどうすればいい。恋するとはエネルギーをかなり消費して考えなくてもいいことまで考えて複雑さを呈する。

どう思っても恵の言うようなわけにはいかない。宿坊で喧嘩をしている。


多分、男は恋をしていても女程には考えないに違いない。女は一日中心に恋がある。仕事をしていても、ある部分にきちんと住まっていて消せない。隣の机の設計士は「小森ちゃん。恋をしているな」とある時言った。「してない」と答えたら「嘘つけ、顔に画いてある」と言う。

「今までの小森ちゃんと違う表情がある」と他人を観察する。

女は隠せないらしい。それだけ女はそれに関しては単純らしい。男にはない。冷静に違いない。


その日が来て、東京駅。

十二時少し過ぎ新幹線は博多に向けて発車した。デパ地下でお弁当を求めて乗車してすぐにそれを広げた。

友達との旅はただそれだけで楽しい思いがする。

車内販売のコーヒーを求めて飲み昼食は終わり二人の会話は止まらない。

「彼、私の顔みたらびっくりするね」

「もっとも忘れているかもね」

と、自分の過去の凄い態度はすでに棚に上がっている。でなかったら圭介に会いたいなど有り得ないはずだ。


二日目……三千院。

そして、ケーブル八瀬から叡山ケーブル・ロープウェイで比叡山山頂だ。

考えたように、私はそこで恵を一人待つことにした。どう思ったって圭介に突然には会えない。圭介の庫裡を教えそこにいるとは限らないのを恵に伝えた。


リュック姿の恵を見送ってひとりロープウェイ駅の私。

かなりの時間恵を待ちながら、けれどもこれが不思議なのだが待たされている感覚がない。同じ敷地の山に圭介がいるだけなのに心は彼と一緒の感覚であるという不思議な思いである。ただ太陽が午後の時間を教えてくれてはいる。

「バス停からの琵琶湖も最高の眺めで感激だ。圭介さん居たよ」と、恵は戻ってきた。

「私を覚えてたよ」そりゃあ覚えているはずだ。
「麻衣と来たと言ったら、一緒に来ればよかったって。だから遠慮しなくていいよ。観光客は大切なお客さんだよ」って。だからといって迷惑の時もあるはずだ。
「癪にさわるな。麻衣。あの少年見事なまでに衣の似合う、男性になっちゃって。全く見る目まで男らしいのなんて初めてだ。麻衣の言う通り。あいつなんて簡単に言えなくなったな」と恵は言うけれど、圭介は何を思ったのか。ああ草臥れる。

私は、特別慣れ親しんで詩集などは読んだこともないのに。その、詩集を引っ張り出して『言葉』を眺めている。女性言葉と男性言葉があるというのを初めて意識している。その言葉のひと言ひと言が心に潤いを誘い込んで来てくれる。

不思議なのだが、なんでこのように言語は心を押し開くのか。そしてそれを受け入れる心の場所が備わっているのが不思議であり……恋心とはなんと命を潤い満たしてくれるのかと、まるで砂漠に雨が降る如くの優しい潤いだと思うのだ。ただ、これはその想いが相手に通じた時の最大の喜びで、これが裏返ったとき、命に及ぼす危険の度合いは死にも匹敵程の残酷さで心を塞ぐのもまた現実に違いないとは想像できる。恋という夢物語は、多分どっちに転んでも重さは同じなのかと思う。なぜなら『想い』とはかなりの思い込みという厄介さが伴うからだ。ひとり心で書き上げる『ドラマ』に違いない。

秋の季節が来て、私は二十五歳になった。それさえも喜びに思えた。

圭介から電話が入った。それも夜中。携帯の着メロが叫んでいる。聞こえていても熟睡していて目が覚めるまでにかなりの時間がかかり……。

私は六畳間の蒲団を敷いての生活で、女の部屋といっても呆れられる程に質素で。小さな本箱に机、どちらも高校の時ので古い。机の上はオートキャドとノートパソコン……これはたまにインターネットで世の中の情報を取り出す程度の使用頻度である。それにラジオと使用済みの自分の描いた図面が乗るだけ。壁には恵が勝手に張り付けていった「米米ＣＬＵＢ」の石井さんのポスターがある、の面白くもない部屋だ。洋服が三着ほど引っ掛かって、その二着は由木子からのお下がり。

私は机の下のカバン。これも由木子から。の中から携帯を、蒲団から腕だけを伸ばして探りだし、応答するまでにまた、時間が掛かっていた。

「麻衣」と呼ばれた。敬称はなかった。圭介からだと解っていても返事ができない。寝惚《ねぼ》け眼というやつだ。

「圭介さん」と名前を呼んでも携帯握り締めながら眠ってしまうかもしれない私だった。起き上がれないから、枕を抱え込んだまま。もちろん、目は瞑ったまま。

「どうなさったんですか？」

麻衣の声を聞きたかった。というが。声を聞くのなど夜中でなくてもいいはずが。

「どうもしないけれども……麻衣」

何だか声がいつもと違うは解るが。私の半分眠る頭脳は反応できない。

「寝ていたのに御免よ」

を最後に私は携帯電話を握ったまま寝てしまっていた。

翌朝目覚めて自分の寝姿の不可思議な姿勢に呆れたが、圭介を理解できなかった。

何じゃ。いったい！　真夜中に。


会社での昼休み。横の机の男性はコンビニ弁当を食べた後。煙草を吸い。床で椅子の座蒲団を枕にして昼寝をしていた。カーペットの床だからそんなには冷えないとは思うが。それでも見ていて気にはなる。唯この建築士は私を女とは思っていない。私を意識するならこんな格好『大の字』でなど寝ないはずだと思う。

寝顔は悪くない。平気で私に寝顔を見せているのだ。有り得ない。だから私を女性とはみなさない。

見たくもない男の寝顔が毎日見学できる職場とは！　だ。

毎日この男性を眺めて仕事をしているが恋人と同僚は人種がまるで違う気がする。

ただ、男の情報はこの一番身近なところから知る。

建設会社の男性は神経質ではない。むしろ図太く逞しい。

エレベーターや廊下で擦れ違う時、平気で「オレの可愛い小森ちゃん」などとおどけて図々しくの給う。冗談もばかばかしくなる。仕事の打ち合わせでも「俺の大事な小森ちゃん。よろしく」などと、聞きたくもない。相手にしているのが嫌になる。だが、いつの間にか私は建設会社の図々しい男性に鍛えられてしまっていた。「へんな」冗談を言わないのは昼寝の男だけだ。つまり会社での独身は彼だけなのだ。真面目に生きている。他の人と比べた時手書きの表彰状をあげたい程だ。栄養ドリンク二本を賞品にして。

見たくもないその大の字の男との二人だけの昼休み。専務は歩いて行ける近さの自宅へ……の所に宏から私の個人用の携帯に連絡が来た。

「圭介君が入院しているのを知っているのか」

えっ！　入院？　なぜ？　だ。

「一月になる」というのだ。

「やはり圭介君から連絡がいっていないのか。麻衣は知っていて来ないのかと思ったが」と宏は言った。

何で圭介さんが！　叫んでも叫び切れない程驚いて。どうしたらいいのか分からない程になってしまっていた。

なんで。なんの理由で。なんで病気に。が。冷静な判断ができない。

私の悲鳴の「何で圭介さんが！」に昼寝の男性は目が覚めてしまった。「何だ死亡通知か。どこの誰が死んだ。葬式か」という程で。私はその言葉に我慢できずに、机の上の彼から借りている大学時代の建築工学の書籍を足元目掛けて投げ付けた。

「死んでなんかいない！」の叫びに「ごめん。ごめん」とそう言うが、許せない。

なんでそんなことになってしまったのか。山寺で何があったのか。

取り乱しても京都は遠過ぎた。すぐにも行きたいが図面作業は残業続きで休めない。私より常に残業時間が多い大の字の男性は、昼寝でその夜の時間を取り戻す休憩でもあるのだ。

「後少しで退院だから迎えに来てあげたらいい。静養は実家他ないようだから付き添ってあげなさい」と宏は言う。

宏に、彼の退院に合わせて京都に行くようにするから伝えておいてほしいと頼んだが。なぜそんなに次から次、びっくりさせるのか。夜の電話は病院からだったのか。なぜ何も言えなかったのかと私の心は「ぐちゃぐちゃ」になってしまっていた。

泣き出してしまった私を見て。横の机の男性はドリップ式でコーヒーを入れてくれ「悪かった」というが。私も彼だから感情表現を隠さずにいられるのは知っている。吐き出せば少しは落ち着けた。だから「ごめんなさい。ありがとう」と伝え。泣きながらコーヒーを飲んだ。

京大附属病院の入り口ロビーで宏に教えられていた圭介の部屋ナンバーを確認していた時、宏に後ろから声をかけられた。外来が終わったのか私を見付けて笑顔を見せていた。到着の時刻を連絡していたので出て来てくれたらしい。宏の白衣姿を見て私は圭介の法衣姿を見る時の思いと、同じになっていた。深く頭を下げて挨拶した。

挨拶の後、宏に並んで入院病棟へ歩きながらマンションに泊まるように伝えられた。すでに2DKには泊まれない。

「ホテルを取る予定だけど。由木子さんにも迷惑をかけますから」

「別に迷惑ではなかろう」と言う。が、由木子は二、三日留守だと言った。NPO法人の東京本部に用事があって出掛けている。横浜に泊まる予定になっているので。自分一人だと言った。

宏は三階に用事があるらしくそこでエレベーターを下りた。

私は圭介の階まで上がった。圭介は二人部屋だった。

ドアを開けて部屋に入ったとたん私は立ち竦む程びっくりした。痩せていた。枕元に立ったまま声が出ない。挨拶ができない。今までの圭介ではない。いやまるで違う人かと思いたいほどで、何だろうかと纏まりが付かない思いだった。

病人も最悪な感じさえした。私を見ても体を起こせない。退院だというけれど動けるのかさえ疑問に思えるが、病院側からすれば、体の状況から帰宅できる症状ではあろうが、病室を開けねばならない事情も理由もあるに違いない。

「過労ですか?」挨拶も忘れていた私はやがて挨拶ののち聞いた。

「いや、軽蔑されそうだ。栄養障害などと、病名聞いて自分で呆れて絶句した。だらしない」

高熱で意識を無くして大学・桂キャンパス内の教室で倒れたと言った。

私は部屋の片隅から椅子を圭介の枕元に運び掛けると圭介の手に自分の手を絡めた。

身長体重のわりに食事が細いのだと思うが。多分寺での食事内容は決まっているはずでそれが原因とは思えない。しばらく彼の手を握ったまま熱っぽい生命を感じ。命がけの数日だったのかとも見てとれた。その熱のために体重が落ちた感じもする。入院でそれでなくも白い肌が透明に近い感じで複雑だった。顔を見るも忍びない思いにさせられていた。

なぜ、何の心境でこんな……恵の言葉を借りれば「哲学人生」を選択したのかと問いたいくらいだ。大学院進学は当然でも入山までしなくてもいいのではないかと言いたい。寺の子息なら疑問もないが。

私の肌の方が日焼けして浅黒いのに。

「なにか、食べたいものありますか。買ってきますけれど」

「要らない」と答えた。

それでも、やがて私が東京駅デパ地下で買ってきた果物入りのヨーグルトは残さず食してはくれたが。

「明日茨城まで帰れますか?」

大丈夫だろうというけれど大丈夫そうでもない。抱きしめてやりたい程彼を見て切なくなっていた。

「麻衣が来てくれたから帰れるだろう」とは答えたが。

私は圭介を見つめて涙をためた。修行中の生活は想像しても想像もつかないが、その生活の断面が、彼の熱っぽさから伝わってくる思いでもあるのだ。圭介には残酷に思えるだろうが、修行という日常が体に調和しないからではないのかと私は勝手に外から目線で思ってしまっている。

いい加減の中途半端の生き方ができない人柄ではないのか。納得できなくなった時、自分を責め責めの生き方になってしまうに違いない。求めた環境が許せなくなるのか。高校の教師生活にも妥協できずに、かなり苦しんだのだと思う。嵯峨野の竹林での私の問いかけに何も答えなかったが。語りたくないに違いない。大学を卒業し、大学院に進学しそのまま研究生活をすればこんな病気で入院などあるはずがない。私は自分を悔やんだ。恵には何度も彼と会話をしてみろと言われた少女時代のバカな自分を反省しポロポロ涙が流れた。圭介には学問他ないのだと今頃になって気付いても遅い。取り返せない。宏がそうであるように圭介も最初からそうであるべきが、横道に逸れた生活をしているからこんな姿があるのではないのか。恵は『彼が、なぜ麻衣なのか、考えたらいいよ。麻衣しかいないと決意しているからあんなに真剣なんだよ。考えてやれよ。だって、普通ならバカバカしくて諦めるよ』と言っていたが。そんなのはあの当時、あまりに幼い私は恵の言うことさえ理解できなかった。苛めの恐怖を抱え過ぎ、それをどうしたらいいのか心いっぱいで他のことは考えられないのだった。

宏が圭介の病室に来てくれた。担当医ではないが、圭介の枕元に立ち二言三言雑談してくれた。病人とは多分なんでもない会話でも医師という立場から言葉を受けると、それだけで元気になろうと思うのかもしれないし勇気も出るに違いない。それ程の力を持ち、病んだ人達には医師からの言葉は代えがたい励みになるに違いない。

　私には平凡な兄だったはずが。尊敬を覚える程の姿勢を見せてもらっていた。幼い頃と異なり兄も段々他人に近い人にはなって来てしまってはいるけれど。兄弟とはそんなものでもあるが、だが。そこに立つ人は大学病院のひとりの偉大な存在とも思える『医師』であった。兄妹であるのが不思議だった。

　宏が病室を出る時その医師のために私はドアを開けた。病院独特の引き戸を支えなければ反発して戻ってくるそれを支えた。宏は私に軽く会釈して病室を出た。妹に頭など下げる必要はないのに。私はその背に向かってやはり深く会釈をした。兄……宏に感動していた。

　夕方。
「明日は新幹線のチケットを取ってから来ますから」伝えると圭介はサイドテーブルの引き出しから財布を持って行くようにというので言葉に、従った。麻衣のチケットもその財布から支払うようにというが、自分のは自分でと思ったのだが私が頷くまで繰り返すので。そうさせてもらうと病室を出たが、名前を呼ばれた。部屋に戻ると
「グリーン車。体がきついので」と言った。
「『のぞみ』でいいですか?」確認した。頷くその視線を見て突然インクラインで彼を殴った自分を思い出し、居たたまれなくなり、旅行カバンを彼のベッドの裾の方に置き枕元に立った。隣

の患者は外泊とか聞いたからだが。

　圭介のサイドテーブルにはミネラルウォーター二リットルが二本並んでいる。大人一日の必要量を義務的に飲むのがいまだ苦痛だと話していた。その一本の半分も消費してない。山寺で一般的な数量を受け付けない体にもなっているに違いないのだが、体力回復にはその必要量も助けになるのかもしれないと。私はミネラルウォーターの横のティッシュペーパーの箱から一枚引き抜くと自分の口紅をきれいに拭き取り、紙コップに「富士の天然水」だと記してある水を紙コップに入れて飲んでみた。甘みのあるおいしい水である。私はしばらく圭介を見つめた。

　手を差し出して私が殴った左頬に手を置き心の中でごめんなさい。を繰り返した。無我夢中で殴っていたが。病人になってしまったなどとつらい気持ちだった。若いのに病人等と予想もしない。身代わりになりたい心境であり、できることはすべてしてあげたい。

　少し迷ったが紙コップに再び水を注ぎそれを少し含むと零れないように気を遣い圭介に口移しした。自分の動悸が彼に響く程だと知りつつしないではいられなかった。圭介にとっては迷惑で罪作りな行動なのは知ってはいる。だが今、病人なら許されていいとの思いだけだが何の助力もできない。この程度の他にと何度か繰り返した。

「ありがとう」とやがて圭介は言った。

　私の心臓の興奮は容易に治まらなかった。


　圭介の退院の日。私は三人分のお弁当を作った。宏の好みは分かるが圭介の嗜好は不明だ。精進料理といってもよく分からない。が宏に連れて行かれた料亭の料理を思い浮かべ。それに似合ったお弁当を仕上げてみた。私はそのひとつを宏に届けた。

兄は京都駅まで送ると朝から言ってくれていたが、圭介は遠慮してタクシーでいいという。あまりに遠慮するので

「駅まででも先生についてもらった方がいいでしょう。だって兄は時間的に昼休みで、外来もないそうだから大丈夫よ。遠慮せずとも」

だが遠慮している。

遠慮などしている場合ではない「大丈夫ですか」と何回も声を掛けねばならない程で呼吸するのもつらそうに見える。パジャマから着替えた圭介を、私は自分の健康であるエネルギーを分け与えたく背後から抱き包むようにした。簡単に私の想いが伝わるとは思えないが、どうしたらいいのか分からない程気力のない男の体のような気がした。

京都駅で宏は圭介の荷物をホームまで運んでくれた。私は宏に頭を下げ礼を言いつつ……助かったと思った。なぜなら圭介を支えねばならない程で、タクシーでなくてよかったのだ。大学病院でなければもう少し入院可能なのだと思うが重症患者から見た時圭介は病人ではないかもしれない。

新幹線の中、圭介は殆ど目を閉じていて身動きせず、なんともつらく見えた。それでも名古屋

駅を過ぎて「お弁当召し上がりますか」に頷いてくれた。

　圭介の実家は、二階建ての入母屋で……それは立派過ぎて言葉もなく、古く小さな自宅を思う時、うしろめたい程だった。庭は、家に見合う造園で整えられて片隅には花畑もあって菊・コスモス等、季節の花が咲き乱れている。私は建築工事に係っているが、合材を含めてプレカット工法がほとんどでの、時代の流れでの建築工事の内容では出合えない、特殊技術を備えた大工職人だけが伝統を継いでの建築工事そのものであり材木も神社仏閣使用と同じだった。

　車の音に気付いて圭介の母親が出てきたが、また、別の驚きで私は立ち尽くしてしまっていた。私の挨拶に笑顔を見せて「ご苦労様。お世話様になりました。ありがとう。感謝しますね」と言ってくれたが。母とは。自分の母親、そして近所の家庭を思っても、圭介の母は母親には見えず少しばかり年の離れた『姉』である。そんな母親を農家で見るはないに等しい。

　圭介の荷物を。旅行カバンと紙袋を渡しつつ、何をどのように言えばいいのか分からない。つまり自分の経験の中からは何の会話も成り立たない思いなのだ。貧しい限りの自分を知る思いだった。東京の女子大を出たとか聞くから、今の時代に高卒で足の不自由もかなり気になり、すべてが中途半端で場当たりでしか生きていない貧弱な自分を反省する時。「お前は家の息子に似つかわしくなく……愛して受け入れるには困難がある」と新聞で読む、世間の人生相談の内容と一緒になる自分でしかないと絶望に近いダメージを受けていた。なる程、世間の相談の諸々は……今までは他人事だと読み過ごしていたが人事ではなくなって来たのだ。笑顔を作りたいが、表情が引きつる感じだ。恋愛とは『家』が係わる時『想い』という自由がすべて引き裂かれるのを意識させられてもいた。簡単ではないのだった。

そして、圭介の母親と共に走り出してきた犬にまで、私は奇妙な思いを抱いた。このような環境で飼われている犬さえも、幸せの度合いが違うのかなと思った。シーズー犬はロン毛で洒落たリボンを付けさせられている。犬など飼ったこともない私は、犬はこの自分の姿をどう思う。とつまらないことなどを思った。小さな命は圭介にまとわりつき「抱っこしろ」と言っている。

「抱け」と催促するたびに長い毛が揺れて可愛い。

やがて声を出して要求するが圭介は応えない。こんなにせがんでいるのにとは思う。圭介の母親も「抱っこしてやればいいのに」と言った。本当にそうであるが。

「孫達の犬なのに。圭介が帰って来ると。いつでもこんなで。圭介だけに縋り付き。孫達は、おじちゃんの飼い犬でないのにと愚痴るのよ。圭介大好きの子でね」

子？　人と同じに接しているのだ。

「ほんの少しでも抱っこしてやったらいいだろうに」と圭介の母親は繰り返した。私はふと気付いた。元気すぎる犬が苦痛に違いない。体力は完全に回復していないのだ。

再度の母親の言葉に彼は犬を抱き抱えた。圭介大好きだと五十センチにも満たない命は必死になって喜びを伝えて圭介の顔を舐めまくるが、やはりその元気さに耐えられなくなったのか彼は犬を降ろした。

それでも犬は尚も足下に飛びつく。母親も圭介の体調に気が付いたのかシーズー犬を抱き上げた。

私はその家族達が見せる、幸福だけが存在するような庭先の雰囲気のなかで、自分だけが異端に思われ逃げ出したい思いにかられた。

帰宅を伝え、馬の骨とかいう諺の……その馬ではないかと自分を責め「ここで失礼いたします」他ない。自分の役目は圭介の荷物を母親に引き渡したところで終わりでしかない。

馴染めないというのか、簡単に打ち解けて入り込めない何かが存在し、緊張感から開放されないような心持ちだった。つまりこんな整った家庭にいたら私のような適当な人間は精神疾患の病気になるに違いない程の気の使い用の自分だったのだ。人とは互いに生きるにおいてはそれなりのレベルも持ち合わす必要も大事だと思ったのだ。

「何を遠慮しているのか」というその人にまで、何だか果てしない距離感を覚えた。こんな環境で成長した男性なのだと、それは蹴上インクラインでのあの時の、すぐ近くにいるのに手の届かない思いと同じ感情になっていた。京都の街で行き過ぎる若い僧に抱いた恋心など叶うはずもない。それは滑稽にも思える。いい思い出でいいではないかという惨めさになっていた。

圭介の母親も家に入るようにというけれど、家の中で向き合えばさらにどうすればいいのか分からない。私は母親の女性と圭介に深く頭を下げて後退りした。「母親の女性」という思いは近付くことのない他人を意識したのだ。つまり永久にそこに立つ女性を世間並みに「お義母さん」とは呼ぶ時期など来るはずもないのを感じたからだ。それはかなりのショックであり、仕方ない、それでいいという……自分の運命を、恋をしていないもうひとりの自分が冷静に自分を視ているのだった。だが私の思いを読めない男は「麻衣。少し用事がある」と母親の前なのに私の手を掴んだ。が、私はそれを引き抜いた。また、引き戻されたが、その手に圭介の心が流れてきた。どうしようもない程の感情であり避け切れない。会話がないのに込み上げるもので交流ができてしまうという恋心は……圭介に従う他なかった。

二階の八畳間が圭介の部屋である。『帰る場所がない』と圭介は病室で言っていた。男の言葉だとは思ったが。

けれども、八畳間は圭介の部屋になっている。整理されているその部屋は……宏も書籍が多かったが、それよりも多く、本棚に入らず重ねた本が何列にもなって並んでいる。私はそれを見て溜め息が出た。


部屋に入ると圭介はドアの鍵を下ろした。やがてコートを脱ぐと私を抱き寄せた。

「ありがとう心強かった」と言ったが、心細く力のない男の腕の中で悲しくなる思いだった。

「麻衣がいてくれて、感謝他ない」

熱がなかなか下らず駄目かもしれないの思惑のなか麻衣の存在で元気付けられたという。

私の、一束に結わえた髪に触れてくれていたが。

「麻衣」と何回か呼んだ。

「麻衣。お願いがある」と言いづらい面持ちで、その想いが何であるか言い出せない。

「ごめんよ。そうしたいから、そうさせてくれないか。麻衣」

そうしたいって……躊躇っているが、意味が読み取れない。

山の中の家であるから、ただ静かなだけのたたずまいである。夜になると一人では怖いのではないのかと思える程の山奥で、私の田舎の近所がすぐ見えるとは違うのだ。

「麻衣。麻衣の裸体を抱きしめたい」とやがて言ったが。私は度肝を抜かれる心境で戸惑った。想像もしない言葉が伝えられた。

「ほんの少しの時間でいい。自分勝手は承知している。麻衣、ごめんよ」

ただ、麻衣を抱きしめたいだけだとは言うが。

ベッドは母親が整えたと思える。病気で帰る息子への心配りと気遣いの形で。キルト手作りのパッチワークのカバーが掛けてあり、その色彩感覚といい、カーテンといいそこが日常留守のはずなのに、その留守とは思えないのである。庭先で見た、秋の花も匂いのないものが机に飾られていた。この雰囲気が彼の青春すべてだったのだと思わされた。私の母親もそうなのだが、めったに帰って来ない宏の部屋を、いつでも使えるようにしているが。多分母親とは離れていても「我が息子」を忘れてはいないのだと思う。『帰る場所がない』は、切ない言葉である。つまり『我が家』というけれど、自分の構える家に帰りたいという意味か。その我が家なら確かに遠慮なく静養もできるとは思ったが。病んだ体では確かに寺にも帰れない。そして生まれた場所というだけで、そこはもう他人に近い……遠慮の伴う家なのかもしれないと思わされた。

麻衣のからだを抱きしめたい。と突然言われても心の準備などあるはずもなく、すぐに返事などできなかった。新幹線の中で会話はなく、退院といっても完全に健康を取り戻したのではない。「麻衣。無理か」と切なく言ったが、すぐに返事のできない自分の女が悲しかった。恋人の望んでいることに応えられない女もつらい。

男ひとりきりで生きてきた圭介のやりきれなさと、家庭という温もりも捨ててきた何年間かの生活の悲しみまで伝わってくる。今、男だけの世界の生き様は想像もつかないが。自分で選択した人生とはいえ、その中で病人になってしまったという自分に耐え切れなくなった感じで、圭介の心が届いてきた。

私は頷いた。いい。圭介さんの思うようでいい。と応えた。

山寺での男の孤独は『天涯孤独』に違いない。

ふと宏を思った。アパートの節約などと思っていたが圭介の立場とは異なるが、宏は由木子に支えられて、今の自分を確立し発揮できていたのかとふたりだけの深い心の絆を感じさせられた。母は……いい家庭環境で恵まれて成長したに違いない。宏には勿体ない女性だと言う。

由木子の宏を想う姿に、私は女の持つ優しさの姿勢を教えられていた。

私は覚悟した。そう……覚悟なのである。圭介の望む女にならねばならないのだ。私の女の姿は彼の望む女ではないかもしれない。ができうる限りで応えたい。

この日は下がパンツで白いシャツでのスーツ姿であった。病人の付き添いに一番いいと思えたからだが。母親も出掛けに誉めてくれた程だから、古着には見えないに違いない。由木子のお下がりである。

私は、本当は圭介に嫌だと言いたい程の抵抗を感じてはいた。だが病み上がりの圭介に嫌だと言ってしまったら圭介は身の置きどころのない屈辱を感ずるに違いないのだ。

家に帰宅して着替えるのとは訳が違う姿を圭介に見せねばならない。が、私は生きる姿を視てもらいたい女もいるのを意識した。

静かに過ぎる時間の刻みが今まで考えもしなかった舞台に立つ自分の女を思い知らされていた。有り得ないことだった。

すべて着ている物を脱いだその時。体の深い場所で「女」を意識し感じ、涙が溢れそうな程のざわめきを覚えたとき一方で冷静な女もいるのを感じた。圭介に添いたいという必死さだった。脱いだ服をきちんとたたむという自分がいたのだ。圭介の視界にはどう映るかは不明だが、見苦しくない姿であってほしかったが。

やがて先にベッドに入った圭介に自分を添えた。何もかもが消えて、ふたりだけを感じた。そういう私を圭介は抱き込んでくれて、肌が触れ合った瞬間、私は悲痛な悲鳴に似た叫びを漏らした。意識なく出てしまっていた。自分でも不可解であり、理解できず困惑した。

それでも圭介の呼吸の弱い悲しさを感じ自分の健康……元気さを少しでも分けられるならと腕を回して圭介を労るようにした。

山の静けさが部屋に届き、季節の匂いは爽やかであるのに。普通ならその心地よさに生きている実感で喜ばしいはずが病人にはそれがつらくもなり他人の元気が疎ましくも思えるかもしれない。

私は自分の元気を圭介の回復のためなら全部差し出し、与えてしまってもいいという思いになっていた。だが硬直しての私は圭介のままになりながらも、悲しみの上につらさまで感じ男ひとりで生きるのは空しいだけでないのか。女がひとりで生きる価値観とはまるで違う思いにさせられていた。男と女の体の温もりのなか。どれ程の時間が経たのか次第に私は息苦しくなっていた。圭介の男の求めるものが自分の思いとまるで違うのを知り、私の女は苦痛にさえ感じられて尻込みしたい程だった。「麻衣」と呼ばれても返事もできない。逃げ出したいとの女の困惑など理解してもらえない。どう表現していいのか、戸惑いだけだった。

そして、とらえどころのない圭介の寂しさを感じ、それは私では解決の出せない程の「暗闇」のように受け取った。僧職の男の孤独は底無しの虚しさに思え私には背負いきれない。

帰りの車の中、私は限りなく苦しい思いにさせられていた。やはり私は『馬の骨……』ではないか。と絶望していた。

圭介の母親を思い、その家の上品な調度品や家具。例えばの話だが「同居」などという世間並みを想像した時、私はとても対処できない。礼儀作法から、言葉使いから雰囲気から……気高い女性とまで思える。相手等できるはずもなく軽蔑されると思われる話題しか持てない自分を知り過ぎる。

そして、圭介の部屋の重ねられた書籍の数は、私の能力をはるかに超えて目眩を覚え。何が助力できるのか。圭介の頭脳は私と異なるところに、位置してしまっている。絶望だった。京都駅で結束した教科書を見ての冗談は悲しくさえなってしまった。『懸賞金』など、ほんの細やかな遊びの言葉であったはずが。「蔑み」の空しさまで心に運んで来てしまっている。

深刻で複雑な解決の付かない問題を突きつけられた気がし、圭介を労りたいなどやはり不遜であった。『不釣り合い』という言葉があるが、何でそん言葉があるか思い知らされていた。

自分の建築士もどこまで通用していくのか解らない。たまたま重なりすぎ置きどころのない使用済みの図面整理をやらされたところからの、始まりである。そう、圭介に「大学は？」と聞かれて消え入りたい程だった。

極めて悲しい問いかけで、簡単に大学へ進学した者には私の思いなどわずかも知らないはずだ。だからそれが私からすれば「エリート」の姿なのだが。そこまでは言い出せない。

専門学校とか大学の建築科を出た設計士ではない私。多分同じ図面を引いてもレベルが違うはずは知っている。一級建築士の試験に通ったのも不思議な領域なのだ。だから隣の机の男性はよく私を指導してくれている。感謝なのだ。「学歴ではない。感性とやる気だ」と専務も言ってくれるが。

帰る時「麻衣でよかった。ありがとう」と圭介は言ってくれたが、言葉で表現できない隔たりを覚えた。『日陰の女』等は簡単に考えるような事柄ではない。考えている程に甘くもなく無理がある。圭介に越えられない溝が出来た。何でインクラインで声など掛けてきたのか。ましてや脚の不自由な女に。

私は運転しながら涙を流していた。あの少女の頃のように自分を表現していれば何の狂いも生じない。心の中は何を思っても『厭だ』を繰り返せないはずはないのに。何で出家者などと出会ってしまったのか。涙は流れた。

私はお風呂から出ると、今まで気にもしなかった自分の女の若い命の「不思議」を見つめていた。上半身を洗面所の鏡に見て、普段乳房など意識にない。高校の頃から恵に教えられてスポーツ用のブラジャーを使用している。動くのに楽で日常生活に使用している。ただ旅行時はワイヤーの付いているレースのブラジャーを着装する。圭介の視線のなかスポーツ用でなくて良かったと思っていた。鏡の中の私の乳房は風呂上がりのせいでほんのり温もって娘そのもので愛しいが……しみじみ見たこともない自分の女を見ている。

「仕事だけで生きるはどうしたの？」「何を彷徨っているの。何で女に生まれてしまったのかと、悩んだ日々はどこへ捨てたの？」「ひとりの男に心囚われて、どうしてしまったの？」

が、女の体は完全に成熟しているのだ。だから……だから他ない……のだ。

ただ圭介との係わりがなければ私は女の授けられた命の晴れがましさを知らなまま年を重ねたと思う。「誇らしくは思えないか」の圭介の言葉だが、何で誇らしいのか少しも思えなかったが。女は男によって女の命が考えられない程に成熟して輝き出すのかもしれないという感動を教えられてもいた。けれどもそれと引き換えに迷いも教えられてしまった。『愛人』などの犠牲で成り立つ生き様などできる程出来上がった女ではないのを知ったのである。圭介に体を預けながらまらなく悲しいだけだった。勝手に恋をしているだけの……相手に添えるだけのレベルが伴わない限り相応しい女にはなりえない。

ひとりで生きていた時には考えられない心模様である。独りぼっちは渇いたままの精神状態であり、人のことなどどうでもよかったのが。あたりが見え始め、気になり、時には「大丈夫」かなと思いやり。何よりも圭介を心底労りたいという、女の本能に目覚め……それは限りなく深い目覚めだった。けれどもひとりの方がまだ落ち着いて居られる気がする。

自分の女の体に圭介という男の遺る瀬無さが浸透してしまっていた。女の体に寂しさなど残す男がどこにいるのだ。そういう圭介の姿がつらい思いなのだ。普通の社会人ではない『戒律』を背負う人だ。それが息苦しい。

圭介の所から帰る時……

週日は図面の期日の迫っている仕事が詰まっての残業続きで来れないが必ず夜には、電話はすると伝えたのにその電話を入れる気力もなくした。

会社で。専務は病院建築設計の依頼で医師との打ち合わせのため留守。

「何だ。小森ちゃん元気ないいな。どうした」

隣の設計士はオート・キャドを操作しながら声を掛けてくれた。

私もまた図面を操作しながら返事もできなかった。

午前中の休憩時間タバコを買いに出た彼は、コンビニでケーキを買ってきてくれた。

「ほい。小森ちゃんの好物」と、机にビニール袋を乗せてくれつつ、

「失恋か？」と付け加えた。

そう見える程私は落ち込んでいたらしい。

たまにだが私は自分のお弁当を作るとき彼にも作ってきていた。いろいろ仕事で迷惑を掛けているからだが。でタバコを買いに出る時これもたまにだが甘い物が差し入れで返ってくる。私は彼のタバコを吸う姿を見つつ……男とは何なのだとボーッとしていたら。

「コーヒー入れてくれ。ドリップ式で」頼まれた。


土曜日に来ると伝えたその圭介への約束を二週もすっぽかして私は会社の設計室に居た。工事部は土・日もなく工期完了の迫っている現場の男性は出勤していたから会社は開いている。社長も専務も現場廻りで出勤していた。私はひとり自分担当の個人住宅図面の続きをパソコン操作していた。建築以来主のイメージにあわせてのデザイン画を導き出していた。

私の机の上には専務の差し入れてくれたチョコレートが載っていた。連休に奥様と子どもを連れて東京に遊びに行ってきたとかで。デパ地下で、買ってきたという高級チョコレートが二個だ。それを食べようかと思った時、個人用の携帯着メロが鳴り出した。

圭介からだと分かっているから受けなかった。無視した。どうでもいいと思っている。あまりに繰り返すのでカバンから取り出した。しばらく携帯画面を見つめた。見つめたまま……が電源を切る勇気はないという女心は悲しい。

着メロは繰り返すので仕事が手に付かない。やがて通話キーを押したが応答はしなかった。

「麻衣」と呼ばれた。

「先週から待っているが」というその言葉に、

「圭介さんと私の人間性のレベルが違うというのが解ったから行かないわ」と答えた。

「どういうことだ」

「圭介さんには圭介さんに相応しい女性がいるはずで、圭介さんのすべてを支えられる方に乗り替えたらいいと思うの」捻くれた。

「乗り替えるとは何だ。車を乗り換えるような表現はしない方がいい」と怒られた。

「大学院で学ぶ優秀な方という意味です。いくらでもお相手がいるはずです。私みたいのは何の役にも立てず、話題も乏しく想像力もなく、いつでも捻くれて生きていて圭介さんの助力などできない。むしろ足を引っ張るだけ。だから乗り換える程度の下劣な表現しかできない。私の人間的レベルはその程度ですから」

「何のレベルだ。人間的とは何だ」

「圭介さんの部屋の書籍の数だけで、もうお手上げで整理頼まれても横文字ばかりで整理さえできない。やがて翻訳とかなさる時も同じ大学院で学んでいる方ならその原稿の整理をしつつ圭介さんをサポートし、待てるはず。愛人で……」と私は言ってはならないことを口走っていた。

圭介は黙った。失敗したと思ったが口にしたのは消せない。その程度のくだらなさが私だ。

やがて圭介は、

「そうか。愛人か」と言った。

「そういう覚悟のある麻衣か」

「できると自惚れていたけどできそうにない。立派なお母様と、家と圭介さんの学歴と私など釣り合いません。あげくに……」

足の悪い女と歩くのなどより……とさすがにその言葉はつらくて口に出せなかった。

「世間並みで生きた方が圭介さん楽でしょうから」

「麻衣の言うような考えならすでにそうしている。それができないから長年怺えて待って麻衣ではないか。麻衣の他に誰がいるんだ。将来の仕事のことなど関係ない。学歴など意味はない。何が釣り合わないだ。麻衣は麻衣の個性でいい。たまたま今の環境に生まれてしまった。仕方ない。替えようがない。宿命は替えられまい。心で望まなくも妥協する他なかろう。宿命を捨てられるか。受けて行く他なかろう。麻衣の農家育ちと一緒だ。第一世間並みなど関係ない。自分は自分でいい。それに自分は自分のしていることの責任は必ず取る。それ位の男の自覚はある」と言った。

病人の男性に、つまらない言葉を並べて困らせている。自分のバカさ加減を反省はした。

「くだらないこと、ごめんなさい」謝る他なかったが。でも……とまだ思ってはいる。

「来てくれないか。麻衣の顔が見たいんだよ」

その圭介の言葉に……今、会社にいて新築工事の住宅のデザインを立ち上げていて、そのスケッチがもう少し掛かるのでそれが終了したらすぐ行くと伝えて、悪いけれど西山研修所の入り口の所で待っていてくださいと頼んだ。常陸太田市。会社のかつての現場だった場所に待ち合わせの時間丁度に車は着いた。その山には『雪村』の石碑があった。


すでに圭介は来ていた。私を見ると笑顔を見せた。退院の日が嘘のように健康を取り戻している印象で嬉しかった。やっぱり気になるのに何を抵抗しているのか情けない。全く。

「僕のお姫様は、何と手の罹るお姫様か」と笑った。ああ、何も言えない。

私を抱き寄せ私の額に軽く唇を触れると、

「麻衣、ありがとう。本当にありがとう。感謝する。このような表現でしか心を伝えられないが救われた」と退院の日の時間をそう言った。私は、真っ赤になっていた。恥ずかし過ぎて圭介を直視できなかった。

「西山荘に行ってみようか。僕が運転する」と圭介は言う。

「大丈夫ですか？」

大丈夫だと運転席に乗り込んだ。

「ホンダ車が好きなのか」聞かれた。

私の車……フィット一三〇〇ＣＣ排気量・ベージュ系メタリック・オートマチック……恵の推薦だ。本田技研の創設者の魅力から売り込まれてと私は伝えた。恵の尊敬する創業者。

「友達がホンダの整備士なので」

「なる程、彼女は車の整備士か」

「覚えてますか」

「忘れる訳にはいかないな。強烈だものな」と笑った。

「なぜあの時遠慮した」と言うけれど。私は圭介の衣姿を見るのが怖い。

法衣を着た青年僧への恋心を抑えられないと思う。見境なくしがみつくはずだ。恵の前でもそうしてしまう自分が恐かったのだ。圭介の道服姿になぜそうなるのか自分でも分からない。ひとりでに涙が溢れ感涙する。

私は専務の差し入れのチョコレートを圭介に差し出した。

「ヨーロッパからの高級品ですって。頂いたの。食べて」

「麻衣が食べればいい」遠慮する。

私は口に含むと生チョコレートを突然に圭介に口移しした。病室での私と違い大胆になっていた。私は自分から求めて圭介に唇を寄せていた。

『西山荘』は茨城県常陸太田市の観光地のひとつなのだが、県外からの観光客は少ない。徳川光圀公の隠居所である。テレビ局の人気の時代劇が始まればオープニングに映し出される映像『西山荘』である。関東地方『ＴＢＳ』６チャンネル『水戸黄門』質素な住まいである。

秋の一日。その西山荘には観光客はいない。駐車場に車を止めて圭介と私は田舎の道を歩きつつ、穏やかな山の空気を肌に感じ圭介との時間に心満たされている。抵抗してもやっぱりどうしようもない自分がいる。

圭介は、

「麻衣を自転車に乗せたつもりでひとりこの道を走った。麻衣の少女には振られっぱなしで可哀想な少年は悲しくひとり物語をしていた。涙なくしては観られない程のドラマだったかな……」と言った。

阿武隈山脈に抱えられて県北の田舎町は歴史を重ねて存在し。今、徳川光圀が歩いた道を時が流れて圭介と私が歩いている。光圀の頃そのままの山村風景だと思う。何も変わってはいないはずだ。

穏やかな思いの中私は圭介の手を掴んだ。指を絡めて圭介の暖かさを感じ、あの熱っぽさがすっかり取れて病人の時間が過ぎ去ったのを知った。

「麻衣と、チョコレートのおかげで元気がでた。ありがとう」と圭介は言った。二十六歳と二十五歳の男と女である。木漏れ日の西山荘に佇み……地球の中二人きりの思いのような優しい時間が刻まれていく。私は圭介の体に背後からしがみつきしばらく男の薫りの中にいた。あのひとりぼっち取り残されて恋しい恋しいと心痛めた少女がそのまま心に噴き出す思いなのだった。

「圭介さん」小さく呼んでみた。

「何か」

「圭介さん。圭介さんは光圀公の生まれ変わりかもしれない。格好いいもの。徳川家。江戸・小石川生活の若き殿様」

「麻衣は」と、笑い出し、

「麻衣といると天国だね。誰もいない山奥で退屈せずに暮らせそうだね」

「本当はおバカと言いたいのね。それに圭介さん極楽浄土と言わないと叱られるかもしれない」

「それでは光圀公のお墓参りをしようか」と、圭介は言った。

その墓のある『瑞龍山』の山にも誰もいない。

圭介と私は光圀公と公の所縁のある人達の墓石に合掌した。

圭介は短い経文を捧げた。私は驚き。やがてそれを美しい響きで聞き感動していた。


夕方、圭介の家に着いた時、圭介の母親は庭の花で作ったものだけれど、と小さな花束にアレンジして包装した。あの、教会で花嫁の持つブーケとそっくりの秋の花を渡してくれた。面映ゆい心で押しいただいた。「圭介をよろしくね」圭介の母親は優しく言った。

秋の花咲く畑の先に梅・柿・プラム・びわ・みかんの木が手入れされて枝を張っている。柿・みかんの実が色鮮やかだ。その柿・みかんを「持っていくか」って。

『プラム・びわ』と、罪作りな男だ。忘れようにも忘れられない思い出だけは私の心にしっかり残しておいて。

『瑞龍山』からの帰り。駐車場で圭介は「体力回復も兼ねて遠出をしたいが麻衣はどうする？」と聞いた。

「行かないって言ったらどうなさるの？　私の車無料貸し出しOKですから一人でどうぞ。いつでも可哀想な圭介さん」と答えたら人差し指で額を突かれたが。

夏休み袋田の滝に行かないかと誘った過去を憶えているか。と聞かれ頷いた。あの時振られたので明日はリアルタイムだ、嫌だといっても連れて行くと言った。が西山荘とは異なり秋の日曜日は県外からの観光客で溢れていると思われた。恵とたまにドライブするが、いつでも人が多かった。

その袋田まで、日曜日圭介の自宅から行きは私が運転した。一一八号線に出てすぐに車の混雑だ。

「熱が下がらない時、お母様が京都まで行かれたのですか」

途中気になっていたことを聞いた。

「いや、母親に来てもらうなどとは考えもしない。すでに入山の時からひとりで生きるのは覚悟のうえで。たとえあのままどうなろうと自分の結果のはずだ。身動きもできない状態ですべて小森先生に助けていただいた。麻衣に出会ったゆえに有り難い助力を頂いた。洗濯もできない。心苦しく思いつつ先生の奥様にも助けていただいた。わざわざ病室に来てくれて、感謝他ない」

アフリカから帰国してのち由木子は入籍し専業主婦になっていたのだが、そのような話は宏から聞かされなかった。結婚すれば互いに別々だけれどもそれでも一番必要な時には心配りして助けてくれるのだと嬉しかった。

「最初から行けなくて、ごめんなさいね」

「いや、会社を休んでまで付き添ってもらいたいなどのわがままではないつもりだが、夜中麻衣の声を聞きたかったのは、場合によっては元気になれないかもしれないとの思惑のなかだった。麻衣他なかった。麻衣の寝息を聞きつつ、元気を貰った」

夜中の自分の姿は恥ずかしい限りになるが。

「再会など、期待できないのに。長年麻衣を求めてきたが……その女性からエネルギーを貰い、それが遠く離れていても関係なく伝わるものがあって麻衣に慰められている。ひたすらそこだけで生きてきたが間違いではないと実感している。多分麻衣との命はどこかで引き合い変えられない……だから麻衣の言う現世のレベルなど関係ない。自分は自分の信念でいい。退院の日も麻衣他なかった。男は行き詰まると弱い」と圭介は言った。

袋田の滝は観光客で混んでいた。紅葉が始まっていて山は見事だった。滝を見て食事をしリンゴ園を回り帰りは圭介運転で大子の山並みを里美村に抜けた。長い峠越えである。両側から木々が被さり道路は紆余曲折であった。延々と深い山の中である。男の運転は女と何か違う気がする。技術が異なるのか、機械に対しての感覚と理解の度合いが違うのか自分の運転と違うのが解って助手席で楽なのだ。体力の差で運転の形まで違うのか。

峠越えが下りになり圭介は車を寄せられる安全地帯に停止させた。少し休もうと言った。あまり車も擦れ違わない猪鼻峠である。

「この山道通ったことあるか」聞かれた。

「二度程。会社の人達五～六人で。里美の牧場から大子の温泉に遊びで」

「麻衣は偉いよ。同じ所で生きられて」と圭介は言った。

「だって、動いたら私不利ですもの。以前、下請けの方に、男だけの部署で仕事ができてい〻ね。オレの事務所の女二人は心通わないらしく見ていて大変だぞ。って言われたことはあるけれど。でも建設会社の男性。我慢などしないから、私年中怒鳴られてばかりなの。適当な性格で気配りもしないものだから。時にボーとしていると「どっち向いてんだ。仕事忘れて何を夢見ている」と専務からの注意に「考え中」と答えると「言い訳は止めろ」って厳しい。工事部からも「この図面何かたりなくはないか」少しでもずれると現場は読める。「間違ってはいない」と頑張ると「自分を棚に上げて威張るな」と怒鳴られて。負けてはいられず。私も喧嘩越しなのね。でも怒鳴られても文句言われても、建設会社という男性の逞しい環境に慣らされて今では居心地がいい。何処にもいけない。そんな環境なの」

自分はいつもひとりぼっちの青春だったと圭介は言った。

その少年の時この辺りまで自転車で来ていた。だから今日は久しぶりにこの峠を越えたかった。友達も居ず、いつでもひとりっきりで本を読む以外に時間の過ごしようがなかった。多分遊び歩く友達がいたなら今のような自分でないはずで。どこかの工場で働く一人だったはずだ。いつでも人生逃げている自分の気がする。という。私は驚かされていた。思いのままで生きていたのではないのかと。

「圭介さんの蔵書。あんなに本を読んでいる人いない。目的に向かうために送らされての今ではないのですか。だから授かった優秀でしょう」

「優秀でもなんでもない。あれは、青春の変形の悲しい姿の標本だ。なにもすることのできなかった虚しい自分の残骸だ。だから、麻衣という少女に出会わなければ、その少年は自殺していた」

えっ？

里美村に出。渓谷と小さな水力発電所を横に見て二人のドライブは終わった「病気になったために。考えることもあり決して無駄な時間ではなかった」と圭介は言った。

約束の日、圭介の家に到着と共にチョコちゃんの散歩に出るところと重なった。田舎なので門はなく道路から門口となる。

「僕の部屋で待ってくれるか」と玄関の鍵を差し出した。

「どれ位散歩の時間掛かりますか」

一時間は必要だと伝えられ

「御一緒してよろしいですか」

チョコちゃんは私がついていくのに丁度いい歩みである。

「チョコちゃん可愛いね。お利口さんだね」と声を掛けるとしっかり私を振り返る。♂。可愛い犬である。茶と白の毛並み。小さなリボンが付いている。

圭介は。

「この小さな生命が時に完璧とも思える仕草で人に応えてくる。なんでも知っていて誤魔化しがきかない。嘘をつけるのは人間だけだが……その巧みな詐欺行為で他人を誤魔化して平気でいられる。どうしたらいいだろうな」

時に適当な嘘を付いている自分だが何と返事すればいいのか分からない。返事などできない。

中井川の家族は、連休を利用して子ども達の希望でディズニーランドへ一泊で出掛けたとかで、家は圭介ひとりである。

犬の散歩の後。圭介の部屋で私達は不思議な形で向き合っていた。圭介は着ていたセーターを脱ぐとシャツの袖をたくしあげた。シャツの前ボタンを三個外していて、下着は着ていない。健康を完全に取り戻したというのが感じ取れた。私はその圭介を見つめてなぜか緊張させられていた。今まで見てきた圭介の表情ではないのだ。『決意』の男がいる。

「比叡山延暦寺・横川エリア」と圭介は言った。

比叡山の、その有る場所を非常に詳しく説明した。鉄砲水で出来た崖道は簡単ではないが足場も悪い。砂利石が出ての傾斜はきついがと。

そこでサバイバルナイフを私に掴ませた。私は何がなんだか全く解らず息が止まりそうな程の驚きを受けていた。

「麻衣を罪人にする訳にはいかない」はまるで理解できない。

「家の裏山は中井川の土地であるから。そこにこのナイフを埋めるように。鉄分の多い箇所があり変色した清水が出ているからその場所はすぐに判る。そこなら数年でナイフは土に戻るはずだ」

そして……

「自分の『心』は延暦寺の横川エリアに帰りたい。今説明したその場所まで麻衣が送ってほしい。それだけで思い残すこともなく麻衣の思い出を携えて自分はいける」何のことか判断が付かない。

「麻衣は、男が怖いと自分では気付いていないが抱きしめると必ず呟く。何の意味かよく解らなかったが。今回麻衣をい抱き理解できた。健康では読み取れなかった。さんざん苛められて受けた過去の男の子からの衝撃の後遺症か……が蓄積されて体にまで影響し麻衣を苦しめている。かなりの痛手で排除は困難かもしれない思いもする。圭介少年になぜ怯えていたか理解でき。今まで想像もしなかった麻衣を知ることができた。ゆえに圭介が犠牲になる。圭介を殺せ！　その決断ができた時。麻衣は男の恐怖から逃れられるはずだ。麻衣を苛め傷付けた過去の子ども達をすべて圭介の生命で処理したらいい。麻衣。もう男に怯える必要はない。恐れずに圭介に手向かえばいい。麻衣！」

　ああ何ということを！　私は心臓が止まるかと思える程に震えた。そうなのだ。私は成長と共に男という存在に怯え、生きているのが限りなく悲しかった。苛めた男の子には少しも解らない。

女であるのがつらかった。

学校の帰り、私を待ち伏せしてまで苛めるのだ。私は畑の道でその子を見ると立ち竦む程恐ろしかった。鳥肌が立ち男の子が凶器に見えた。私の心も体も萎縮してしまっていた。今でも心は恐怖で痛い。

圭介を愛しながらその一方でその男の形が怖いのである。そういう私が圭介を好き……が抑えられないのは片一方で女になっているからなのだ。女性としての成長が切ない程に自然の摂理で逆らえない。止めようがない。

だが。圭介に抱きしめられて私の女は「石仏」の如くに硬直してしまっている。女の形をした石なのだ。それを圭介は体で受け取ってくれた。感じてくれた。

圭介は私を見つめて「刺し殺せ」と言っている。それで男への恐怖が終わると言ってくれている。確かに誰かに刃向かえば私の受けた恐怖は形を変えるかもしれない。だがそんなことができるわけもない。私の動悸が激しくなった。

「死ぬ覚悟はできている。喜んで死んでいける。麻衣の手に掛かって死ぬのなら少しも怖くない。麻衣を救うのはそれ以外にはない。麻衣。受けた憎しみを悲しみを。そしてトラウマを圭介の男の命で過去の子ども達をすべて消せばいい」

……

「圭介少年は麻衣という少女が可愛くて可愛くて、好きで好きで仕方なかった。だがその少女は怖がって後退りしているだけだった。その意味が解らない少年は嫌われているのだとただ悲しかった。お下げ髪の少女を抱きしめたいと少年は思い。アニメ映画を観たり海や山にも一緒に行きたかった。が想像だけで過ぎた少年時代だった。嫌われても。川に物を投げ入れられても麻衣の姿を見るだけで幸せだった。だから待った。待たずにはいられなかった。今ではすべて優しい思い出だが。何一つ記憶の中から消えていない麻衣の少女時代だ」

「麻衣。男を怖がる必要はない。乗り越えられる。圭介がすべてを持っていく。やがて圭介を忘れた頃に良い巡り合いが来るように圭介が導くゆえに恐れずに圭介に手向かえばいい。そしてこれからは心穏やかに生きていけるように陰で支える。必ず支えてやる。麻衣！」

麻衣のために犠牲になるという。殺害しろって。何で、圭介を殺せるのか。掛け替えのないとは圭介に当てはまる言葉ではないか。私は圭介を見つめてその目を見つめて圭介との出会いを誰に感謝していいのか分からない程の感激と嬉しさなのに。

「殺せって。圭介さんを殺してしまったら麻衣は誰を支えに生きていくのですか。圭介さんを殺すなら自分が死んだ方がいい。圭介さん！」

愛し過ぎる人なのに。この世の中でたったひとり私の味方になり庇ってくれている人ではないか。その男性を……有り得ない。

「あの日。蹴上インクラインで出会った墨染めの衣を着た青年に。まだ近付いていない、あちらから歩いてくる男性に、突然、自分の心がなぜそうなってしまったか。信じられないのですけれど。圭介さん。恋してしまっていた」

「会話もしていない、ただ前をあるいて来るその男性に、罪なことだと知りつつ。恋等できる立場の方でないと感じていて」

「ですから。圭介さん。なぜ圭介さんを殴ってしまったのか。自分の心が怖くて怖くて。その自分に気付かれるのが恐ろしくて、自分を抑えるために咄嗟に出てしまった行動だった。こんなことがあるのだろうかと自分の心が恨めしい程だった。足の不自由を思い、堪える他なかった。だけど初めて男性に愛されたいのだと。自分の女が悲しかった。圭介さん」


「圭介さん。圭介さんの退院の日。男の恐怖を抱えてはいても。かつての少女は年月重ねて『女』になっている。悩みながらも女になってしまっている。悩みは消えることなく心にあるけれど。普通なら何でもない。いえむしろ喜んで応えられたはずが」

「心の痛手はあっても。インクラインのあの日の男性に女の姿を見せたかった。いえ見てほしかった。見て頂いて少女が娘になったのを確認して賛美してもらいたかった。だから決心できたの。それ程に大好きな圭介さんなのだもの。それ程に大切になってしまっているその圭介さんをなぜ、殺せるのですか。そんなことできない」

「圭介さんと再会して、なんて嬉しいのだろうと思いつつ、脚の不自由の劣等感にさいなまれて。

それでも圭介さんを京都に訪ねないでは居られなかった。女の自分が切なかった」

「良い巡り合いって、圭介さんと同じ人がどこにいるのですか。圭介さん他誰も麻衣のことを愛してなどくれない。知ってるもの。麻衣を殺してください。そしたら数々受けた悲しみから逃れられる。ここで圭介さんと一緒に死んでしまってもいい」

「今回、圭介さんが万が一退院できなかったらとしたら、麻衣も今、生きていない。圭介さん。圭介さんのいない所で生きていても仕方ないもの。圭介さんの所に行きたいもの。寄り添いたいもの」

「ただ、圭介さんのために脚の不自由がつらい。そんな女の自分がつらい。人並みに普通でありたい。圭介さんと並んで歩く時。足が不自由でなかったらどんなにいいかと」

私は、ナイフを掴んでいられず、落としたと共に崩れてしまいそうな体だが、膝がまがらないゆえ堪えた体を圭介に抱きしめられた。

「そんなのは、いい。麻衣。だから諦めきれずに麻衣ではないか。麻衣を忘れたことがなく圭介は生きてきたんだよ」

私は圭介にしがみつき、涙が溢れた。

「苛められて、苛められて生きるのがつらかった。圭介さん。あの高校生の頃も、町のなかで擦れ違う全然知らない他校の男子に苛められていた。だから萎縮してしまっていた少女は圭介さんの少年に甘えられなかった。本当は甘えて慰めてもらいたい気持ちはあるのに、その気持ちも伝えられなかった。残酷な言葉を平気で浴びせてくる。何でこんなに簡単に投げつけてくるのかと、情けなかった」

「圭介さん。麻衣には男が凶器にしか見えなかった」

高校生になってまでも、私の脚はあげつらわれていた。恵の言うように言葉は刃物以上なのだ。その刃物を何百回刺されたのか。だから、背負った傷のほうが強すぎて、圭介少年には何も応じられなかった。川に投げ入れるという、圭介からの「優しさ」が、唯一私の捌け口であると言えた。だから、悔やみながら、ひたすら、圭介の優しさに心ぶつけるしかなかった。そんな状態であるから、交流などはできなかった。

「麻衣。麻衣が大好きだ。何物にも代えがたい程に麻衣を愛してる」と圭介は言った。

「麻衣だけでいい。後はすべて捨ててしまっていい。要らない」そして重ねた。

「麻衣のためなら圭介は死ねるんだよ」

圭介の胸のなかで私は抱え込んでいた押し潰されそうなコンプレックスが消えていくの分かった。圭介と心中ができると思った。私は女の命が圭介のなかで嬉しかった。

私は目覚めてびっくりしていた。泣き疲れて圭介に掴まったまま眠ってしまっていたらしく、圭介のベッドである。既に午後の時間である。世の中が変わってしまった程、今までの自分でない気がしていた。

圭介が部屋に来た。瞬間私は蒲団をひっかぶった。

「今晩泊まるか」突然聞かれた。

「……帰ります」と小さく返事した。本気で聞いているとも思えない。

駄目！　と心の中も言っている。あなたはこれから帰らねばならない場所がある。でなかったら泊まる。いや泊まりたい。と伝えたい。が。

私は圭介の手を借りベッドから出たが圭介に掴まった手をなかなか離せない。その男性に甘えたいのだと知る、子どものように。

「お腹空いたろう」と聞かれた。


キッチンのテーブルには料理が出来て並んでいる。

コーヒーか緑茶かと聞かれたが、自分でする。と答えると
「いいじゃないか」と言う。

精進料理だった。私はそれを言葉もなくしばらく見つめて胸がいっぱいになっていた。圭介が料理を作る時間寝ていたことになる。

お茶を入れてもらい圭介と向かい合い遅い昼食をした。圭介の退院の日に私の作ったお弁当の味とよく似ていた。塩味で仕上げたが圭介の味も塩だった。新幹線の中無理して食してくれているのかと思ったのだが。

「ビール飲むか」って聞く。

「それとも日本酒か」

「圭介さん酔っ払う?」

「さあ……」って。

「酒癖悪いのかしら?」に笑顔を作ったが。

「お酒たくさん飲めますか」

「麻衣の方が数量多く飲めるに違いない」

自分は酔えない。水を飲んでいるのと一緒で酔えないという。酒に酔えたなら全然違う生き方ができるに違いない。って、どういうこと。

「麻衣と一緒だと酔えるかもしれない」って。?

建設会社の男性達のお酒の飲み方は全員陽気である。年に数回の宴会は、まるで喜劇の芝居を見るが如くで楽しい。圭介をそこに招待したい程だが。

私は圭介を見つつ……自分を他人に曝けだせないのかと思った。それが圭介の全部なのか。

「会社の男性のお酒の飲み方は見てるから。酔っ払った圭介さんの介抱もできると思う。してあげる」私の方が介抱されているかもしれない。

私は圭介の料理に胸が詰まり。

「圭介さん。ありがとう。美味しい」と心を込めて言った。

独身でいる男は料理まで上手くなってしまっている。圭介の寺の厨房は想像もつかないが、そこに立つであろう姿が浮かんで、嬉しいのか悲しいのか分からない。会社の事務員が高野山の宿坊に泊まった時、その部屋の近くが厨房になっていて作務衣姿の修行僧が作業しているのを間近で見てきたと話していたけれど、圭介の日常にも組み込まれているに違いない。圭介のその姿を思い描き切ないのだった。

食事が済んで私が後片付けをして、夕方、チョコちゃんの散歩である。さらに奥の集落が散歩コースである。

食事の間も圭介の足元にいるという、本当に圭介大好きの犬である。かぼちゃ・じゃがいも・それに果物の梨が、好物らしく塩抜きして用意されたそれらに茹でた肉も交ぜ合わせてもらい嬉しそうにたいらげた。「この子」と呼ぶけれど家族にとっては単なる動物ではないのかもしれない。散歩は三十分というので、また、私はついていった。

人の生活とは同じ繰り返しの平凡さで幸せなのだと感じつつ。けれども明日圭介を京都に見送らねばならない。「泊まるか」と聞かれたが、山寺に戻る男性でなければ泊まりたい。いや泊まってしまってもいいのかもしれない。静かな家は圭介ひとりである。誰も知らないではないか。何があっても。ふたりのことを。私は今、例えようがない程圭介に甘えたい。植えつけられた男の恐怖を圭介の思いやりで忘れたい。

さんざん苛められたが、今圭介がいてくれる。その人にすべてを癒してもらいたい。受けた凶器を完全に消し去りたい。

途中、集落の家の庭先の草取りをしている人と立ち話をする。

「その後、どうしたね。体の具合は。大丈夫かい」と圭介が病人だったのを皆知っている。圭介の姿を見ると話し掛けてくる。全体が「親戚」のような集落に思えた。

チョコちゃんは次の家の庭先で、そこで飼われているシーズー犬と遊ぶ。知っていてちゃんとこちらに向かって来るのだと思った。仲間だ。

圭介を見て、そこに住む夫妻が出て来たのだ。草木染めの作家だと圭介の説明だった。古民家を再生して東京から移り住んだという。

アトリエで私はその作品を見せていただいた。草木染めは知ってはいても初めて見た。あまりに執着して作品を見つめるものだから「欲しいか」と圭介は聞くが、高級品である。

草や木でこんな色彩を出せるのだと。絹・木綿の作品は溜め息が出る程、見事であった。自然界はこんな色合いを届けてくれるのだと感動だった。何をひとりで悩んで生きていたのかと思う程の慰めである。苛められて狭い部分でしか自分は心が動かなかった。と感ずる程の素晴らしい作品であった。

圭介は茜色のマフラーが麻衣に一番いいと選んでくれた。絞りの入るそれは上品だった。遠慮しながら買ってもらった。早速巻いた。

私は夕暮れの静かな集落の景色に溶け込みながら圭介を、京都に帰したくないと思った。この集落で毎日生活したい。犬を飼って。ああ女は駄目だ。見境がなくなる。

帰ると伝えながら、なかなか圭介から離れられない。圭介にしがみつき、それは修行僧には罪なことだとは知り。けれどもしがみついた男性に抱かれたいと思ってしまっている。が、圭介は冷静だった。なぜだか分からない。入り込めない程の冷ややかさで、抱きしめてはくれるのだが、形だけだった。伝わるは……そう、他人に自分を曝け出せない……それだ。

退院の日のあの男の姿はなんだったのか。私が悲鳴を挙げたかった程のそれは。それが嘘の如くである。あのふたりの時間はなんだったのかと思う程だ。帰らないと拗ねたくなっていた。私が初めて見せた、圭介への甘えだった。甘える事のできる女の自分がいたのだ。その自分がいじらしかった。そんな私の心が解るらしく「帰らなくていい」と圭介は言った。

外泊という『悪い』ことをやった。母親には連絡したが。これも恵に教えられて女は月に一度の危険日は避けられない宿命？　があるのだから。生理用品・下着・洋服は車に積んでおくようにとのことなので、細めにそれを準備しているので外泊しても平気なのだが。これは時に非常に助けられるので恵の知恵に乾杯！　だ。

パジャマは圭介のを借りたが大きすぎた。

チョコちゃんは居間が寝場所になっていてケージはなく座蒲団の上に毛布を敷いてのベッドで寝ている。まさに家族なのだ。犬とはそんな存在なのを知った。小さな生命がいるだけで多分たった人ひとりでも山の中で寂しくない程の存在価値がある思いだった。寝ているチョコちゃんも可愛い限りだ。

私はお風呂上がりに圭介に左足を見てもらった。右足より運動量が違うので細いのだが。京都で消え入りたい程つらかったがそこを乗り越えた。圭介の優しさで乗り越えさせてもらった。少女時代は宏に慰められ今、圭介に労られ。男に苛められたが、考えればその男性に救われているのだと初めて気付いた。男が怖い、敵だとばかりの思い込みで過ぎたが。男の優しさに助けられてもいたと意識させられた。圭介の視線の中気付いた。

中学になり学校が遠距離となり。自転車通学他ない。そして片足運転他なく、それさえも苛めの対象だったが、しかし途中受け持ちの若い教師は車で擦れ違う際、わざわざ窓を開けて励ましてくれた……頑張れ。気を付けて走るように。と、男の先生だった。高校になり、義務教育時代、体育の時間、私は見学が多かったが入学してのすぐの体育の時間、先生は私に指示した。「見学ではなく、なるべくすべてに参加するように。そこでどうしてもできない種目は立っていてよい。内臓が悪い訳ではない」と。

私の体育の評価は常に最下位だったが。高校になりそれが『普通』になった。高校二年になり私は先生に聞いた。……なぜ私にいい点数が付くのですか。と。先生は「一生懸命努力しているじゃないか。他人と比較する必要はない。小森は小森の真剣さが評価だ。体育の時間は競技じゃない。形は個々自由が授業だ」そう言ったのだ。私は驚いていた。その体育の教師が私達が三年になり。それまで受け持ちだった女教師……国語教科の先生で西鶴文学の面白さ傑作さを教えてくれた先生だったが結婚で辞められたので、就職組クラスの担当教師となり、私の就職にも繋がっていったのである。

私は高校教師だったという男性に過去の少女の物語をしていた。だが過去の「先生」は黙って聞いている。頷きもしない。

私はその沈黙にふと気付かされていた。

私が圭介少年に抵抗していなかったら。散歩の途中思ったように圭介という先生とどこかの田舎で犬を飼って生活していた筈の、毎日同じ繰り返しの平凡な幸せをやっていた……それを踏み躙ったのは誰でもない。私ではないのか。場合によっては圭介少年を苛めていたのかと仰天の自分の行動に気付いた。

何ということか！

消灯のベッドの中、私は悲鳴を挙げて圭介にしがみついた。

「ごめんなさい」を繰り返したが、おさまらない心だった。

が、圭介は
「過去などいい。謝罪する程のことは何もなかった。あれでいい」

「それよりも多分二十二〜三歳の男は麻衣を理解できずに麻衣を不幸にしていたはずだ。解ったつもりだけの男は麻衣を悲しませるだけの日々だったに違いない。だからそういう現実は訪れなかった。それでよかった。やがていつか平穏な生活が来るに違いないから過去はいい。麻衣が今。自分の傍にいるだけで充分で、それより以上は何も必要ではない。ただいてくれるだけでいい」

圭介は私の手を掴んでくれた。その温かさの中で
「圭介さんは。世界一素敵な人。頼もしい人。最高に格好よく衣の似合う修行僧。大好きな大好きな更に大好きな人。麻衣の呟き」と言うと。圭介は笑い出した。だって、すべて本当のことだもの！　マンガかな？

麻衣・少女時代メモリー

那珂町第三中学校の二年になったばかりの宏は本家の繭子に「どうして前と後ろの親戚が結婚できるんだよ」と言った。

そうなのである。繭子は宏の顔を見ると「私、宏ちゃんのお嫁さんになる」が口癖で、それは私と遊んでいてもそうなのである「繭子。宏ちゃんと結婚するんだよ」だった。宏には繭子の言葉が日々鬱陶しかったのだ。繭子を見ると逃げ出すほどだから。

だが宏の言葉に繭子は泣き出した。意地悪だと泣き出した。小学校低学年の私は呆気にとられて繭子を見ていた。兄ちゃんもそんなこと言わねばいいのにとも思う。いつまでも続くはずはないが、宏には面倒でもあったのか。両家は畑のなか三十メートル程の距離で繋がる田舎ならではの父親の本家・分家だった。

宏はなかなか泣きやまない繭子を慰めるためか、通学用の自転車に乗せて久慈川に沿って広がる田圃に降りていった。

私は「危ないから麻衣は行くんじゃないよ」畑の中からの母の言葉を振り切った。

坂の途中で田圃の畦道に宏達を見付けて私はカーブを曲がりきれずに自転車ごと崖に落ち込んでいた。とんでもない事故になってしまっていた。膝の靭帯損傷と骨折で身体しょうがい者になってしまった。自転車に脚が挟まってしまったのだ。

繭子は、麻衣を身体しょうがい者にしてしまったと悩み。宏が医者になると言い出したのはそれが切っ掛けだと思う。茨城大学に進学し、農家を手伝いながら、将来は中学の先生になるのが夢だったはずが。


「まいちゃん、誰かに苛められていないか」と、高校生になった宏は言った。

「兄ちゃんに話してみろ」話せるはずがない。脚が不自由になってから私は苛めを受けるようになっていた。上級生にまで苛められひとりで泣いていた。泣き尽くした。それでなくても本人はつらいのになんでこんなに苛めるのかとつらかった。

「まいちゃん。ごめんな。兄ちゃんが田圃になど行かなかったら、まいちゃん怪我などしなかったのに。兄ちゃんが悪かった」

多分。それは誰の責任でもない。背負わねばならない運命というものだ。

「まいちゃん。兄ちゃんは、まいちゃんが大好きだ。まいちゃんがいなくなったら悲しいから詰まらないこと考えては駄目だよ。頑張るんだよ。まいちゃん」

そうである、苛めとは子どもに死ぬことまで教えるのだ。兄が悲しむから死ねないのだ。まで、小さな少女は考えたのだ。

ある時不思議なのだが、大学生の宏に、心暖めている彼女がいるみたいだと気付くのだから、少女の感性は鋭いと自分でも驚いた。その頃から私は兄を『宏さん』に替えた。

たまに自宅に帰ってくる大学生は繭子ともに『宮崎アニメ』を観に連れていってくれる大好きな兄ちゃんだったがじゃれあって、兄、繭子ともに遊んでいた子どもの時は、いつか想い出の中に優しくしまい込まれた。

麻衣・メモリー

京都に帰る日、圭介は私の両親に会いたいと私の家で半日過ごした。

車から降りた圭介は目前に広がる農家をしばらく身動きもせず見つめている。畑にはネギ。人参・白菜そして、小松菜・ほうれん草……が広がる。阿武隈山系が彼方に見えての農村地帯である。父と母が働いている畑まで私は圭介を案内した。圭介の挨拶を受けて父は
「悪いが畑仕事の手順が狂うので手を休めるわにはいかないので話しは畑でいいか」と言ったが、圭介を上から下まで眺めて『坊主か』と言った。

「父さん失礼な言葉は止めなさいよ」と母に窘められている。

「なんで」と父は頑固である。

小松菜の最盛期で農家は休んでいられない。その日の陽気で成長が早まったりで市場の値段がまるで違ってくる。

「兄弟は」

と父は小松菜を抜きながらそれをビニール籠に並べながら言った。母が籠を運び、物置きで水

洗いして出荷の形にする。父の真向かいに腰を下ろすと圭介は父と共に小松菜を抜きつつ
「兄が一人いますが……」
「何をやっているのかね」
茨城県庁建築住宅課勤務を聞いて私はえっ！　と驚いた。
私は屈めないから丸椅子を持ってきてそれに掛けて二人の話を聞いていたのだ。が、私は圭介の手を見つめて男を感じている。何ということか。二十六歳の男の手は私の目に息苦しい程に華やかに見える。今まで考えたこともない男の生命を見る自分の女がいじらしかった。
「住宅課って」とやがて私は
「住宅課の中井川清係長さん」と叫びに近い声を挙げた。
「なぜ知っているのか」と圭介は言うけれど。圭介を水戸駅まで送った、その日にも住宅課発注の入札書を受け取る受付窓口で中井川係長と言葉を交わしていた。圭介を訪ねてもいつも母親だけで、清家族は留守で顔を会わせていない。休日は里美村の奥さんの実家へ、しいたけ栽培の手伝いにいっていたというが。役所も名前・顔写真入りの名札を下げているので知っていた名前なのである。私の姿をみると「おっ！　小森さん」と声を掛けてくる。「階楽園の梅が咲き出したようだ」「旧県庁の敷地の桜が咲き出したようだ」とか、短い言葉を掛けてきてくれる。ふわふわの毛並みのチョコちゃんは清家族の犬だったのだ。
父は
「息子が優秀過ぎるのは家にとって不幸だ」と圭介に言った。

「知り合いの息子がイギリスの大学に留学したのはいいが。向こうで結婚し、研究を継続したまま日本に帰らない。仕方なくなった知り合いは農業の為に親戚から養子を迎えた。自分の息子は海外ではないが、京都から戻ることはなかろう。水戸辺りの病院に帰ってくるのかと甘かった。家族は捨てられたようなもので、社会に貢献はするのかもしれないが空しい限りだ。農家は実際、嫁に来てもらうという問題もあり容易じゃない。それを知ってか逃げられた。息子等いない方が諦めがついた」

私は父の言葉を聞きつつ、やりきれなかった。確かに女性に農家へ来てもらうことは大変だ。農家の女性さえも殆ど外に出る。

例え話の男性は遠い親戚の話である。我が息子の「心」まで読んで父は嘆く。

「あんたは家を継ぐ責任はないから何をしても自由だろうが。家は息子一人なものだから。少年の頃から手伝いをさせていたが、どうも其が裏目に出てしまった」

これはどうすればいいのか。とんでもない親の悩みが私の心に引っ掛かった。宏はこんな父親を考えたことがあるのだろうか。そうかといって子どもは親にどこまで責任を負えるのか。負わねばならないのか。

「医者にしてくれというから反対もできなかったが。農家を継いでもらいたいのが本音だ。いや、せめて近くで医者をしてもらいたかった。そりゃあ息子の人生の束縛まではできないが。他人の命は守れても親の命は見捨てられているに等しく、国内でも京都は遠すぎる。何を考えているのか。親のことより他人が大事という息子には情けなくもなる」と言った。

有り得ない言葉を私は聞いた。父の口からこんな残酷とも思える言葉が出てくるのも信じられなかった。

結局。農業が可なりの勢いで体にきつくなってきているのだとは思う。だから確かに傍に息子が居れば支えにはなるに違いない。ほんのわずかでも手伝いの姿勢を見せてくれれば。だが、近所のどの農家を見ても高齢化なのだ。父だけの悩みではない。畑だけではなく米の生産もしている。田植えは農協に頼んでも水の管理等大変なのだ。自分で食べる分は太陽に当てての「おだがけ」という昔ながらの手法をやっている。

だが、私は宏を知っている。

突発的な災害とか事故が発生した時、宏は今。親よりも妻よりも我が子よりも他人を助けるはずだ。瓦礫の中にふたりの子ども。我が子ともうひとり他人の子を見た時。他人の子を先に助けるはずだ。それが役目と生きていると思う。

私は京都に行くたびにその宏の「思い」を見た気がする。親は自分だけを見過ぎる。由木子をアフリカに送りながら一言の不平も不満も言わなかった。取り残された男は自分の生活を整理し研究生活をやっていた。不自由とも思うその現実を見た時、幾らでも「行くな」と言えたはずだ。若い男だ。ある時は苦痛に違いない、が何も言わない。由木子という医師を尊重していた。母は雑に育てたというけれど。宏は農家の悲しみつらさを母親を見て来て知っている。本音は父親の言う通りになるのかもしれない。わがまま言えないは知り尽くし。しかし、たった一つ人には言えない「わがまま」で家を出たのは本当かもしれない。

由木子をテレビの画面に視つつ、宏も偉いと思ったのはそういうことである。二回もアフリカに由木子を送り出した。その姿勢で生きる女性医師を尊敬もしているに違いないと私は思うのだ。


「久慈川の向こう側とこちら側の地形だね」と圭介は言ったが、圭介の家と私の家の距離である。本家は大学農学部を出た長男が農業を引き継いでいて、ビニールハウスでトマト、メロン等を生産している。私の父は若い人のような管理はできないし常に温度調整で燃料費も嵩み露地物他ない。そのビニールハウスを見たいという圭介を本家に案内しながら

「従兄の武夫さんは圭介さんと同じ高校」と報告はしていたが。

その武夫が庭に出て来て。後、暫く圭介を見ていたが

「間違うと拙いが。中井川圭介ではないか」

圭介もその言葉を受けて「あっ！」と言った。かつての高校のクラスメートだったというアクシデントである。


「なぜもっと早くに気付けなかったのだろうか」と圭介は繰り返した。

『小森農園』から検索し、問い合わせれば確かに小森麻衣は簡単に見付かったに違いない。集落中小森である。「再会」は素早く完璧に訪れた?


「何で麻衣と知り合いなんだ」と武夫は不思議がり、何度も繰り返すが圭介は答えない。

「出会い系サイトか」の武夫の冗談に

「そうなるか」と私を見て笑っている男はバカみたい。

トマト・メロンのビニールハウス畑で圭介は武夫から、農作業の工程・品種・手順・農薬・燃料・温度調整等の説明を受けていた。

「農薬はなるべく使用したくないが」と武夫は言うが。難しい問題だ。

「メロンが収穫の時には寺に送るから、俺の作品食してみてくれ」と武夫は言ったが、メロン等はその表現のようにまさに作品だと思う。作る側のプライドだ。作品になるから簡単には作る者も食せない。


私の作った昼食を皆で済ませて。

圭介を水戸駅まで送る途中、車の中で……運転は圭介。

「お山での生活幸せなのですか」等と、体が回復したばかりの男性に聞くべきことではないが、その場所で病気という屈折した姿を見せられた、その生活の本音を私は知りたかった。それは屈辱でしかないのは解る気もするが。

「分からない。なぜ出家したのか等は……語れば言葉にできるかもしれないが、自分の意志ではないところで組み込まれている人生であるかもしれないと思う部分もあるから運命か。つまり避け切れない気がする。母方の叔父が僧侶だったという話を入山の時に聞いて驚いた。その叔父は若くして二十代半ば……当時、今の自分の年齢と同じだった。戦争で南の島で亡くなったそうだ。ゆえに人とは自分で人生決めているように思っているが。避け切れない無意識も潜んでいてそれに従わされてるということもあるのかもしれない。だから拒んでも拒み切れずの導きか。それを因縁ともいうか。幸せかと問われても。幸せとか不幸せだとか考えたこともなかったが。だが後悔はしていない。多分修行中の日常を幸せ等という言葉では誰も表現しまい。ただその場所で無我夢中他ない。幸せとは……今麻衣に問われて初めて考えたようなもので考えて結論が出る世界ではない。必死で生きた時、微かな灯火が戴けるということかもしれない。だが今は彷徨い中か。本音が葛藤しているから躓きがある」……

赤信号で停車した時。変速ギアに乗った圭介の左手の小指を掴んだ。その人の温かさがひたすら愛しい。ああ。生きるとはこういうことだ。体の温かさを交換・確認できる。その細やかさが生きることと喜べる。財産も・ふたりの家もないけれど。

「帰る場所がない」は切なかったが。でも互いの心の寄り添える「帰る場所はある」と思えた。「暫く海を見ていないので大洗海岸に行ってみようか」と、瞬間私の手を握ってくれた。

大洗海岸の秋。誰もいない。日差しは柔らかいが海風は冷たい。太陽が反射して海面が光る。漁船が何艘か波間に見える。

私は肩に掛けられた圭介のコートに腕を通した。

男の香りに包まれて、幸せを感じていた。今、着ているすべては学生時代と教員時代の古着だという。

私は見ることのできなかったその青年を想像しつゝ。また圭介の小指を掴んだ。「生きている」を喜べた。

「いつかニューヨークに連れていく」と圭介は言った。

えっ！　ニューヨークなどと。何？　と思った。

私のアメリカは。トムソーヤーの冒険・足長おじさん・大草原の小さな家の文庫本。そして圭介が連れて来てくれたぬいぐるみの人形。と圭介の五番街の写真。だけが私の中のアメリカだ。

私の部屋は男の部屋より見窄らしい。その部屋を見て圭介は笑ったのだ。

多分花模様のカーテン。ベッドは華やかなレースのカバーを掛けて、溢れる程の人形の並ぶ『娘』の部屋を思ったに違いないが、質素さに呆れたはずだ。そう、恵の部屋を一日リースしたい程だが……娘のモデルルームなのだ。男的スタイルという見た目とまるで違う部屋が恵の部屋。

「麻衣。麻衣に軽蔑されないところにまで人生定めたいから、その年月つらいだろうが待ってほしい。卒論もあり、それが済み外に出られない「行」をする必要があり暫く逢えない」と言うが。待ってほしいって何を待つのかと思った。

茨城県庁建築住宅課へ……。

引き続きの造成工事の終わった地域個所の入札用図面を取りに行った。中井川係長が、私の姿を見ると笑顔を見せて受付の机の各会社に発注されている図面の乗る窓口まで出てきた。その課には母の実家の、私の従兄もいる。いつも外回りが多く留守であったが、その日は机に居た。遠くのその場所から私を見つけてくれてやはり笑顔を見せた。私は頭を下げた。

専務から頼まれた名刺を住宅課の各役職の指定されている場所にいれてから、丁寧に中井川係長に挨拶した。「お世話様になります」と。

「聞いたときびっくりしたね」と、言った。

「不思議だね。最初から小森さんに親しみを覚えていたんだよね。だから仕事との関連だとはいえ話しかけていたんか。世の中無意識でどこかで繋がっているんだね」

「よろしくお願いいたします」再度頭を下げた。

「こちらこそ。まあ、弟を支えてやってください」と、私の会社の発注分の図面を腕の中に納めてくれた。

「おふくろが待っているから。遊びにくるように」と言ってくれた。

私は年が明けての連休に、圭介の生活する寺を訪ねた。彼に会うためではない、圭介の説明した『心』が帰りたいという場所を確認せずにはいられなくなったのだ。女ひとりで辿りつくには険しかったが迷わず捜した時、切なくなっていた。死んで帰りたい「場所」だと言った。その説明を受けた女は限りなく切なかった。

私は、宏に頼んだイングランド産の『ダイアナ』という製品のカシミアのマフラーを二重に巻いていた。

それ程に寒く、雪が降りだした。恋人なのに、到底、私の入り込むことのできない男の部分があるのを修行僧に感じている。はるか彼方の登頂できるはずもない峠をみている感覚だ。雪は激しくなり比叡山全体が吹雪に包まれる景色となった。

麻衣・メモリー

私の長い『待つ』の年月が来た。

圭介は大学院博士課程をシアトルの大学に選択した。留学である。その前に逢いたいと言ってきたが、私は仕事の流れもあって休みが取れず京都には行けなかった。

「麻衣に逢いたいから。成田空港から出国する。成田までなら来られるか」というので……

私はその日、車で空港まで行った。車の方が時間調整が自由なので。バスの直通もあるのだが。大洗からサッカー競技場・鹿島アントラーズスタジアム横を抜けて千葉に入れば高速道路で直線、成田空港である。

空港の立体駐車場に車を入れた。

旅客ターミナルへの出口横のエレベーターの所で圭介は私を待っていた。久しぶりの出会いである。大洗でのち会ってないのである。遠距離などというものではない。外から目線では「隔離」されている立場に近い。

通信機能があってもそれはないに等しく何日もの「行」修法・読経・祈祷の明け暮れだと思うし。大学院卒業と共に「行」のために外に出られなかったのだ。何もかも途絶えた形になっていたが留学の連絡が来たのだ。

圭介は機内持ち込みのスーツケースのみの姿だった。私は挨拶もそこそこで手を掴まれて車の並んでいる場所に移動と共に抱きしめられていた。

きつく抱きしめられても実感がなく。なぜ行ってしまうのかと言いたい。が何も言い出せない。圭介の胸の中なのに夢のような錯覚である。他人事感覚なのだ。

「麻衣。待てるね……」って。頷くしかないではないか。「圭介のバカ！」

私は出国していく圭介を見送り。取り残された気分だった。立体駐車場への動く歩道をひとり戻りながら憂鬱だった。「僧侶」の姿にもびっくりしたが、海外留学等、さらに信じられない。たったひとりで日本を出る等想像も付かない。哲学など人生の何の役に立つのか私はまるで知らない。「圭介のバカ！」と心は繰り返す。ひとり砂漠の真中に置き去りにされたような気分だった。だが心の中では「これでいい」と。すべては私の考えのように流れていくはずはないのだからと諦めてもいた。

そして、やがて。

海外に行ったこともない私には、圭介がどういう生活をしているのか考えもつかない。圭介の暮らすシアトルという街が、私の大好きなイチロー選手の活躍する街だというだけで何の知識もない。その野球場がテレビ画面に映ると、ああ圭介がこの街のどこかで生活しているとは思う。だから確かに以前よりその街に興味が出て、テレビの中のイチロー選手を見つめてはいるけれど。

月日が重なってみれば、成田空港では抱きしめてはくれたが「あいつなんか」口で言う程、しょうがい者の女のことなどどっちでもいい。好き勝手に、そう……出世という人生の為に自分大事の男だとも思ってみる。

けれど夜になるとポロポロ涙が流れてどうしようもなかった。圭介を好きで好きで仕方ない。それを打ち消しても打ち消しても消し切れないのだ。

男の愛情等期待もなく、欲しいとも思わず生きていたのが、圭介を意識してから自分の『女心』をどうにもできない。つまり圭介という男性でしか生きられない自分を知ったのである。しかし、それがさらにつらいことであるを再び考える。『僧侶』という存在の男性を愛するのは思った通り簡単ではなく罪であり孤独でありやはり女の身が悲しくさえなる。「圭介さん。麻衣はどうすればいいの」机の上のニューヨークの写真の学生に向かい問い掛けている。バカみたいだと知っていて。

一月に一回程度に圭介から分厚い手紙が届くようになったが、私はその封を切らなかった。読みたくもなかったし手紙を書く習慣もなく。すべて、メールという時代の流れの中で、手紙などで返事をする気もなかった。第一手紙なども もらったこともない不思議！ でもあった。

ただ、外国からの手紙……ヒコーキに乗ってきた手紙だと『ジャパン』の横文字は見つめていた。

「小森麻衣」とは誰だ。つまり小森麻衣とは自分だへの手紙か。圭介は今日本にいないのだと自覚するために見つめてもいた。非常に空しい思いだけが残る。そしてその月日が過ぎていく時。私の心は『異常』をきたしていた。ひとりの男との別れを決意し完璧に「これでいい」と納得もできていた。


圭介の手紙は籐の籠に重なり本箱の中。無視して燃やしてもいいとさえ思い。しかし実行できずの女心は悲痛でもあった。時々入る国際電話に居留守を使うという女の心を自分でも理解できなかった。だがある夜。兄からかと間違いで受話器を取ったら圭介で「居留守はなんだ」と、怒られた。繋がってしまったのを拒否できない。黙って圭介の語りを聞く他なかった。声を聞いてしかし、泣き出している自分が分からない。「圭介さんのバカ……」の自分が分からない。


その留学の年月が終わり……こんなに長い年月があるのだと思う程の日々に思えたのに……

圭介からの帰国の電話連絡があったが、私は。わざわざ成田空港に帰国した彼の心遣いを知りながら行かなかった。その日土曜日だったが私は会社に居た。離れていた年月は私を元の悲しい女に変えていた。携帯電話への圭介からのコールを無視していた。

私は年齢を考える時、やりきれなかった。むしろひとりで煩わしさのない生活の方がいいとさえ思うようになってしまっていた。何を考え何が目的かの男に振りまわされての生き方より、自分ひとりと割り切っての人生の方がさばさばしていた。つまり独身で仕事だけで過ぎる女性がいるけれど理解できる気がした。


私は『二十九歳になって』しまっていた。


仕事だけの人生でいいと就職した時引いた心積もりを、改めてそれでいいと決意した。一級建築士で生きられる自信もついた。半ば男勝りというのになってしまっていた。結婚。つまり圭介など相手にせずともいくらでも人生歩めるという自信というか、開き直ってしまっていた。

建設現場にまで出るようになっていた。大会社でないから私の入り込める現場はあったのだ。建築理論など難しいのだが、隣の机の設計士にどの書籍を買えばいいか教えてもらい「現場監督」に必要な免許「土木関係」も取りやがて私は聴講生で茨城大学の工学部に通うようになった。土木・建築工学の知識も現場に必要になったからだが。

会社にはパート社員扱いにしてもらいその時間調整を認めてもらった。ひとり書籍を読んでいた時と違いレポートも書いて評価も受け「大学」を少し実体験できて、これは自分の知識吸収に繋がった。

その時、私は完璧にひとりの男から、別れられるという処にまで気持ちが作動して冷静になっていた。恋愛などやはり、自分が勝手に脚色している妄想だと馬鹿な解釈で心を封じ込める。ひとりの男は、ただの「僧侶」であり、私の恋人であったというのがおかしいのだと。正気になっていた。

『比叡山延暦寺』という組織の男だ。こちらの凡人が考える立場などではない。延暦寺独特の『回峰修行』『学問修行』とに分かれての「行」であり。圭介は「学問修行」なのだ。

その責務は重く、歴史を重ねての仏の世界は、遥か彼方他ないのだ。

私は圭介が日本に居ない、その期間何回も比叡山を訪ねていた。すでに恋人は遠い存在となり何回かの関わりも夢物語に思え何か映像を見ていた感覚に思えた。だが山全体に圭介の香りがある。更には建物の隅々にまで。それを女は切なく抱き込んではいた。

そして、圭介は卒業した大学の非常勤講師で比叡山から通うのを宏から知るという。また聞きでの「悲しい」知らせも受けていた。

語学を駆使しての日々は寺にとっても重要な存在のはずだと想像他ないが。勝手にすればいいと捻くれる。

しかし、東大に講義で来ているなら連絡してもいいはずだ。と電話拒否している女がおかしいのだが。女の心は複雑さを極める。全く自分で自分が分からない。

だが、そうなるように自分で決めたのだから、それでいいと諦めるバカな自分他ない。

私は化粧もしない女になっていた。恵と一緒の形になった。そしてレースなどのある女らしいシフォン系の布地の洋服を捨て、宏が学生時代に着た古着を宏の部屋から見付け出し、それを使用し、恵に劣らず男みたいになっていた。長い髪もカットした。建築現場に長い髪は邪魔だった。そんな自分の女を「悪くもない」と思ったが恵には驚かれた。

「何だ麻衣。その姿。圭介さんがっかりするんじゃないか。男の子みたいになっちゃって」

圭介など関係ないと心の底で思う。

個人住宅。建築主と何度も打ち合わせて、出来上がった図面の確認を取り、お互いに納得して工程が組まれて進行し、私は勉強不足もあり完璧にはいかないので施行図は工事部に仕上げてもらい、自分の不足のところは確認しつゝ見習いの形ではあるが建築現場に立つようになっていた。

現場監督が定年退職で辞めるのを期に私から会社に願って彼の後を引き継ぐ形になった。彼について数カ月すべての書類を渡されて私はやっていけるという自分を見ていた。

「小森ちゃん。勘がいいよ」と言われたが。木造建築だからだ。ビルでは太刀打ちできないのは解っている。建設とは、やはり男の世界なのだ。

自分の育った古い家も改修をすると、かなり住み良くなるのは知っていても「先立つものがない」と父は言うと思う。そうなのだ。父の愚痴はそのあたりにも原因がある気がする。生きるの中の最後の願いのために。

しかし、息子に全部その改修工事金額の貯えが注ぎ込まれてしまったのが原因ではないかと私は思う。それでなかったら圭介への愚痴はなかったはずだ。つまり農家の家とは圭介の家程ではなくも皆大きな家なのだ。本家は数年前に平屋だが入り母屋に立て替えた。父もその計画だったに違いはない。

私は現場の作業員、下請けの職人達に怒鳴られたり喧嘩腰になったりで、最初「姉ちゃん」と言われて驚き「小森です」等と、気取ったら笑われ。いつの間にか「姉ちゃん」だの「母ちゃん」だのと呼ばれて平気になり。それ他呼び名もなく「会社の姉ちゃん」は好いほうで、年とともに「何だ、遠目に見たら姉ちゃんかと思いきや、母ちゃんか」とシビアだ。つまり男の女を見る目は極めて現実的で歳相応という狂いのない厳しさなのだ。田舎の建築現場では誰も「監督」等と呼んではくれなかった。

施行図も自分で引くようになった時、役所の分譲住宅の現場にも出るようになり、県庁へ提出の書類作成から建築工事進行状況の現場写真まで撮し「おお、一〇〇%いいね。役所も納得してくれるはずだ」と専務も誉めてくれる程のアングルで仕上げられもした。つまり建築設計の勘が働いてくれた。その男の世界の仕事が感動でさえあった。

そして、県発注の分譲住宅の仮設事務所で私は従兄とも顔を合わせ「いつの間にか監督か。大丈夫か」と言われたが。

中井川課長……そう課長になっていた。課長補佐は短期間で課長になっていた。の打ち合わせに、その横には従兄もいるという会議にも参加し。ただ、自分のヘルメットで上下同色の作業服は似合うはずもなく、恥ずかしくはあった。仮設事務所では女性は私ひとりで、各社、責任者は皆ベテランの監督である。けれども私の存在を認めてくれて議論もでき。その環境に順応できる自分を知り、私の問い掛けにきちんと皆対応してくれた。

ある日。会議が済み仮設事務所を出て会社の現場区画へ書類を抱え、団地方向に歩き出した時「小森さん」中井川課長に呼ばれた。

仮設事務所に戻り出口に近い椅子に掛け書類を机に置いた。

「圭介から何の連絡もないいんだろう」

中井川課長はそう言ったが、私の方が避けている。は言えなかった。

「兄弟も離れて生活始まれば、近所の他人の方が親しいこともあるわけだから、分からないこともあって」

「……」

「彼は秀才でもなんでもない。努力だけの男だ。なんのためにそんなに努力するのか。執着だとしか思えない。高校教師での人生でいゝはずが。なぜ寺院での生活か。理解不可能だ。いや疑問もある。『寺という特別な場所』は選ばれた崇高な男の世界ではないのか。弟はその選ばれた存在の男とは思えない」それはキツイ言葉だった。

「彼は沈黙で生きていた少年だった。遊びに誘っても返事もしなかった」

と中井川課長は言った。

私には、まるで違うどこかの少年の姿だった。信じられない圭介少年がいた。私に常に問いかけていた「少年」は誰だったのか。彼の心があの時屈折していたなどは想像も付かない。

「おそらく、山寺でも苦悩しての生活ではないのか。順応できているとは思えない。小森さんの作業服を見た時弟は何を感ずるのか。まさか当然とは思うまいが」またキツイ言葉は加わった。

「いえ。決意して選択した仕事内容です。これで将来までやっていくつもりの決心ですから。不安はありません」

「いや、こんな形で生きさせられているという女性の形を心配する。おふくろもそのあたりを気にしている。すでに女性としての世間並みの生き方が定まっていていゝはずだが。今の小森さんの姿は男に放り出された姿としか見えない。やがて結論は出すのだとは思うが。しかし、それも当てにはならない」またキツかった。

「責任のない人間ではないと思いたいから。もう少し見守ってやってほしいという願いはある」

だが私は感慨もなかった。私のある部分から圭介の男は消えた。消しているが本当かもしれないが。はるか彼方の僧職の男性を尊敬していくのが、自分でいいのだと決めてもいて。それしかないはずだと考える。そんなに簡単に物事が展開していくとは考えにくい。選ばれたと課長は言うが。生きるとはすべてそれで定まるのかもしれない。だが、選ばれなくても其処の組織に身をおく限り圭介は「僧職」という特別での立場での努力他自分表現はないと言える。それは私の心の中での想いだ。

「おふくろが小森さんを芝居に連れて行きたいと言ってる。どうする……」

と聞かれた。

「シアタークリエとか言っていたな。行ってくるといい」

東京での芝居等見たこともなかった。

「デパートで貴金属とかも買ってやりたいと言っていた。甘えたらいい」

と中井川課長は言った。

建設会社と同じく現場に出る時の県職員も上下同色の作業着姿でネームカード・携帯電話共にを首から下げている。そのストラップを眺めつつ圭介とのすべてが過ぎ去った思い出の中に埋もれてしまった気持にさせられていた。圭介の何をも思い出したくないというか。写真を眺めて過去を懐かしむにも似た感覚だ。中井川課長ともに、何の関係がある出会いなのかとさえ思う。はじめから何もなかった。が正解の気がした。それでも「お母さまに連絡させていただきます」とは答える自分だった。


日曜日。

私は圭介の母親と上京した。朝。私の家に寄ってくれて、車で水戸駅に出た。自宅の古い家がやはり気になったが。変えることもできない。

そして、同じ女性なのに私の母親とはまるで違う女の人生を生きているのを圭介の母に見ていた。

私の母は恐らく外国など知らずに生涯を農家で終わると思う。東京でさえ親戚の結婚式でもあれば出掛けるが、それ以外遊びでは行かない。女性は結婚した男の環境によって一生そこでしか生きられないを思う。それでもこの頃は姉妹三人で……母の運転で栃木の温泉には行くようになったが私の母の移動距離はその程度である。

圭介の母は世界中が身近な距離である。女は結婚した男によって幸福の度合いがまるで違うを私は私の母に見る。ただ、私の母は圭介の母を羨ましいとは思っていないと思うから母は母でいいのかもしれない。そこだけで幸せでいられる。

圭介の母親との初めての時私は怖じけづいていたが交流してみれば……山奥生活であの親戚みたいな集落に溶け込んだと思えるざっくばらんさの女性でもあった。そうしなければ山奥での生活はできなかったとは思う。

ただ、何でこんなに若くいられるのか私と並んでも姉である。

英語が堪能で市から依頼されてのカルチャーセンターでの仕事を持つ為と。作品展・観劇と趣味も多彩の為もあるのかしれない。

「結婚などせずに。通訳の仕事をしたいと一大決心で上京したはずだったのに。好きでもない中学時代の担任教師に掴まってしまったのが後悔の始まりの大失敗となり。無理矢理あんな山奥に引っ張り込まれてしまった。罪つくりな男と巡りあってしまってね。上品？　な女だったはずが、ただの田舎のばあちゃんにさせられてしまった」

電車の中で聞かされて、私は吹き出し「ごめんなさい」と言いつゝ。笑わないではいられない。かなり脚色されているとは思うが。外から見て幸せそうに見えても言ってみたいことはあるのだと思わされた。

銀座のデパートで18Ｋネックレスを買ってくれた。

「長男の嫁も麻衣ちゃんも、娘だと思っているのよ」と言ってくれたが。私はその娘の存在にはなれないと思っていた。そう。圭介の家族との交流もこれが最後と決めていた。

私は圭介との「別れ」を自分の人生に乗せた時。あの少女のように振り切ればいいのだと……それは実に簡単だと思えた。男と女はそんな係わりでもあると思う。

シアタークリエの芝居は楽しかった。

国の市町村合併の答申案で那珂町は隣の町と合併し『那珂市』になった。

その年恵は車の車検が縁で「ひたちなか市」の自衛隊駐屯地の『陸』の男性と結婚した。つまり出来ちゃった婚をやっていた。私は心から羨やましいのだ。真似したい！

私は、恵の赤ん坊を抱きながら、人の歴史を感じている。つまり少女時代からの幼友達が母親になってしまっている。びっくり仰天なのだ。

「好きな人の子どもを産むってどんな気持ち？」等の馬鹿げた問いに「そんなの聞くなよ」と軽蔑されたが。それは女に生まれての替えがたい幸せな姿の気がしたから聞いたのだ。

「だけど麻衣。仕方ないよ。もう少し我慢しろよ。研究生活とは多分学会と論文が勝負なんだろう。それをお寺生活の中でやってるんだもの。大変じゃないのか。それが学者の妻の立場の理解者だろうよ。心構えも必要だよ」私はその妻の立場などではないが。

「それとも、麻衣。合コンでもして方向転換しちゃうか。だけど圭介さんを捨てられるか。できないだろう。いくら恨んでも」って、そんなこと言わなくてもいいのに。

「もう若くもないもの、それに私のことなんか理解してくれる人なんかいないからいい」

「今はもう二十歳の頃と違うもんな。これからもっと年月は早くに行き過ぎるだろうし」

「結婚なんか。もともと私の希望じゃないからいい」と何だか滅入るような会話をしている自分がやりきれない。

恵の男の子は私の腕の中で機嫌良く手足を動かし、いい表情をして見慣れた私に微笑みかけるのだ。なんと可愛い。日一日と重くなり幼い命の成長が著しい。

心の中では。これが圭介の子ならと、あらぬことを思ってしまっている。何と情けない。恐らく抱きしめても抱きしめても足りない程の母の愛情で。圭介の子を愛してしまえるに違いない。私の思いでは『男』の命を産むという信念なのだ。

「少女は娘になり。いつの間にかおばさんなのにね」と恵は言った。

本当にその通りなのだが。二十九歳になってる女を『あいつ』は知らないのだ。悲劇だ。こんな悲劇がどこにある。こんな経験をさせる「あいつ」はやっぱり人間失格だ？

馬鹿みたいだがあいつの子を欲しいと思っている我が心が全く情けない。が心は勝手にそう揺れている。あいつを無視したいのに何だか解らない感情が噴き出す。ああ女とは。『圭介のバカ！』なんで圭介が生きているのか！　だ。それが悩みになるなど全く。

「悩みは自分が作りだす」そうだが。なら……何であいつは生きている。

とっくにあいつを抹消したはずなのに。やりきれなくて情けない。


季節は移りなかなか寒さの抜けない二月。私は県の分譲住宅の現場から会社に戻り、図面他の書類を抱えたまま一階の事務所に顔を出した。事務員が伝えた。

「小森さん。以前見えられた男性が小森さんを訪ねて来ましたよ。現場教えましたけれど、お会いになりました？」

えっ！　と、返事ができない。圭介！　圭介が来た。何だ！　連絡もなく。驚きはしたが、しかし会う必要もないとおかしな心理状態だ。

私は週一回の工事部の会議のために二階に上った。下請けの会社の従業員を交えての会議だった。

「何で来たのか！」と、思いつつ……会う必要もないが、なぜ声も掛けないと。女心は非常にやっかいだ。仮設事務所には中井川課長が居たはずだから、そこだけで帰ったのかと余計なことまで思うばかたれがと、心はややこしい。

夜。帰宅して、母からも
「圭介さんが来たよ」の報告だが。

「しばらく見ないうちに、立派な男性になって頼もしいこと」と、母は誉めるが「立派とは何だ」とまた心はややこしい。

「大学の講義の帰りとかでタクシー待たせての庭での立ち話で帰られた。農家の忙しさに気を遣ってのことだと思ったけれど。お茶も出せずに」

「比叡山を二月に下りることになり、麻衣と生活したいとの挨拶に見えられた」そんな勝手な！何の承諾もなく。勝手すぎないか！

「それに、秋からシアトルの大学勤務になるらしいよ。アメリカで研究生活するとかで。そんな準備もあって忙しかったらしく。もっと早くに挨拶に来なければならなかったとは言っていたけれど」

どこの誰の話だ。何だ一体！　納得などできない。しかし一方、冷めてしまっている自分の心は微動だにしない。

圭介の置いていったというN七〇〇系新幹線のチケットを母から渡されたが、それを机に並べ眺めてなぜか何の感動もない。グリーン車である。

　圭介の所に行く気などまるでなかった。『あいつ』など、要らない。と思っている。そこに圭介からの携帯着メロだ。私は電源キーを押さえた。


　息子の優秀過ぎるのは家にとっては時に不幸だ。の、父の言葉を私は振り切ることができなくなっていた。宏は優秀ではなく、ただ目的に向かって真剣に努力した人だと妹は思う。母は世の中に貢献している息子の自慢をあのようにしか表現できなかった。というけれど、私には深刻な取り替えしの効かない命の問いかけだと思われたのだ。


「行かないなんて言うんじゃないよ」

「父さんや母さんを置いて行けない」

「バカだね。宏や麻衣に世話になろうなんて思ってないよ。麻衣が圭介さんの所に、行ってくれるのが母さんの幸せでもあるんだよ。女親の思いだよ。それに麻衣は圭介さんを待って待って待ったのが本音だろうが。麻衣は圭介さんの所に行かずに誰の所に行けるんだよ」

　と、母は行かないという私に言った。

「麻衣は女なんだよ。こんな田舎で仕事だけで生きていくなんて、今はよくても年老いて惨めになるだけだろうに。年月は早いよ。圭介さんの男に抱きしめてもらう以外にどんな人生があるんだね。見窄らしくなってからでは遅いよ」

……

「母さん、麻衣が生まれてくれた時、女の子が授かって嬉しかった。小さい命抱きかかえながら母親の幸せ感じたのを今でも忘れていない。本当に可愛い女の子だった。けれども女の子なのに足を不自由にさせてしまった時悔しくて悔しくて、母親が何をしていたのか。農家の忙しさにかまけていて、と悔しかった。身代わりになりたかった。その時から母さんはずっと祈ってきたんだよ。この娘にどうか優しい男性が寄り添ってくれるようにと。ずっと願い続けてきたんだよ。麻衣。圭介さんを見た時、願いは届いたと、母さん神様に感謝しないではいられなかった。手を合わせた。ね、麻衣。圭介さん程の人がどこにいるね。麻衣を思ってくれる男性が。麻衣は悲しいだろうが大学も出ていない。出してやれなかった。母さんそれを思うと麻衣に謝りたいけれど。その麻衣でいい……を迎えたいと圭介さん思ってくれている。何の取り柄もない平凡な女性で足も不自由だけれど、その麻衣を幸せにしたいと考えてくれているんだよ」

「麻衣のために人生だけでなく男のプライドも捨てたんだよ。どんなに大変だったか。山を下るとは修行の惨敗の姿だろうに。それに耐えた圭介さんを思いやれなかったら……労われなかったら。麻衣は一生不幸だよ。行かないなんて言うんじゃないよ。何よりも命懸けで圭介さんに尽くさなければ麻衣の役目は果たしたにはならないんだよ」母はそう言った。其は私の心を削ぎ取るような言葉ではあったが。

私は母が好きだった。足の不自由の娘に愛情を掛けてくれているのを私は常に感じて生活して来た。だからなおさら母から離れたくない。このまま母の傍で老いていいのだと考えていた。

そうなのだ。圭介が独り比叡山で老いるなら、私もまた独りで生きられる。だが山を下りたなら圭介には他の女性が添えるが私の親は私他いないではないか。

私は宏のところに電話を入れた。宏にはすでに二人の子どもがいた。男の子と女の子である。年月はそのように環境の変化を見せてくれている。電話の向こうに男の子の声が響く。それが電話の雑音で伝わってくる。家庭という絆の温かさが届くのだ。「パパ」と叫んでいる。それを聞きつつ溜め息が出る。すでに自分達の環境は完全に過去になり。次の世代が息づき始めているのだ。何ていいのだろうかと思わせられている。人は人並みに命の引き継ぎをする感動だ。宏は今その幸せの中にいる。いつの間にか自分の子ども時代は過ぎ行き……けれども、また次が訪れ、続く……の見事な自然の営みだと思う。

「今頃になり何を迷うのか」と宏は言った。

「両親を置いて圭介さんのところには行けない。農業の父さん遅くに結婚しているため……七十代後半なのに農業辞められない。頑張る他なく、それが可哀想で。その父と母を考えたらつらくなるもの。宏さんも考えてみてほしい」

「私は男性に頼らずとも生活できるところまで来たゆえに両親と生活した方がいいと考えている。宏さんの代わりをする。農業はできないけれど、傍にただいるだけだけれど。傍にいれば安心だと思う。圭介さんは私ではなくてもいいはずですから。私は両親を置いては行けない」

「親父、お袋を考えないわけはない。自分の責任であるから考えている。しかし今親のことより麻衣の問題だ。もう麻衣を犠牲にはできない。数々麻衣には犠牲をしいてきた。それが心の痛みでもあった。親や兄妹はどれ程麻衣を庇ったところで限界がある。いろいろ考えはしたが何ひとつ解決にはなっていないというのが自分の気持ちだ。ゆえに圭介君に会った時に安心した。麻衣を思いやる気持ちが身内の思いとはまるで別で、こんな考えを持ってくれていたのかと……若いのに感心した程だ。麻衣を人格で捉えてくれているのを感じた。その思いの彼に、麻衣を託すことができるならと、安心した。それなのに何を考えている。一生独身か。そのような人生選択で満足か。麻衣の本心はどこまで本気か。兄の代わりなどはしなくていい。する必要もない。この電話は麻衣の問題提起なのであろうからこちらの考えも言う。大学病院を辞める。辞めて田舎に帰る」

　助教になっている宏はそう言った。私は驚き……けれど
「それは違う。宏さんが田舎に帰るなどではない。私が田舎にいるのが一番だと思う。だって宏さん田舎で何ができるんですか。農業に従事など今更有り得ない。今の宏さんがあるのは、毎日毎日の積み重ねの努力あっての上での患者さんの症状の看取りでしょう……と同じで農家の仕事も一緒だと思う。宏さんは今のままでいいの。親を見守るのは私にもできる。それに宏さんは京都大学に憧れて……私はその宏さんの努力を見て知っている」

「憧れなどは若い頃の消えてなくなる夢で今はそんなものはない。どこでも生きていける。由木

子に教えられた。どこにでも行ける。今はただ麻衣の女性の幸せの願いが先だ」

「それより親が大事だ程度の麻衣の圭介君への愛情か。それなら止めたらいい。親が大事だ程の駆け引きで圭介君と接してきたか。麻衣の思いはそんなもんか。そんなものではいずれ悲惨な結果での先が見えている。止めたらいい。その程度の愛情など男は要らない。そのような麻衣の愛情だったか。計算で圭介君と接してきたか。圭介君にそう説明したらいい。彼も早くに方向転換を許れる。それに圭介君は誰のために山寺を下りたんだ。その男の決意を甘く見るな。今まで彼の何を見てきた。ひたすら頑張ってきた男性に何を感じていた。簡単ではなかったはずだ。その姿は尊敬の念には値いしなかったのか。当初男の陰の存在になるかもしれない。しかしそれが麻衣の人生なら男を知らないで生きるより苦労が重なっても、圭介君のような男性に尽くすなら、それも生き甲斐だろうとも思っていた。だが、圭介君はそれができなかった。そう生きてしまってもいいはずだ。そのあたりの想いはそれぞれであろうし。長い歴史を越えて今は僧侶の結婚を法律も認めているが。麻衣との関係がなければやがて、精進の結果、最高地位に位置付く延暦寺の担い手の男性でもあるはずだ。それを麻衣という平凡な女性のためにその未来を捨てたんだろう。幾ら法律で定められはしても、世間並みに結婚もしてという形の修行では、自分を許せなかったんだろう。その圭介君の男の決心を踏み躙じっては駄目だよ」母と同じことを言った。

「圭介君が死ぬ程のところまでの病人になった内容を麻衣は知っているのか。原因があるんだよ。修行途中で下山する男のプライドが、どれ程のものか解らないだろう。だから麻衣は自分本意で親が大事だ程度のことしか言えない。彼の心と決意の重さを推し量れたら形振り構わずにすべてを捨てて圭介君の男に飛び込んでいけるはずが。親が大事などと冷静ではいられないはずだ」

「京都に居ても比叡山には足を運んだことはなかったが、縁あって圭介君を知ってから何度も行く機会をつくった。思った以上に感動があり、そのために今では暇があれば訪ねるようになっている。京都に来たのはただ大学が目的だったが、今になって街全体が美しく愛しく思える。延暦寺を東から奥まで、ただ歩くだけなのに訳もなく心癒される。長い年月祈りの想いが込められているからか、哲学の場所のはんなりさは息をのむ程の荘厳さである。圭介君の男が簡単にそこを捨てられるはずはない。あの場所で務めて死んでいく。その厳粛さはそこに生きた者だけに授けられた誇らしさで言葉に尽くしがたい程だと思う。そこを下りるとは限りなく大変だったはずだ。麻衣にその辺りがどれ程解るのか」

やがて宏は……。

「麻衣ちゃん。母さんを安心させるのも親孝行なんだよ。同居して親を看るのが孝行ではない。母親がどれだけ麻衣に気遣い心配りしていたかを知っているはずだ。都会の病院に入院させていたら、あるいは足の不自由は避けられたかもしれないと、自責の念にかられている。つまり農家の手を休めることができなかったのを母親は後悔して生きている。父親も母親も宏も麻衣の身代わりになれたらと思いつつの家族だった。麻衣ちゃん。だが人の環境には仕方ないとしか言うことができない運命もある。麻衣の身代わりになれなかった宏少年が医者になろうとしたのは。麻衣ちゃんの足の不自由を毎日見ていることしかできないのがつらかったが始まりだ。考え尽くしてそれしかなかった。つまり麻衣の幼い少女を思いながらの今現在の日々でもあるんだよ。麻衣ちゃん」

「父親・母親への感謝は一緒にいるということでの恩返しではない。ひとり田舎で年を重ねる娘を見なければならないという親のつらさはないはずだ。さらにの悲しみを背負わせることでもある。そういう親不幸をしては駄目だよ麻衣ちゃん。親のことは心配するな。それは田舎を出してもらった時から考えている。無理を承知で田舎を出た。農家の大変さは麻衣ではないが幼い時から知っている。悲しい程に知っている。覚えているか。幼い麻衣とふたりで、貧しいとしか言いようもないような夕飯作って食べたのは一度や二度ではない。あの当時、暗くなっても農家の仕事は終わらなかった。今は、農機具も揃いかなり変化はしたが。若かった自分はそこから逃げ出したのが本音だ。将来我が子にも同じ悲しみを経験させるであろうが、堪らなかった。宏という貧弱な少年は農作業を手伝いながら。片一方ではそんなことを思っていた。つまり農業で生きる自信をなくした」

「……」

「親になってみて、情けない息子だったと考えさせせられている」

「……」

「麻衣ちゃん。今は圭介君のことだけでいゝ。圭介君に守ってもらい。つらかった過去を忘れる程に幸せになるんだよ。生きるとは、心紬のひとり旅ではないか。つまり。何があっても人の命は交換はできない。その姿は悲しいひとり旅だ。悲しい旅ゆえに、道中その命を互いに労りあえる相手が必要になる。支え合う相手が出来たらひとり旅にも希望がみえてくる」

「……」

「麻衣ちゃん。その幸せの姿を見せて母親を安心させるんだよ。今は、圭介君のところに行くだけを考えればいゝ。そして麻衣ちゃんの温かさで圭介君を支えるんだよ」

「……」

「人とは自分が幸せにならなければ、他人を思いやることはできない。心にゆとりが持てて、初めてできる他人への助力ではないのか。麻衣ちゃんが、それを一番知っているはずだ。親のことはもう心配するな」

私は涙が滲んだ。がもうひとつ抵抗した。

圭介という世界一の『バカヤロー』に反抗した。

夜……圭介からの携帯着メロを拒否してしまってもいいと思ったが『決別』の捻くれた挨拶も必要かと受信ボタンで最初から喧嘩だった。

「会社から、工期完了しての整理必要な役所提出の書類を持ってきているので圭介さんと話をしている暇などない」と取り繕ったら

「誤魔化しの適当な嘘はつくな!」といつになく厳しかった。

私もまた喰って罹かった。

「嘘も方便で時に人は仕方ないでしょ。もう麻衣という足の不自由の女に同情のボランティア等してくださらなくてもいい。不憫だ等の哀れみの労りなど要らない。体裁のいい遊び半分程度のまやかしの思いやりなど必要ない。そんなの欲しくもない」

「もう一度言ってみろ！」と激しかった。

「何がボランティアだ。ボランティアとは何だ。同情だの不憫だ等の言葉は何だ。オレの麻衣への想いの心がボランティアだ！　同情だ。哀れみだ。とは何だ。残酷窮まりない言葉ではないか。遊びとは一体何だ。どこが遊び半分だ。そのような悲しい言葉がなぜ麻衣から出る。それ程度が麻衣のオレへの理解度か。麻衣の必死さはどこに行った」

『オレ』と言った。圭介が俺等というとは思わなかった。もう一度言ってみろ……等の激情の言葉が返ってくるなど信じられなかった。

「何を迷っている。なぜ抵抗している。オレからの電話を拒否している理由は何だ。言えばいい。いちいちの電話拒否では何の打ち合わせもできないではないか、忙しくて電話他ない。いつからオレが麻衣の中でぎくしゃくした訳の分からない男に変化した。麻衣を迷わすようなオレか」

麻衣の『必死な願い』の女心の解らない圭介のバカ！　超バカ。

「恋愛も百パー論文も百パー等の器用なオレではない。それは承知のはずだ。日々積み重ね他ない生活ではないか。時に自分が何をしているのか分からなくなる時がある。はっきり言えば、麻衣には悪いが女性と遊んでいるなどの暇もなかった。目標を掲げたからには自分との闘いと努力他ないではないか。その男を理解して、覚悟の麻衣ではなかったか。オレはそう認識していたが。オレの見誤りの麻衣とも思えない。そんな麻衣であるはずがない。それが一体何だ。聞き捨てならない空しい言葉はどういう訳だ。心苦しい響きでしか届かないではないか。必死さはすべて芝居だったたか。滑稽過ぎるな」とさらに厳しかった。だが、私の心は少しも萎えなかった。

もう終わりで『さようなら』でいい。その程度が私である。捻くれ麻衣だ。

だから圭介の言葉に寧ろ救われた。喧嘩別れの方がいい。後腐れがない。憎しみのままがいい。何だこの程度の人間だったかと諦めやすい。出家者は理想通りの人生進路を悔いなく突き進むがいい。やり返せるはずだし。迷いを背負う人間は許されるはずだ。それは一大決心での入山だったはずだ。外から見る男の世界と現実はまるで異なるはずだ。入山した男にだけ解る「真理」のはずで修行は『解脱』まで心変化できなければ男の人生完成しないはずだ。解脱……たった一言だが、この無常は女の思惑を越え深淵であり、心で捉える「暗闇」は人生終了まで修行なのだと思う時、麻衣という女等相手にしているのが可笑しいのだ。私のために男の人生駄目にするのは辛辣なだけであり『僧侶』という精神世界の男の生き様に女を抱き込んでの『悟り』など、絶対にあるはずがない。その姿は「職業」と化してしまうのではないか。

私は負けていなかった。別れる決意であるから怖いものがなくなった。そして言いたかった。
「なぜ山を下りられたのですか。くだらない麻衣の女のためにですか。圭介さんの精神世界は、そんなに簡単でいい加減な甘ったるい、どっちつかずのものだったのですか。いえ『叡山』で志し達成するという必死な決意のための努力の日々だったのではないのですか。それなのになぜそれを捨てたのですか。本当の圭介さんの男の姿は……『比叡山』という、そこだけが確かな美学を輝やかせることのできる場所であったはずです。その他のどこに、圭介さんの精神の葛藤の証が印せるのですか。確実な実績を残せるはずの場所をなぜ簡単に捨てたのですか。一回限りの『生きる』ではないのですか。ゆえに入山したというその圭介さんの完成した生涯の姿を見せてほしかった。私の誇らしさまでになってくれると信じてましたのに」

そして、私は捻くれた。いや捻くれまくりたい心境でもあった。非常に愚かしいのは知っていて。

「そして、一方。私は誰かの言葉に迷い、『待ってくれ』とかいう年月を信じたあまりに、男みたいな生活になっている。そんな女が今頃になって誰かのところに行けるはずもない」

「圭介さんは男の二十代と女の二十代の年月の重みが、まるで違うのを知らない。私はもう娘ではない。お分かりですか。それがどんな悲しみだか圭介さんの男は理解していない。ですから『暇もなかった』等の自分中心のことしか言えない。そんな言葉、女は要らない。待ってくれなどではなく『申し訳ないが別れよう、寺の修行の方が、今、自分には大事だと思えるので精進させてほしい』と、言われれば納得できて、心は踏ん切れて、空しい未練等持たなかった。こんないやったらしいこと言わずに済み。幼稚で馬鹿な女を見せずに別れられ、年を重ねた女の不気味な姿など見せずに済みましたのに。これからは従順な若い女性と巡り合い。その方を大事にしつつ研究生活してください。圭介さんは麻衣などの暗く捻くれた女と生活するより幸せのはずです」

「それが、麻衣の心からの言葉か。信じられるか！」

厳しかった。携帯の電源キーを押したいのに実行できない。何を言っているのか、と情けなかった。心にもないことを言って心苦しいだけなのに。

私は次第に気力も失せ喋れば喋る程空しくなっていた。言葉が時にそんな働きしかしないのを感じて悲しかった。

「麻衣」と包み込むような愛しい感じで呼ばれた。

「麻衣……入山の美学などはない。名誉や地位を望んで修行に入ったのでもない。ゆえに、自分の望むままの平凡さでいい。それを幸せと感じて生きたいと思っている。取り繕ったところで、自分の心は誤魔化せない。誤魔化したところからは苦痛しかない。そのような、殺伐とした体裁で生きたくはない。細やかな希望というか目立たない、ありふれた生き方でいい。それ程立派な信念での入山ではなかった。だから蹴上インクラインで麻衣に声を掛けられたのだ。その程度の悲しい姿勢でしかない。美学という燦然たる目的・高い信念を掲げていたなら声は掛けない。声を掛けたところからすべては終わった。自分も生活も拒否したのだ。山寺で人生終結の決意なら麻衣に声を掛ける等の間違いはしない。過去にどれ程に麻衣との切ない思い出があっても無視した。然し麻衣。麻衣の存在を確認してしまったら我が心は麻衣他なかったのだ。再会の最初に言ったように心の想いはまさに恋い焦がれるで避け切れなかった。自分が納得するところまでの修行という理想が完成するまでは戒律という責務に忠実に従う心積りは、しっかりあった。常に意識もしていた。しかし、あの瞬間はすべてが飛んでしまっていた。つまり美学など掲げていても避けきれなかったに違いない。見窄らしい己しかなかったのだ。

そういう事柄のすべてに勝てなければ寺には残れない。陰で女性を抱えてなどの人生選ぶなら山での生活などしない方がいい。そのようないい加減さで仏に向かう等誰も認めまい。やっていることと言っていることの落差では。

だからその覚悟はしていた。していたはずが、仏の前では最初から資格のない人間だったのだ。言い方を替えれば仏に従う資格がないから麻衣との出会いだ。『試された』という他ない。がそれでいい他ない自分だから声を掛けた。声を掛けねばならない程の自分だから声を掛けた。お前の人生は仏の道ではないというのを自覚した。つまりその程度のいい加減な修行の姿だったということだ。叡山に貢献できる程の精神ではなかろうということになる。だから麻衣との出会いを呼び込んだ。麻衣への勝手な思い込みの心さえ捨て去ることができていれば、順調だったのかもしれないが、順調さ等不必要になったという負け犬だ。惰弱という他ない。それ程麻衣だった。つまり寺という『特別』な立場では生きていけない男を認める他なかったのだ。麻衣」

「退院の日。麻衣に。自分でも不可解は承知なのにもうひとりの自分が勝手な頼みをした。次の試しだが避けられなかった。そうしたかった。我を失ってそれでいいと負けた自分だった。病気という、それも自分の引き起こした原因のだらしなさの姿だったが……に結び付ける程の、悲しい自分だった。掴みどころのない寂しさは……しかしそれさえも堪えねばならない。恥だと知っていた。其でも麻衣を。そう女を求めた。病後の寂しさ等の言い訳で。許されるはずもなく溺れた。女の肌が欲しかったというずるさだ。我慢できなかった。既に敗北なのは自覚していて避けようがない自分だった。哀れな自分の男を見ていた。だが男は女のエネルギーをもらわねばならない時もある。がそれは俗世間のことで、自分の立場は違っていいはずがその区別を否定した。麻衣に声を掛けたところからすでに戒律を守れないという罪を平気で犯した。そういう自分は軽蔑されていい人間で、修行も、うわべだけのいつでもいい人を演じているという悲しい姿でもあり真剣に仏に仕える人達には迷惑なだけだった。ゆえに孤立したまま孤独だった『人間だけが巧みな嘘を……』の、犬の散歩の時、麻衣に伝えたかったのは結局自分のそういう姿の遣る瀬無さだった。黒い衣を着ているが自分の姿は形だけだっだ」

「そして環境とその自分のエネルギーが噛み合わないからでの、病人の姿さえも心の持ち方で越えられたがこれもまた試しの姿と自覚していて麻衣に癒しを求めてしまったというだらしなさは心身共に仏の世界を脱落してしまっている。つまり何を修行しているのか。心は身勝手に本筋を外れたまま。つまり麻衣を振り切れないという男の生ま生ましさに囚われ、男の本能のままでいいとの哀れであり惨めさだ。聖地を下りるなど恥以外の何物でもない。他の修行者の整った姿と違い自分の姿は遥かにズレて哀れに見えた。つまり情けない我が姿を意識しての下山だ。想像したらいい。だから麻衣、慰めの言葉はいい。叡山の恥ですべて終しまい他ない」

「だが、麻衣。シアトルで頑張れたのは麻衣の存在ゆえだ。仏の前では罪の意識に翻弄されても、後悔はないという。最悪の落ちこぼれの修行者だが。すべては麻衣のためだけでいいとの必死な自分だった。蔑すまれても麻衣との人生だけで充分だと命の根源に願うしかなかった。恥を失笑されてもそれに耐えられる自分の姿も確認でき。その弱い男のまま今生は生きるでいい。寺で責任を取れるような人間でもなければ、何事にも動じない程にはなれない男でもある。ただ麻衣と二人でいい。そういう悲しい自分でいい」と圭介は言った。

「麻衣。シアトルでの生活を選択したのはなぜだか解るか」

「日本で生活するよりあちらで生活した方が麻衣にとって非常に心の負担が軽減されて、受けた悲しみも少しずつ忘れていけるに違いないと思ったからだ。また自分もシアトルが大好きだ。カナダに向かう広大な土地の真っすぐな道路を見ているだけで、生きているを実感できる。そう思う程だ、国境を抜ける時の検問官のユーモア等も。素朴に楽しい。そういう光景を見つつ生活しながら、多分、受けたつらさが何の意味があったのか、やがて自覚できていくはずだ。麻衣のきつかったであろう過去の少女の悲しみを、そのトラウマをどのように庇いどう癒せるかが、自分なりの結論だ。違う環境で生きるのも。やがてはすべてを許せるようになってもいくはずだと……すべてがとは言わないが、そのために麻衣をどうしたらいいかだけを考えての数年だった。それでなかったら留学などはしない。自分に躓きながらの山の生活も愛おしい」

「学生時代アメリカに旅した友人が、今女子大大学院で教鞭をとっている。夏休みそのゼミの学生達を連れてカナダ横断の旅をした。声が掛り参加した。そのバスの運転手がカナダ在住の韓国人だったが。学生の中に麻衣と同じに足の故障を抱えた学生がいた。運転手はその彼女のためにバスの乗り降りに必ず手を貸していた。そういう姿勢がカナダでは身に付いている。またアメリカも麻衣の心をかなり自由にさせてくれるに違いない。それを心から願っている」

　そして、圭介は言葉を重ねた。

「……圭介の男の帰る場所は麻衣のところ以外ないんだよ。麻衣。其を拒否されてしまったらどこに帰ればいい。帰る場所のない男は可哀想なだけではないか。路頭に迷う捨て犬じゃないか。街の中を徊う犬は哀れ他ないだろう。その犬が比叡山への道を戻る姿想像してごらんよ。悲惨以外の何物でもないではないか。それを冷笑で見送るか。麻衣のその視線を背に圭介の男は叡山に戻るのか。入山・下山を平気で繰り返せる程の強い人間ではない。男のプライドをどこに置けばいい。そのような弱い犬を麻衣は平気で見捨てられるのか」私は圭介の言葉にいっきに涙が溢れ、圭介の男に何を言わせているのかと心苦しくなり。

「ごめんなさい。圭介さん許してください。麻衣はいつでも自分勝手でごめんなさい。許してください」私は携帯握り締め叫んでいた。

「圭介さん。本当は圭介さんのことを死んでもいい程好きだから圭介さんの所に行く。圭介さんと心中できる麻衣なのに。だから行く！」

　バカな女は泣きながら伝えていた。麻衣の『大バカ』は入る穴が欲しい程だった「おやすみなさい」を伝えてから、二年分の圭介からの手紙をいっきに開封した。手紙を貯め込む私も相当頑固だと反省した。

　手紙の中に写真も入っていた。赤いレンガの校舎の古い佇まいの大学・シアトルタワー・野球場・カナダへ続く真っすぐな道路・カナダへの国境・周辺の海峡・シアトルの街並み・市内の小さな喫茶店・レストラン等……圭介の手紙はラブレターだった。慰め……労りと。愛情の籠もる言葉がいっぱいあって唯々私だけを気遣ってくれているのに。その私は一体何を考えあぐねていたのかと手紙握り締め号泣していた。大バカ！　麻衣だった。私はやがて机の引き出しから袋に保存していた。恵から渡された圭介の高校生の写真。そして手渡された手袋・万年筆・ボールペン。そして受け取った記憶もない「切手シート」ブック。圭介が勝手に私のカバンに入れていたのだ……を目前に並べた。女子高生が遊びで写しただけの少年の姿が『宝物』になってしまっていた。その少女達に、恵に感謝した。

高校生の圭介を見つめ『圭介の帰る場所は麻衣の所他ない』って。

何でそんな麻衣の女心を引き千切るような切ない言葉をくれるのと恨めしい。圭介さん恨めしい。麻衣の本当の心は『比叡山から圭介を引き摺り降ろす』の恵の言葉を……絶対にそうしてはならないとの真剣さの「思い」で、生涯堪えて生きるはずの決意で女の心を封じ込めたのに。そんな言葉をもらった女は「行く！」としか叫べないじゃないですか。

圭介さんのバカ！　だから圭介さんはバカなの！　麻衣など相手に。好きで好きで好きで仕方ないから。圭介さんの人生犠牲にできないとの心積りはどうすればいいの。延暦寺で偉くなっていく圭介さん見て幸せだと思えるはずだったのに。

圭介の家に泊まった翌朝から、圭介さんを山寺だけで生きさせてあげたいと決意し、圭介さんの幸せだけを願っていたのに。麻衣のことなど捨ててしまっていいのに。いいから食って罹かったのに。心にもない言葉を並べて反抗したのに。圭介さんのバカ！　大バカ！

つまらない麻衣に等係わらなければすでに延暦寺の担い手なのに。それを放り出して。

私が何回も延暦寺を訪ねたのは、そのシミュレーションをしていたのに。行くたびに心の準備をし、ああ圭介さんは「お勤め中」と想像し想像通りの人生が来て。やがていつか比叡山の木立ちの木漏れ日の中で、圭介と出会った時、何の拘わりもなく笑顔を見せて過ぎ行けるはずだったのに。

「お互いに若い時もあったな」と労りを確認できて幸せのはずなのに。

圭介さん！　麻衣はそれで良かったのに。互いに年を重ねた感慨で喜ばしかったはずで。若かった日の思い出を賛美できたはずが。

私はその時ひとりではなかった。母と共にだった。両親と生きていく心積りだから母と旅するようになっていた。

温泉がいいというので一泊は京都近郊の温泉に宿を取っていた。

そして圭介の田舎を私は何回も何回も散策し、圭介の家の横の道を奥の集落から田園風景に抜けて、西山荘まで巡り、私はひとりぼっちを生き抜けると思っていたのに。と私は涙が溢れる。

蒲団に入ってもなかなか寝つけない私はふと、思い出し携帯電話に入っている蹴上インクラインの満開の桜の中、向こうから歩いて来る青年僧を見つめだしていた。なんと私は法衣姿の、まだ会話もしていない圭介を三枚も写していた。こんな人生転回などもちろん思いもせず『美しい衣姿の男性』を撮り込んでいた。その証拠写真を一枚選び『アイ・ニード・ユー』と記して圭介に写メールした。そしたらすぐに返事が来た『おやすみ・麻衣』だけだったが、ああ、まだ起きて勉強をしているのだと思った。私は蒲団のなかでその字を見つめてやがて寝ていた。携帯抱え込んだまま……。麻衣のおバカ！


「俺も辞めようと思っている」

と、私が会社に退職届けを出した日に隣の机の男性も言った。

「えっ？　だって。二人一緒に辞めたら会社困るでしょう」

「それはそうかもしれないが……」

「何の理由ですか」

失恋したという。

「失恋って。営業部の事務員さん？」

二年前に入社した短大卒の事務員に。自分の理想の「女性」にやっと出会えたと心に温めた片思いの恋だった。

「俺も三十三歳だ。結婚他の目的もないわけだから、決意して、声を掛けたが理想ではないとあっさり断られて。会社に居づらい」という。

「ずっと片思いで彼女傷つけたわけでもないでしょうに」

「付き合ってくれないかと決心して伝えた返事は何だと想像する？」

「……」

「マウンテン何とか、みたいなのは男の理想ではないそうだ」

えっ！　確かに会社の他の従業員の男性と比較……比較等は失礼ではあるが。確かに毛深い男性ではある。腕ももちろんだが、夏になりシャツの前ボタンを二個程外すと覗く胸は毛深いが「男だ」ではないか。平気で見ていると「あまり真剣に見るなよ」というが。男の命の自然の見事ではないかの逞しさではないか。

私は彼にたくさんの知識を分けてもらい、的確な指導・助言は尊敬の念なのだ。難しい図面は間違いの確認をするのだが素早く見てくれる。私の助っ人だ。私は彼に助けられて一級建築士になれた。でなければ二級のままだった。専務共々に面倒をみてくれた。感謝他ない。

「小森ちゃんよかったな。幸せになれよ。ずっと気になっていたが良かった。人にはそれぞれに必要な相手がいるのかもしれないが。現代は、男女の出会いの場もなく困難な社会環境のような気がする」

勝手に失恋した男性はオート・キャドの中の。これから作品募集に応募するというある役所の新築工事の為の図面を見つめるが。

若い女性は外見が評価の第一になるのであろうから……誰が悪いわけでもない。縁がないという奴だ。他ない。

私は彼を見つつ。私の親戚になるかも。いやなってほしいの直感だけだが
「佐竹さん。お見合いは嫌ですか。茨城大学卒で三十一歳。私の従姉ですけれど那珂市役所勤務です。理想が高いわけでもないのになかなか縁がないと困っていて……こんな表現でごめんなさいね。でもその彼女の、救世主になってやってくださいませんか。ということで従姉とお茶でも飲んでいただけたら嬉しいんですけれど。生まれ持った印象を欠点としか受け取ってくれない女性の主義主張には逆らえない思いなので、少し余所見しませんか」

「会社は辞めないでください。女の卑下に負けて職場を去るなんて、損でしょう」と気心知る男性に言った。高層マンション・ホテル・役所と、すべてを引き受けられる設計士である。

「佐竹さんの力量はどこの会社に行っても通用するけれど、今この会社、佐竹さん居なかったら業績伸びているのに成り立たなくなるかもしれないですもの。第一、専務ががっかりなさるはずです。佐竹さんが入社したから専務は現場回りもできるようになったんですもの。つまり設計は安心して佐竹さんに任せておけるから」

　彼の実力を知り、設計事務所から専務が引き抜いてきたのである。

　私は彼の名刺を一枚受け取り
「住民課の窓口に居ますから、必要でなくも住民票でも取ってみて彼女の働く姿、印象を見てください。お付き合いしてもいいと思われたら『お茶でも』と声を掛けてください。この頂いた名刺従姉に渡しておきますから。会社の制服で行ってくださいね」

「宏ちゃんのお嫁さんになる」が口癖だった繭子である。「そんなの覚えてない」と繭子は言うが。

「佐竹さん。余計な話ですけれど。秋田には『秋田美人』という絶賛のネーミングがあり日本全国に伝わっていますけれど。茨城県は秋田県に嫉妬して。佐竹藩の殿様・水戸藩に移封され茨城を慶長二年（一六〇二年）に逃れる時。美人を選りすぐって秋田に連れていってしまったので、残念なことに茨城はブスばかりが残ってしまった。という笑えない笑い話があるんですよ。どこまで本当かは不明ですけれど。私も聞いた話ですから」と言ったら笑ってくれた。彼は秋田出身なのだ。会社のアパート生活であり、今は那珂市民だ。

「自分の先祖は茨城佐竹藩で、その流れの一人だが……」と言った。その佐竹藩のあった常陸太田市佐竹地区の寺巡りをしている男性でもあった。真鸞上人の茨城での布教行脚の、寺も訪れているという趣味を持つ、尊敬できる男性である。

「麻衣よ。今度は『王子様』の所に行くのだからお洒落しようよ。アウトトレットに行き、麻衣の大好きな『赤毛のアン』に仕立ててあげるからお姫様になろうよ」

「だけど。年増のお姫様だね」

「しょうがないよ。あいつが待たせたんだから」

いつの間にか圭介はまた『あいつ』になってしまっていた。

恵は自衛官の夫の沖縄転勤で。お互いに会えなくなるので

「食事でもしよう」が。恵は子どもを夫に見てもらって。

二人の行き先は佐野のアウトレット。

その、店内で何回も試着して茨城県産の『年増の赤毛のアン？』が出来上がった。どう見ても赤毛のアンであるはずがないのだが「しまむら」や「ユニクロ」を着た時と同じで変化もない。

「麻衣。なかなかいいよ。圭介さん感動するよ」

で、まあ適当に気に入り。けれど圭介は私のお洒落等に少しも関心はないは知っているから、それは諦めて自己満足だけだ。疲れる程歩いて帽子と靴も揃えた。

「麻衣。あいつ何年も女、待たせやがって。男性失格だな」

「……でも横文字見つめ始めると女忘れて平気だったと思うの」


私は新幹線などで、横文字の資料を綴じた文面を見つめる若い男性を見ると圭介に重なり、ひたすら研究一筋なのだと思う。ノートパソコン膝に乗せての男性に頑張ってくださいと言いたくなり圭介も容易でなかったかと労りたくなる。自分のわがまま棚に挙げて。

だが「麻衣のバカヤロウー」と圭介は思っているはずだ。私は出任せでとんでもないことを圭介に言っているからだ。何だこの程度の女かと幻滅かもしれない。女は全く見境がない。


「麻衣よ。でも圭介さん頑張ってる間。女より学問他ないよな。遊んでいられないよ。偉いよ。あの少年思えば年月過ぎたけれど。あの頃から必死で麻衣を愛して、麻衣のために頑張ってくれているんだもの」

「偉くはないけれど。多分男も女も同じ年月だとは思っていたと思う」

「女の二十代には出産年齢という大切な部分があるのにな。そして、三十代になると妊娠確率が低くなるという統計なのにな。圭介さんは学問が優先で。そんな女性の年月の変化などは考えにも及ばないか」

などと陰で上げたり下げたりしている女は可愛くないのかもしれない。年齢を重ねると女はかなり図々しくなり可愛げがなくなると、フランス料理のレストランでふたりの女は苦笑した。

それに恵は私の古傷を突っつく。

「ストーカーの少年も。麻衣。今では懐かしくて抱きしめたい程で、あの橋の上のシーンはドラマ以上だと思うだろう」

ああ今頃そんなの言わなくてもいいのに。

「あのカバンのストラップも少年がくれたんだろう。それに果物も圭介さんが運んでいたに違いない」って。お裾分けなんかするんじゃなかった。恵の意地悪！　ソルダムなどは自分ひとりで食べたかったのに。揚げ句に私の手首眺めて「その腕時計も圭介さんからのプレゼントだろう」って……私は恵の何をも気付かないのに。何でこんなに気が回るのか。私は恵が妊娠して少しお腹が大きくなっていても気付かず

「めぐ。体重が増えたの。食べ過ぎた？」

「まいのバカ」と軽蔑される程なのに。結婚もしないのに妊娠するなどは私の頭脳では働かない。自衛隊の男性と交際しているのは知ってはいても、妊娠はびっくり仰天ではないか。

確かに恵はしっかりと自衛隊員の夫を守って生きていける逞しさを持つ女性だが。それに比較

して自分を思う時……何だか不安で心細く。何が気配りできるのか。心配ばかり掛けてしまうのかなの頼りなさで。

「めぐ。私はめぐのように強くないから。どうしたらいい」

「頼りげないまいが、圭介さん愛しいんだから、そのままでいいんだよ。だから放っておけなくて山を下りたんだろう」

「でも、何も知らなくて、やがて呆れられてしまうかもしれない」

「女は結婚したら知らず知らず強くもなりしっかりもするから大丈夫だって。気にするな。世間の結婚している女性皆んな強いじゃないか。男が太刀打ちできない程に強いよ」って。そんなに強いのかな?

恵は私の顔を見て笑いながら

「圭介さんは、今のような麻衣がいいんだよ。その麻衣が傍にいるだけでいいに違いない。私の選んだ洋服を着て京都に行ったら映画フイルムから抜け出した程の麻衣に圭介さん。感激してくれる。今のそのボブスタイルの髪だって最高にいいよ。京都という情景に合う女性になっているはずだね。いやアメリカでも日本の女性の見本となり誉めてもらえる程だね」って。

「めぐ。そんなに煽てなくていいのに」

「煽ててなんかいないよ。真実味のある誉め言葉だよ」って怪しいが。

尤も疑っていては恵のセンスを否定したことにはなってしまうけれど。

さて……しかし。恵のコーディネートした『赤毛のアン』? 的は「その日」どうなることやら。いい歳をして「赤毛のアン」などと滑稽にならなければいいけれど。

私は圭介のために、ネクタイ二本・ポロシャツ二枚・靴下三足を買った。が、これは圭介が気に入るかどうかは分からない。すべてにおいて『絶対に自分の信念を曲げない男』であり。人の意見で動く男ではないと思う。以上は私の内緒話。恵も夫のために、私と同じ種類を選び。そのセンスの良さで圭介の物を選んでもらおうとしたら「まいの彼のだろうが。自分で選べよ。私の選んだのを圭介さんが身に付けているっておかしいだろうが」で、私のセンスで選んだ男物だが果たして圭介に似合うかどうかは分からない。

田舎の物置にはダンボールの箱が五個程あるのだが、その中は全部過去に母が読んだ文学書や哲学書や文学論の本だった。かつて本の好きな少女のことを『文学少女』と言ったと母は言うがすべてセピア色になっている本だ。宏が読み私が読み……なのだが、私が夏目漱石作品を読んだのも母の本があったからである。母の少女を思う。こんなに本の好きな母がなぜ農家に来ているのか私は不思議であった。だが、母にも憧れた人が居たのだ。その人は、筑波山に続く山懐の大学附属の地球物理観測所の研究員だったらしい。その大学は圭介の卒業した大学だ。

「麻衣。母さんはその男性と生涯暮らせるものと信じて。少女時代を過ごしたが縁がなかった」

母の若い日の恋は男性の家族の反対で駄目になったという。私が気にしていた世間の評価をなめてきた母親だった。

無理をしてまで、宏を医学部に進学させたのは。母親の意地であり。女の悔しさの戦いの気がした。

「でも、母さん。宏と麻衣が授かったので。やがて幸せだと死んでいけるよ」と母は言った。

「だから、麻衣。人は望んでもそうなれない人生もあるんだよ。圭介さんが、なぜ山を下りてくれたかを思いつゝ生きたら間違いはないはずだから、忘れては駄目だよ」と私を送り出してくれた。

「ありがとう。母さん」

そして、持たせてくれた。

宏が医師になってから麻衣のために、送金してくれていたとの郵便局の通帳だった。毎月入金されている数字を見て、私は言葉を失った。麻衣には数々犠牲をしいてきた。いつか役に立つこともあるだろうからとのことだが。私は別に宏の犠牲でなど生きていない。好きで高卒だ。が兄の愛情に涙が零れた。

「宏は茨城に帰るというけれど。母さんは、そんなの望んではいない。頑張って京都に行っての人生止めてほしくはない。やがて私たちが京都に行ってもいゝ。老人ホームがあるもの。麻衣。やがて、由木子さんは同居を考えてくれてはいるようだけれど。わがままはできないもの」

「母さん。由木子さんが言うなら甘えればいゝ。だって孫が可愛くて可愛くて仕方ないじゃないの。アフリカまでにも行けた人だもの。それに田舎に来てあんなに働いてくれている」

由木子は、幼い子ども達を連れて田舎で過ごすのが、当たり前になっていた。宏は長期休暇は不可能なのでめったに来ないが、その農家育ちの夫への、限りない愛情の心配りだと私は感じている。「孫を見せたいだけ」というけれど。宏は多分『幸せ』だと由木子という妻に感謝しているはずだ。

「麻衣ちゃん。ご両親のことは心配しなくていゝ。なぜなら、私達も行く未来なので。心に掛けなかったら自分も幸せにはなれない」という。


京都駅。

N七〇〇系新幹線博多行。グリーン車から私はホームに降り立った。恵のコーディネートした垢抜けた？　はずの服装に帽子を被り。腕時計は圭介からの物。ネックレスは圭介の母親が買ってくれた18K。

雨傘……圭介が過って差し出した男物のフェンディというブランドの雨傘だ。これは母親の好みらしく、大学入学した息子に買ったものらしいのだが、残念なことに本人は大学で一回も使用しないうちに人の手に渡ってしまったという傘だが、私の母がしっかり保存していたので傷みなし。を持ち。

そして、ギター。専務の趣味のギターなのだが、高価なギターを買ったらしく学生時代から使用していた中古が「要らなくなったので使うか」で私に下がってきた。佐竹さんに、昼休み教えられ何の趣味もない私がギターを始めてフォークソングなどをそれなりに弾けるようになっていた。それを圭介に聴いていただいて？「誉めて」もらいたいという自惚れが先……で邪魔なのに持ってきた。を、抱え。

背中はリュック。多分、梅干し・らっきょう・酒粕漬け類だと思う。宏に渡すようにと母に持たせられ、それを背負っている。黒ネコ宅急便で送った方がいいのにと思ったが。黒ネコなら田舎でも荷物を取りに来てくれるが黒ネコちゃんに頼めとは言い出せなかった。母親は我が子をいつまでも子どもと思っている。多分「年を重ねて」宏はすでに由木子の味に慣れた。いや由木子の味の方がいいに決まっているのに「母親は気付かない」を持たせられ。

そして、東京駅のデパ地下で圭介のためにスィーツを買った。もちろん、自分が先に食べたいだけの話ではある。圭介が要らないと言えば、自分が全部食べる予定であるから自分が食べたい種類を買ったという相変わらずの『自己中心！』雨も降っていないのに雨傘・旅行カバン・リュック・ギター・ケーキの入る紙袋……の麻衣さん？　を、ホームまで出迎えてくれた圭介さんはその田舎丸出しの麻衣さんに苦笑したのである。

数々の荷物がなければホームは混雑していても圭介さんに抱き付きたかったが自由にならない。誠に残念な！

私を見つめる♡の圭介さんに
「久しぶりの麻衣さんは、赤毛のアンみたいに可愛くて賢こそうで、お利口さんに見えません？尤も茨城産の年増に変身してしまったアンは憎ったらしく捻くれて反抗期真っ盛りで、蹴飛ばしたい程でしょ。いえぶん殴っても蹴り上げても足りない程に、自己中心でわがままで、あげくに、まな板にも乗らない絶望的なアンかしらね？」に圭介は吹き出したのである。物凄い抵抗と見境もなく号泣したバカな女を思い出したらしい。

「そうですか。それはそれは。赤毛のアン。ようこそ。新幹線大好きなアンの高速鉄道の旅は如何がでしたか」と、まだ笑っている。

「N七〇〇系車両でのとても楽しい旅でありがとうございました。心から感謝したいと思います」

私は荷物を抱えたまま圭介に丁寧に挨拶した。傘がホームに落ちた。

ミッドナイトブルーのジャケットに白いズボンにシャツ・明るい色彩のボーダー柄のネクタイ姿の大好きな圭介さん。ジャケットはダブル前でよく似合う。私は圭介を見つめていつまでも退屈しない。いや何年もだ。すべてが眩しい。もう衣姿は残念なことに見られないが。すべてのそれらの男のスタイルは歴史の中で誰が決めたのかとさえ思う。チョコちゃんではないが、圭介大好きなのであるから困ったものである。溜め息がでる。

京都駅前郵便局横の道路で待たされた。圭介は車を廻してきた。宏の車である。この頃は私より交流があるという、関係だ。

由木子が宏の送り迎えをしているので、空いている宏の車を圭介が使用していた。私は、ああやっぱり格好いいと圭介を見ている。ジャケットを脱ぎ、体にぴったりサイズの白いワイシャツの袖を無造作にたくしあげ、ネクタイを少し弛めて、ベルトがきちんと腰に掛り収まってズボンの隙きのなさが本当に格好いい。白のズボンは着こなしが難しい。そして、それなりのスピードで走ってきてかなり正確に素早く停車する。この車の運転は若い男性だけの技術だ。これもやっぱり格好いい。そして、背筋が伸びたまま車から降りる、身のこなしは若い美しさだ。と私は圭介を見てひとり喜んでいるという、目出度さだ。

私の多すぎる荷物を積み込んでくれてから
「何をぼんやりしている」という。

「圭介さんが、とても格好いいので、見惚れてるの」

圭介は可笑しそうに笑った。が、その笑顔も爽やかだ。助手席のドアを開けてくれると
「僕の赤毛のアン。さあ、どうぞ」と、言った。

ああ、大好き圭介さん！

そして圭介の運転席に腰を掛けての足の長さの、置き処まで男の魅力だと見ている。多分私の見ているそれ等を世間一般的にの評価では……すべてを男の色気というのだと思う。若い圭介はやっぱりすべて格好いい。大好き『中井川圭介さん』何回も言いたい。

圭介の持つ才能・センスは母親無くしては有り得ないのだと私は気付いている。その女性の作り出す家庭環境と教養。つまり母親の垢抜けた美的センスと磨かれた知識。その素晴らしさを私は真似できない。だから、その母親無くしては輝かしい圭介には成りえなかったと私は思うようになっていた。

「ホテルに入る前に、少し時間があるからドライブしようか。どこがいいかな」ホテル？　と私は言葉がない。

「マンションじゃなかったんですか」しどろもどろで、やがて聞いた。

京都の夜景が一望できるホテルを予約したにギャッ！　だった。

今、圭介は宏の中古マンションを使用し仮住まいをしている。２ＤＫのマンションは子ども二人の家庭には狭くなったので郊外の一戸建てに移っていた宏の家族だが。

「比叡山ドライブウェイ」とリクエストした。

「圭介さん。そこが無理なら高雄方面でもいいけれど」


京都駅前からＣＤが小さく歌っている。宏の車……トヨタ車・マニュアル・スリーナンバー・紺。

圭介は進行を、比叡山ドライブウェイに向けた。その道路に入ってからも『ちあきなおみ』のＣＤが歌っているのである。宏が演歌を聞いているのを私は見たこともないから宏のＣＤだとは思えない。運転している男が『ちあきなおみ』が好きだなどと言ったらどうしたらいい。私は不機嫌になり無口になってしまった。ハンドルを握る男が聴いているらしいからだ。今まで抱いてきた圭介というイメージに演歌は皆無に等しい。

クラシックが好きだの、奥深さ？　ではなかったのか。どう考えても演歌はない。あの「少年」思っても。買い被り？　かな。

『オレ』が『演歌』になり全く考えられない圭介の姿だ。少しずつ何かが崩れてへこみ……イメージダウンで恋愛とは考えていたように、こちらの勝手な思い込みの脚色だという姿で終焉らしい。とさっきまでの『圭介さん』はどこへやら。

私の溜め息は失望に近い。何時間でもない時間差で……おお！

比叡山ドライブウェイ「夢見ケ丘」までで折り返した。の、帰り圭介はある場所近くの駐車場に車を入れた。つまり「蹴上インクライン」を歩くことになったのだ。桜の蕾はまだ固い。

「どうした。疲れたか」と何回も溜め息を付いている私に聞くが、返事などできない。

「眠いのか」何と情緒なし。ほかに言葉がないのかと。さらに幻滅！

「おんぶしようか。男の背中で眠るか」って。子どもじゃあるまいし。想像しただけでもマンガチックな風景ではないか。


「インクライン」私の弱点の場所だ。何でこんな場所での再会か。哲学の道なら少しは「絵」にもなるはずが。

圭介の田舎でとんでもない台詞を伝え、やがて写メールでしまい込んでおくはずだった心の告白と曝け出して大失敗だ。白状などするのではなかった、だから女は駄目だ。先が読めない。余計なことを考えていたらインクラインに残されている、レールの枕木に足を取られてこけそうになった。その瞬間私の体を圭介は掴まえてくれた。不思議なのだが何で男にはこんなに力があるのだと、いつも抵抗するたび思うのだが力強すぎる。抵抗しきれない。

「圭介さんなんか嫌いだ。こんな場所に連れて来て」呟いたらそのまゝきつく抱きしめられてしまった。誰もいないからと太陽が輝き見通しのきくこんな場所で。圭介は言った。

「あの日。麻衣に殴られた時に麻衣を抱きしめてしまいたかった」と。

その言葉に私は、その日の圭介の法衣姿を思い出し、その香りを感じ京都のお香の薫りを夢に見た。「失望の人に」しがみついていた。

「蹴上インクライン」地球の中で一番素晴らしい場所に思えた。


ああ……情けない！

ホテルのレストランで食事を済ませて、京都の夜景が一望できるという部屋に入り……私はここでひとり取り残され落ち着けない。私の大袈裟な荷物を圭介はマンションに置きにいったのだが。本当はすぐにデパ地下で買ってきたケーキを食べたいのにこれは変な？　遠慮で言い出せない。それも、持っていかれてしまい、誠に悲しい。圭介が戻ってくるまでのその時間。私の心はまさに落ち着けない。圭介の田舎の部屋の時より緊張だった。何をそんなに戸惑うのかと自分が情けなくなる。二十九歳にもなって……田舎ではそれなりの優しい思い出ももらっているのに。圭介が戻ってきたら。母から教えられたように。また自分でもわきまえていたはずなのに。「今日からよろしくお願い致します」との挨拶のはずが圭介の姿を見た瞬間緊張のあまり「圭介さん。高い高いして」などと恥ずかしくなるようなことを口走っていた。幼児と一緒である。最悪だ。

「えっ！」と私を見つめた。大概は驚く。いや軽蔑される。「何でもないの」と打ち消しても遅い。圭介はジャケットを脱ぐとベッドに投げた。「圭介さん。いいの」も遅すぎる。

圭介はネクタイを弛めると引き抜き。ああこの仕草も男の魅力で堪らない思いなのだが……を上衣の上に軽く投げた。

「さて。何キロだ」とシャツの袖を託しあげた。

何キロだって大体は知っているはずが。知っているから「さて」なのか。

圭介の腕の中で泣き疲れて眠ってしまった過去に多分抱き上げてベッドに移してくれていたはずが……何といつでも「ドジ」ではないか。

「いいの」後退りしたが腕を取られて引き寄せられた。本当にしてくれるとは思わなかった。

そして、抱きしめられていた。「麻衣」と呼ばれて私は

「高校に入学してすぐに桜並木の、あの通学路で自転車の圭介さんを発見してから麻衣の高校生は憧れて、やがて圭介さん大好きになっていたのに……大好きの大好きの圭介さんなのに。つらくてつらくて何も言い出せなかった。麻衣の高校生は圭介さんが初恋だった」

ああまた言ってしまった。

女性は初めて『女』を思い知らされるのが初潮の時である。自分が女であるということに仰天する。年齢的に早くに来てしまったから戸惑いを隠せない。女として生まれての一回目のショッ

クである。
そして男に抱かれるという初めての時に女を自覚させられて二回めのショックで……やはり強烈に女を知る。

佐野のアウトレットからの帰り、恵は車の中で。恵の車もちろんホンダ・4WD。ナビ付き
「麻衣よ。圭介さんともうセックスしたか」
ギャッ！　何を聞くのかと仰天した。そんなの仲良し友達だとはいえ返事などできるかよ。めぐ！　で黙っていたら
「これからか」と納得している。そんな詮索はめぐいいよなのに。
「圭介さん。そうだよ。麻衣を愛人扱いにはできなかったんだよ」と自己満足している。「それでは麻衣は何も知らないから教えておく」と、ああ女は結婚して子どもを産むと、とんでもない事柄にまで強くなるらしい「初めて彼に抱かれる時」って。そんなの教えてくれなくてもいいのに。だが恵は出来ちゃった婚という時代の波に乗った経験者であるわけだから、正しい知識意見ではある。でも私は恵の教えてくれた通りの余裕はなく、圭介のままの……時間の中だ。麻衣はもう若くもないから、早くに子どもを授かりたい必要もあるだろうからとの教えは。遠慮もなく私を高齢出産者扱にしまるで病院の産婦人科のなかなか子が授からない対策？　の講義を聞いているかのような訓示？　だ。私の年齢は日本の結婚年齢の平均値だと自惚れているのに。その恵に教えられた大切な必要事項？　も何が何だかわからないうちに圭介の男の時間のなすままだか

ら、教えられたように生理用品も準備はしても枕の下に納めるのを忘れたというより、そこまでの心配りの余裕もない。恵の伝言？　よりもなによりも気付いた時には身動きできない自分の体だった。脱力感でどうにもならないという悲しい姿で……静かにしている他ないではないか。けれども出血もあるからナプキンも必要だが立ち上がれない。全く、ドジだ。

そして、三回目のショックは愛する男性の子どもを産む時の女だと思うが私にはまだ想像の世界である。生きるの仕組み？　の姿は参考書の活字のごとくにはいかないはずだが。

私は圭介の男の中で、だから望まれて女性ではないかの、圭介の言葉が甦って涙を溜めてしまっていたが、好きで好きで堪えられない程の好きな男に抱かれる女の幸せは言葉にもできない。訳が分からない程の感動で……。あゝ。自然は美しく感動的に仕組まれている。

女の体に感ずる痛みは幸せを伴う痛みがあるのを教えられ、それは翌日まで継続し気怠《けだる》い。男にはそういう感覚はないに違いない。翌朝の目覚めはまるで、旅のさなかの景色で自分がどこにいるのかもあやふやの思いのなか、圭介をすぐ傍に見て驚き・恥ずかしく。恵の心配り？　の伝言は役にたたずで。私の初日は終了してしまっていた。すべて圭介に助けてもらったの大失態だ。だから教えたと恵には愚痴られるに違いない。その朝の訪れに……表現しなければ伝わらないと思い。女の幸せの感覚を私なりの言葉で圭介に伝えた。抱きしめられながら私は目眩のような疲れを覚えていた。会社の仕事の引き継ぎと身の回りの整理と、毎日の残業の疲労が一気に来たらしく圭介仮住まいのマンションに着いたと共に私は崩れ込み、本当に疲れ果てて身動きが取れなくなっていた。心の緩みもあってか二日程寝込んでしまった。これも大失態だ。

熊谷の高校生の写してくれた写真がフレームに入り出窓に飾られているのを私は蒲団の中から見ている。嵯峨野の竹林と京都駅コンコースでの圭介と私である。竹林では離れて歩いた……のはずが、私がそう思っていたにすぎず。圭介が寄り添ってくれての二人を写し撮ってくれていた。そして京都駅コンコースでの圭介を見上げる私に優しい視線の圭介の眼差しは……。なんていいんだろうか。プロカメラマンの作品かと思える程良く撮れた情景だ。その彼はカメラマンになり雑誌社に入社したとのことで、時々圭介に手紙を書いてきていた。そういう旅の出会いもある。

少女時代から圭介という男性相手に「何と手の掛かる」という捻くれをやってきたが。竹林で寄り添う写真の男性に「ありがとう」と伝えた。

苛めという攻撃に負けて成長したが今なら幾らでもやり返せる。つまり負けてなどいない。むしろ「やり込めた」の強気になれるが、少女という成長期には仕方のなかった出来事の悲しみの一ページだ。けれど其を圭介だけが庇ってくれていたのだ。

社会に出てからは建設会社で働かせてもらい。文句を言う女を相手にしてくれて。専務にも「余程のことがない限りここで頑張ってくれ」と励まされ。大の字で昼寝をする彼のお陰で失敗のない図面も仕上げられての恵まれた環境だったのだ。

高校時代の恩師は夏休みになると必ず奥様の焼くパウンドケーキを持参し……設計室に来て自分の好みの匙加減で勝手にコーヒーを入れて、配り仕事中の専務とお喋りしつつ、私を眺めて

「いい景色だ。ここで良かった」と喜んでくれた。すべてが感謝だと思えた。そして、佐竹さんが繭子と交際を始めたので私が一番嬉しい。

「麻衣ちゃん。ありがとう。いい方と巡り合えて待ってて良かった」との繭子の言葉だから、私は何よりも嬉しい。

「夕食が出来た。運んで来るか」と、夫になった人は気配りしてくれる。
「起きてみる」とだらしない自分が恥ずかしいのだが、疲れは取れたらしく、支えられて立ち上がり、圭介にしがみついている自分がいて
「ごめんなさい。もう、大丈夫……ありがとう」
こんな形で長い人生圭介に掴まって生きるのだ。と言葉に表現できない程の幸せを実感していた。

京都での生活の一カ月が過ぎて
「どうじゃ。麻衣。新婚生活は」と、沖縄生活始めたばかりの恵から電話が来た。

圭介は延暦寺に法話で出掛け留守なのを幸いに？　女のお喋り。

「あまりに清潔好きで草臥れるの」

「いいじゃないの。だらしないより」

「そこそこがいいと思うのに完璧主義で。それに、私の選んだものは着ないし……色彩感覚が田

舎っぽいって言う」

「何？　では麻衣の選んだネクタイ・ポロシャツどうした？」

「気にいらないみたいでしまい込んでしまった。着てるの見てないもの」

　恵は笑い、その笑いがなかなか止まらない。

「……ところで教えたこと、役に立ったか？」

「だって、私って、ドジで」

「だから教えたんだろうが。麻衣でなかったら、他の友達になど、あんなこと言えるかよ。バカだね麻衣は、圭介さんの手を借りたのか」

　よく知っていること。ああ、恵はまた笑っている。

「田舎っぽいって。まあ、仕方ないな。好みもあるから。手が掛らないってことだよ。それに清潔好きって。自分ですることだろう。麻衣に強要することではないんだろう？」

「だって、見ていて分かるもの」

「うちの夫なんか、脱ぎっぱなし、食べっぱなし、置きっぱなしのぐうたらだよ。でも圭介さんはあらゆることを皆やってくれて最高じゃないかよ。麻衣を庇ってるんだろうよ。そう思えないか」

「だって、めぐのご主人は、毎日演習演習で、社会に向けての実戦で疲れて帰ってくるんだもの仕方ないよ。現役のうちは当然だと思うもの」

「まあ、納得はしているけれども」

「でしょう。だけど……」

「麻衣。すなわち麻衣は、らくちんをさせてもらっているんだよ」

「らくちんというの」

「じゃあ、何て言うんだよ」

「だって、やろうかなと考え始めたらもう、なんだか知らないけれど片付いていて、戸惑うの」

「麻衣。食後ボーとしてテレビ観ているのか。田舎での慣れが抜けないんだろう。即ち母親と共にの、のんびり食後という農家の習慣が……」

「そうなるのかな」

恵はまた笑いだし
「麻衣には誰も勝てないね。ついに圭介さんも勝てないか」って？

「麻衣は幸せだね。男が庇いたくなるという麻衣の雰囲気は才能だな」

それは何？

「幸せなの？」

「そうだよ。幸せなのだ。我が家には。おい！　片付けろ。と五月蝿いのがいるよ」

「だけど何だか窮屈なのね」

「そんなの最初から分かっていることじゃないのか。あの少年見て気付かなかったのか。いつでも自転車新品みたいに光っていただろうが。制服もきちんとして。それに法衣姿の青年僧。整然として誰も入り込めない程の男性だろうよ。そのようにいつ見ても崩れてはいなかったじゃないか」

「ご修行なさっているお坊様、皆ご立派で圭介だけがでないでしょう」

「麻衣は全く。つまりそれは窮屈と表現するのではなく。彼の長所。個性であり男の気配りなんだよ。休日にジャージーで寝転んでいる我が家の男とは違うんだよ。だから山寺で生活できたんじゃないか」

恵はいつでも大人である。私には……そうかな？　で窮屈にしか思えないが。

「圭介さん。麻衣が初恋だよ。あの「執着」は有り得ないよ。バカが付く程だ。麻衣が、可愛くて可愛くてなんだよ。圭介さんには「オレだけの麻衣ちゃん」つまり麻衣を他の男に譲れない。取られたくない。その麻衣ちゃん想うと落ち着いて、お寺になど居られなかったんだろうよ。多分正解だよ」って。ああ。それって修行僧の『超』の付く大恥？　でないの。が、その恵の「皮肉」さに圭介を庇いたいけれど庇う言葉も見付からない。

恵は初恋だとか言ってくれたが。圭介の初恋が私であるはずがないではないか。恋模様とは多分男の子の方が早くに芽生えると思うから……初恋は別の場所で発生しているはずだ。

心の中まで覗けないし訊く訳にもいかないが、おそらく大事にしまい込んでおきたいはずだから。で違う。私が初恋であるはずがない。


私の英会話の授業が始まった。いや強制的なのだが。先生は圭介という。

「参ったな」と気の毒に失望している。

「先生の教え方が拙いからだ。ＩＱの低い者にはそれなりの教育方法があるはず。教え方間違ってないのか。先生の前の生徒が劣等生であるという認識がまるでない。高校の教師だったなんておかしい。反省してから改めて教え方変えた方がいい」と勝手な出任せ文句を言いたい程にの厳しさだ。覚えられるはずがない。煽てて？　くれればいいのに。煽てに弱い女への心理学を知らない。それに何と、私の先生は可笑しそうにニヤニヤする。生徒の前でニヤニヤする先生がどこにいる。

「シアトルには行かない。単身赴任したらいい。時々麻衣とかいう奥さんに会いたければ日本に帰るという共働きの生活にしませんか。麻衣さんも、茨城の田舎に帰り職場復帰してオート・キャドに向かいたい。辞めてみれば従業員の皆が懐かしくて仕方ないので帰りたい」

「イチロー選手大好きはどこの誰だっけな。たびたび野球が観られていいじゃないか」って。私の苦労は解しない。

「あなた達を連れて来た。お父さんは厳しいね。厳し過ぎだよ。遊び半分でいいのに。バカ真面目だね」

と、熊谷の高校生の写してくれた写真の横に並べているアメリカ生まれのキャラクターに私は話しかける。

「なぜって。横の「写真」見てごらんよ。どう思っても同じ男とは思えない。山寺で修行してたのなども本当かねと疑いたい程じゃないの」

するとお父さんもびっくりしているよ。素直で可愛いはずだったはどうも見損ないだった。こんな訳も分からずに反抗する生徒は初めてで。扱いづらいと思っているよ」と囁いてくる。
へっ？　キャッ！　だ。

圭介・メモリー

圭介は父親の勤務する中学校に……高校生になっての夏休みに、何回も草取りに連れて行かされていた。ガーデニングだか・造園だか知らないが、県や企業のフラワーセンター展示場かと見間違う程の中学校の校庭である、溢れる花々と木立ち。いちいち木に名前札が付いている。と温室のランの花と。高校生の圭介には花で校庭飾って全国コンクールで賞をもらったからと、それのどこが義務教育に大事か。その見たこともない『光景』を軽蔑していた「こんな草取りやらされて。人を頼らず自分でさばけばいい」だった。

自宅の新築においてもそうである。裏山から杉の木を切り出して何年も寝かせて柱を採り、床柱はわざわざ京都北山に出掛けて選んできて、その自慢げな床柱の何がいいのかと圭介には理解不可能だった。

ただ、父親を亡くして後、自分の性格が父にそっくりではないのかと気付いた。何かを目標に掲げ追い求め始めたらそれ以外何も見えない。ひたすらそこだけで生きるという。人は適当に妥協もしつつ、他人を参考にして知識を借り、自由にあたりを観察してから取り決めるほうが楽に生きられるとは思う。ができない。京都・北山の床柱産地の村に立ち圭介はその製品の佇舞いに呆然とした。自分の姿は父親だった。たった一本の床柱を選ぶのに京都の山奥の集落にまでくる父の姿は、問題は異なれど目的に対する執拗な執着はその父親の生き様そっくりである自分に気付いた。父親を軽蔑していた心は結局自分で自分を愛せなかったに尽きるのではないか。つまり自分を愛することが非常に苦手で、自分を軽蔑し嫌悪感でいっぱいだという存在。そこに気付いた時、圭介は原因が自分の中の無意識さと戦っていたにすぎなかったのではないかと、切なくなっていた。

心の無意識に動かされている自分を認識し、しかしそれは簡単に除去できないのも知った。なぜならその無意識の力は完璧に自分を支配し「こんなはずではない」にまで人生を形作るに違いないのを感じ取ったのだ。

高校一年の時、母親が父の教え子だったと知った時から圭介は父親を軽蔑し始めた「女子大二年の時、中学時代の受け持ち教師から電話をもらい……」と聞いた圭介はショックで、暫く父親と口を聞くのが堪らなく嫌になっていた。自分の卑屈さの原因はその辺りから生まれた気がする。教え子などと許せなかった。教育の中にそういうものは有るべきものではない思いだった。母親は学生結婚をしていた。

田舎から東京まで通えないので週末だけ帰るという生活だったというが。そんな許容範囲を越えてしまっている環境で誕生した自分の命まで恥で許せない思いだった。母親に「あの人と幸せなのか」と聞いたら「そう感じて生きてきたけれど」と母親はさらりと答えたが「だからあなたがいる」で打ちのめされた。簡単に納得はできずそんなことがあるはずないと心は捻くれた。

父親は中学校校長を最後に定年退職したが、家を新築して五年でこの世を去った。思い残すこともなかったのか、病む苦しさも言葉にせずに逝ったが圭介は自分と似た性格なら何も言い残せずに逝ったのかとも思う。何でもないことが、重大な比重で自分の心を苦しめていただけのことだったにすぎない気が、やがてした時。ありのままでしかない。そのままでいいしかない。それしかないのだからで、そこから楽になった。が。

できたら故郷でない遠い場所で生きたいと思った。

「ニューヨークに行かないか」

大学の寮の同室の学生が言った。入寮の時から気心の合う友人となり、初めて親友と呼べる友達が出来たと思った。だが彼が近付いてくれなければ、半永久的に心曝け出す友人はできなかったと圭介は思っている。

「飛行機。安いチケット探してくる。向こうに行けばなんとかなる」というが、あまり関心もない。彼は高校時代交換留学というのに、参加していてアメリカ生活に慣れていた。圭介は気の向かないまま、その安いチケット利用の冬の季節。無理矢理の誘いで行くことになった。

安すぎるチケット使用は寒波襲来の寒すぎるニューヨークだった。

だが、見るものすべてが驚きだった。来て良かったの感動だった。

下手な英語も通じた。

宿泊したセントラルパーク隣接の古いホテルの中の小さな紳士服店の店主が。太りすぎ・派手なネクタイの体をドアに寄りかけて、身動きもせず客を飽かず眺める姿はかなり前のアメリカ映画のひとコマのようで可笑しかった。笑う若い二人に「おはよう」の声が毎日掛かった。楽しかった。


五番街を朝晩目的もなく歩き……

ウォルト・ディズニーストアに入れば、キャラクター達が溢れていた。そこで圭介はひとりの少女を思いやる。思いやらないではいられない。でなかったらぬいぐるみの人形等は買わない「姪っ子への土産か」と友人は言うが麻衣のものである。

故ケネディ大統領のミサ「葬送」が行われたという教会に友人が毎日行くので圭介も着いていったが。その古く大きな教会には、たえず人々が出入りして祈る姿があった。そういう習慣がないからか不思議さえ感じた。

初めて祈るの人達を見たのだ。と共に、友人がクリスチャンであるのを知り驚かされていた。生活の中に信じるものがあるという驚きだった。圭介の中には「信じる」ものなど何もなかったのだ。

日中。祈るの人達の中では黒人が多かった。

「国連本部」の前に立てば……会議中という各国の国旗が棚引く景色に立ち尽くす自分が居た。

ミュージカルも……でそれも観てきた『アイーダ』

そして夜、食事のためにニューヨーク大学の近くのレストランに入った時だが。その建物の腰を掛けられる場所に毛布で体を被った女性が、きちんと化粧をして人を待つのかと圭介は思ったが、その身動きもせずの女性を「ホームレスだ」と友人は言った。そして朝早いセントラルパークへの散歩でも。その途中、ビルの側面で足踏みを繰り返す男性を毎回見た。寒さの中じっとしていられなかったのだと思うのだが、その男性もホームレスだという。

圭介はその二人の面影を今でも忘れることができない。

そして移民博物館のある島から夕暮れの彼方のニューヨークの穏やかな雲の流れに聳え立つ「貿易センタービル」を何気なくで写した、そのたった一枚の写真は極めて良好な映像で仕上がったが。三年後九月、まさかの悲劇が襲う事件は圭介を呆然とさせ……これもまた脳裏から消すことのできない記録になっていた。再びニューヨークを訪ねても写すことのできない景色になってしまった。のだ。

初めてのニューヨークはあらゆる「思い」を抱え込まされての旅だった。

これが切っ掛けで圭介は短期留学を二度やった。シアトルの大学である。友人が選んでくれた大学だった。語学留学はひとりで生きる。つまり常にひとりぼっちをやってきたが孤独を愛してやまない自分発見でもあった。

そして、中国・韓国からの留学生とも交流でき……これがなかったら圭介はアジアを蔑ろにしていたと思わされていた。

代えがたいものを学んだのだった。

寮で何もすることがないと、麻衣という少女と共にいる。ノートに名前を書いている。

田舎に帰ればその道路他ないから麻衣の高校を通るが、彼女が校門から出てくるはずはないのだが気になっている。

ディズニーキャラクターの入る紙袋を持って……まだ高校三年の麻衣を待って立った春先だが。下校で出てくる女子生徒に麻衣を捜してもらう程の勇気はなかった。紙袋を簡単に受け取るはずはないのも知っている。それもまた川に投げ込まれるはずだ。なのに。どんなに抵抗されても麻衣が愛しいのだ。ニューヨークから運んでこないではいられない。ディズニーキャラクターは東京でも買えるのに。

圭介には長すぎた大学四年間だった。

春。

圭介は教師という職業を選択して茨城に帰ってきた、なぜ茨城か。麻衣の存在だけ進路を決めた理由だが。

県立水戸第一高等学校。英語教師として赴任した。着任早々一年担任になり第一日目。

自分も新人だが、生徒たちも新入生だ。圭介にはその新しい環境は戸惑いの始まりであり。教育実習は重ねてはいても自信等はない。無我夢中他ない。

一年二組……圭介が教室に入った途端に生徒たちは何と拍手で迎えてくれた。これが教員生活の始まりかと感動的であり……決意も新たな思いであった。生徒たちの活き活きした眼差しに手応えは感じた。

挨拶の後、自分の名前をボードに書き

「今日からよろしく。これから三年間君達の抱く希望と期待に添えるよう努力し、できる限り精一杯の持てる力を君達のために発揮して、日々を過ごす考えだが、君達にもそれぞれに願いも意見もあるに違いないから、自由に発言論評を遠慮なく交換できる時間を作りつつ……日々を過ごしていく考えだ。議論もしたいので遠慮なく、どこででもいい。声を掛けてもらいたい。直接が無理の時にはメールでもよい。メモでもよい。思うことを聞かせて欲しい。それらに真剣に応えて行く努力は怠りたくない」伝えた。

名前と顔を一致させるために。アイウエオ順になっている名簿を開いた。

「できたら一言ずつ発言が欲しい。希望・趣味・社会への提案と何でも良い。何も言いたくなければそれでもよい」

その生徒達の言葉を圭介は名簿に記しつつ……野球・サッカー・アニメ・将来目指す職業・大学進学と。発言は自由で視野の広がりを見せてくれた。彼等の若さからの感性も掴めた。たいした開きもない年代だが。しかし自分の過去とは異なる次の世代の新鮮さを捉えた思いだった。

男子系高校だが、女子生徒が数人いた。制服は自由であるからそれぞれが私服である。その女子生徒の中にセーラー服の生徒がいるのは最初から圭介の視線に入っていた。その生徒の名を呼び立ち上がった女子と視線が合って圭介は寒気がした。「小森麻衣」と顔立ちが似ているはずもなく……が涼しげなその年代だけが、かもし出す愛らしい雰囲気はかつての少女とそっくりであった。着ている制服は中学時代の制服だと、後で知り偉いとは思ったが麻衣が着ていた制服とよく似ていた。


圭介は「麻衣」という少女と向き合ってしまった。初日から。授業で出向いた他のクラスでなく、受け持ちというところで躓く思いだった。その生徒が麻衣であるはずもないのに圭介の更なる苦しみになってしまっていた。

思い通りにならなかった過去の出来事を引き摺る情けなさだった。教員になるとはこんなことがあるという悶絶に近いショックだった。

それからの日々……麻衣に授業をしている錯覚。廊下で擦れ違えば麻衣が浮かぶ。生徒に用件があり立ち話をすれば麻衣なのだ。先生と呼ばれて振り返れば麻衣しかいない。いるはずのない麻衣なのに麻衣を意識する。圭介はその自分の「男心」がやりきれなかった。

秋の季節。暖房を入れる程でもないが隙間風が気になりだした季節、ひとり所帯は暖房を入れても隙間風他ない思いでも有る。母親が来て時に掃除洗濯等勝手にしていくのを……迷惑だと思いつつ口にはできずやり過ごすという独身男の部屋は素っ気無いだけだ。その母親に手を付けられた箇所箇所が恥でもあった。ほっとかれた方がいいこともあった。埃りだらけでも良かったが。自分の心の思惑の中にまで踏み込まれた感じがすることもあるのだ。見せたくないものを見られた気がし。内緒の消すことができない刷り込みの心模様まで塗り替えられた気さえして迷惑千万なのだ。帰って来て炊飯器の飯の温かさに感謝より、やりきれないこともあった。置き手紙など見付けると余計へこんだりした。親からは、子どもはいつまでも子どもは知ってはいるが。もういい、自分は自分で、自分の面倒は見ると言いたかったが。言葉にはできない息子の敏感とも思う「愚かしさ」に心傷付くを母親は知らないらしい。

今、教師という身の心は動揺し、こんなはずではなかったという取り返しのきかない失敗をやっているという愚かさの真っ只中であるのだ、そこまで覗かれている思いなのだ。

こんなはずではなかったという苦痛だった。教員は望んで決めた職業である。くだらないとも言える過去の勝手な思い込みで教員生活の日々が重なるのなど想像もしなかった。どうにもならない刷り込みの心模様を回避できないのだ。

第一日目に生徒達に呼びかけた心とはまるで裏腹で……あの新鮮な思いは、感動は、やる気はどうしただだった。生徒達への裏切り行為でしかない思惑だ。本箱の片隅に並べている、ニューヨークで買ってきた、渡せる筈もない「ぬいぐるみ」の人形の入る紙袋を眺めつつ麻衣を思っている。いつでもの思いだ。と言ったほうがいい。圭介は麻衣を抱きたいと思っている。どこにいるかも分からないのに、滑稽だと知ってはいるが。

二十二歳の男の生々しい命のやりきれなさをどうすることもできなかった。彼女の他ない。と思うからだが……ただひたすら愛しい。かつて少年は必死だった。理由等はない。なぜかと問われても答えはない。今もそこだけはあきれる程に輝いていた。とても消去できない。

圭介は怯えた眼差しを見せる少女の視線を見ながら最初から知っていた。数々虐められてひとりで泣いて堪えてしまっている少女の心が自分の心に届き響いてつらかった。だから、思い切り自分の胸に抱きしめてやりたかった。慰めたかったが少年はそれを表現できなかった、この辺りの過去を思い出す時圭介は涙が出てくる。

今なら幾らでもと思いながら。堪え切れない涙が出てくる。

少年の切なさは慰めたいを素通りして心は複雑に戸惑い悲しみ恋心になってしまっていた。心ははちきれんばかりにその想いだけで複雑怪奇に困惑し。必死であればある程「好きだ」の「愛している」などの表現はしにくく出るはずもない。大人になったつもりだけで少年でしかなかった。

だが、麻衣を見つめて自分は彼女の為に生まれてきたと確信していた。

細い体に三つ編みの髪が似合って見るたびに何でこんな少女が生きているのだと心は張り裂けそうであった。ただ可愛いかった。そこにいてくれるだけでよかった。慰められた。だが反面伝わらない想いは何ともじれったかった。

水戸での生活に慣れた初夏。麻衣の高校を訪ねた。小森麻衣の住所を知りたい為であった。簡単に教えてもらえるとは思ってはいない。内容は知っている。自分も教育者の立場だ。個人情報の守秘義務で開示は無理だ。男性事務職員は気の毒と思ったらしく。ＯＢ会が五年に一度程度で卒業名簿作成をしているから、そのＯＢ会に問い合わせれば分かると思うと伝えてくれた。その会がどこにあるのか分かるはずもない。知ったとしても部外者にはそこもままならない気もした。

圭介はアパートの部屋で思い出しかない麻衣を心に抱き込みながら溜め息を付いている。すでに少女の面影等あるはずもない。だが、少女他ない。名前を呼んでみた。どこにいる。ラジオからは「岬めぐり」の曲が流れている。心が削ぎとられる思いだった。ことさら悲しい響きに聞こえてくるのだった。

入院していた筑波大学付属病院に父親を見舞った圭介に

「母さんが言うのだが、お前、教員生活に満足できないでいるのか。安定した目標が見えてこないのか。努力次第ではないのか。視野を広げれば生き甲斐は見えてくるはずだし。子ども達の成長は楽しみではないか。人を教育するとは一生懸命やっただけのものは返ってくるはずだが」と父親は言った。がそれはかなりの経験を積んだ上での回想ではないのか。

「結婚してもいいと思う相手はいないのか。母さんも気にしている。お前に相手がいないわけがなかろうと思うが。親の欲目か。迷うこともなかろうに。身を固めれば生活も落ち着くはずだが誰かいないのか」というが。言葉で表現する程簡単ではないと圭介は思っている。男女関係は一番厄介ではないか。父親の痩せた手首を見つめながら、その父親の命と自分の健康が引き換えにならないのと同じ比重程の困難さがあると圭介は思っている。

その日。父親から圭介名義の通帳を手渡された。そして遺言か。

「清の住む家と少しばかりの山と畑の……清には母さんを見てもらうように頼んであるから。不動産がらみの財産分けは諦めてもらいたい。言い分はあるだろうが。許してもらいたい。母さんは本当は都会で生きたかった。あの山の中で生きるのはつらい人生だったはずで、どうすることもできなかった。可哀想だったと思う。若い自分は誠に勝手だった。無理矢理だった。ただ、今は孫達が懐いてくれているから、せめてもの……それが母さんの細やかな喜びで、恐らく後悔があると思う。今更こんな愚痴を言っても仕方ないが」

何を言いたいのか。後悔などしたところで何も戻りもしない。

だが、男が死に行く時。我が妻を心に掛けながら生涯を清算し反省もするのかと死に行く決意を感じさせられていた。「親父がそれで幸せな人生だったと思うならそれですべてよかったのではないか」とは思った。

男即ち財産分けか。いつかは自分の時だ、とは思うが若さの時間の中では流石に受け入れ難く、しがらみもあり、簡単に手放せない秘密もあり、拘りしがみ付き喘ぐ。つまり自分の死を受け入れるまでの葛藤は簡単ではないはずだ。それでも死なねばならない。そこまで思った圭介に突然に『比叡山延暦寺』の山々が浮かび上がってきた。たった一度だけの「京都」ひとり旅の途中に訪ねただけの場所である。其処で見掛けた若い修行僧の姿が自分に変化して父親の前に立ったのである。戸惑い、膝まずき、合掌して許しを乞う我が姿に、圭介は驚嘆した。

父親から預かった通帳を圭介は母親に渡した。

「使えばいい」と。

過去に母親から

「大学院に進学したいとは、父さんに言えないね。母さんが頼んでみようか」とは言われたが。わがままは堪えねばならない環境もある。家の新築も見。兄の結婚式も見。定年近い父に何も言い出せない。就職他ない。いや進学したからと、それ程の目的もない……より、ひたすら故郷に、帰りたかったのだ。それで悔いはなかった。

「自分のしたいことをしたらいい。父さんと相談して決めたものだから遠慮しなくていい。一回きりの人生じゃないの。生きたいように生きればいい。母さん感ずるんだけれど、自分を模索しているはずで、その模索を現実化すればいい」

一回きりの人生だという母親の言葉に、圭介は忘れられない女性を抱えている自分が切なかった。体の中に取り込んだまま、ひとり朽ちていく他ない男を感じていた。他の理由で泣くなどは記憶にないがそこだけは泣いている。その真実もまた無意識の世界だと思えた。

年月が重なった時……教員生活に慣れたせいもあって。ひとりの生徒に感じた思惑「麻衣」という意識は無くなったが女子生徒は「先生」・「先生」と来る。

「先生。北海道に家族で行ってきたの。手を出して。先生」と圭介の掌に「白い恋人」が五枚程乗る。「友達にも配るので先生にはこれだけね」

「他の先生方にも分けたいから。追加二枚あると助かるが」言ってみると「駄目なの。先生にはこれだけね」と遠慮はない。

その生徒は「先生。母が飛行機の乗務員になれって娘の進路勝手に決めるの」次には「先生。動物の飼育員になりたい。旭山動物園見てきて感動したの。だからいいかなって」次には「先生早くに結婚する。らくちんなので」廊下で擦れ違い様に突然声を掛けてくるので圭介は戸惑うが。

「結婚とはらくちんなのか」

「先生。らくちんだと思うの。母を見ていると暢気でいいと思うの。韓国ドラマにハマッて今。ヨン様追っかけ中。先生。ヨン様知っているわよね」に返事に戸惑う。

「もう韓国に三回も行ったの。先月なんか。チャーター便成田から四機も出たって。ソウルの大学講堂でのヨン様ショー見てきたの。リハーサルまでチケット配布して見せたって。凄い人気ね。先生。日本のテレビ局もその取材で成田空港テレビ機材でいっぱいで。飛行機墜ちないかと思う程だったって。その母を父は黙って見ているの。先生結婚はらくちんでしょう」

なのである。圭介は返事に困惑する。チャーター便だの。テレビ機材だのと、圭介には遠い世界の話しだが女子生徒は平気で日常化していた。

その日本の社会現象がニュースになる程の流れの中。圭介は教員生活をしていた。

そして、もうひとつ。遠い世界の話し。時々、その生徒から宇宙飛行士の名前が出てくる。ニュースで知る名前なのだが、その女子生徒には身近な存在である。生徒の緊急連絡先のひとつが「つくば宇宙センター」内、の父親になっていた。「お父さん。宇宙工学の研究に携わっていられるのか」聞くと、そうだと答えた。「子どもの頃、海外生活をしていなかったか」確認すると……小・中学のある時期アメリカ生活をした。という帰国子女であった。ゆえにきれいな英語を話す。誰もいない廊下で会うと、これもまた平気で英語で話し掛けてきた。圭介は応ずるわけにいかなかったが、それでも時に可哀想で返事をした。その女子生徒の話題は、だが遠い世界の話。と圭介は思っている。社会の中の話題には時についていけないが女子生徒の会話に突発的な流行を感じさせられていた。それも社会に必要で起きているのかもしれないとは思わせられる。

最悪がきた。まさかの間違いをやっていた。

優秀な生徒達であるから教えることには苦労はなかった。受け持ちクラスが三年になった春。英語の時間。生徒たちの希望もあり、授業の始まる前に三名程順番で英会話……それぞれ身に付いている会話力で、習慣の手法で始まったのだが、その日、帰国子女の生徒に『麻衣』という名が出てしまっていた。無意識に呼んでしまっていた。止めようがない。とんでもない失敗をやってしまっていた『あっ！』と思った時には遅い。麻衣とは誰のことかと聞かれれば答えようがない。が、生徒はそれを課題と取ってくれて「まい、という名前ではなく林ルミです。先生」と他の生徒と同じく拘わりもなくやってのけてくれたが、そこで済まなかった。突然男子生徒が立ち上がり
「先生。質問します」

「『こもりまい』さんとは先生の恋人の名前ではないのですか」に、それを待っていたかのように、ワッ！　と、いう歓声が教室に溢れた。

「先生。それとも中井川先生の初恋の女性」

机を叩いて喜んでいる生徒達を、圭介は止めようがない。ベテランであれば一喝で静止もできようが咄嗟の判断が出てこない。

また若い教師に絡んでみたいのでもあろうその生徒達を見ながら……圭介は自分のだらしなさ

をどうすることもできない。しかし、自分をそこまで振り返れば似たようなことを見てきてはいる。そこを今彼らも通過中だ。嘘をつく必要もない。いや嘘はつけなかった。

「そうだ、その通りだ。確かに聞違えた」

「中井川先生の恋は成就しそうですか！」

突っ込みがきた。再び教室は大騒ぎとなり、隣の教室から苦情が来るようだとさえ思われた。

「サランゲヨ」と誰かが叫んだ。その言葉に生徒達は、拍手喝采で喜んでいる。静めようがなかった。

「サラガンダ・まいシー」と重なった。教室は騒然となってしまっていた。

生徒達には韓国の若者達向けのドラマから覚えようとせずとも記憶に残るフレーズで日本語に変換せずとも、その単語を皆理解しているのだ。圭介は絶句する他なかった。何をやっている……授業中に。カリキュラム以外のくだらないことで時間を費やしている。情けない思いだった。

圭介は自分を卑下し恥じた。苦い、やりきれない一日だった。


圭介は高校教員の充実しない日々に溜め息を吐いている自分の心が情けない思いだった。

ニューヨークへ旅した唯一の友達は、大学院博士課程に学んでいる。時々の電話に空しくなる。彼に生活の感動等何ひとつ誇らしく語れない、今の自分がやりきれない。そしてそこを上手く表現できない心の葛藤もありいつも心残りの幕切れ状態だった。彼はいまだ学生なのだ。それも恵まれすぎての日々には時に擦れ違いを覚え。これも溜め息のひとつであった。

教員という肩書きの生活は解って選択した生活のはずが。毎日毎日授業の準備とテストの繰り返しの英語詰めで、いかに生徒達の成績向上を計るかと、大学受験への方向性だけを考えての毎日であり。半数以上の生徒が塾へ通っている……の生徒達を相手の熾烈な日常で、根負けする感じだった。

抱いていた理想の思いがひとつも「教育」に活かされていかない苦しみもあり、そこを上手く転換できない疲れも感じていた。

機械的にやってしまえばいいとは思うが、それは許せないジレンマとなっていた。

母親は自宅から通えという。確かに車で四十分程度の通勤距離である。

土・日たまに帰っても、何も満たされもしない。二番目に生を受けた身は簡単には生まれた家には入り込めない。父親の建てた家ではあっても、すでに幼い甥や姪がいて。別の家庭が出来上がっているところに生活は移せない。土・日帰るのでさえ遠慮があり、その日実家に向かうつもりが笠間焼きだの益子焼きの窯元を廻っている自分がいる。

そこで、挨拶する程の顔見知りも出来てしまう程だった。

こんなはずではない……の自分を客観的に見る自分もいて心落ち着けない。満たされないものの原因は解っていてもどうにもならなかった。

初めて比叡山を訪ねた圭介はすべてに何か見覚えがあり躊躇うこともなくここでの人生だと

……自分の心をみれば仏の世界になにひとつ猜疑心もなくむしろ感動して迎え入れられる環境だと思えた。ただ、母親が悲しげだった。

大学院を卒業とともに他の行者に習い出家者としての修行の一生であるはずであり永久に、ここから下山などは考えも及ばないことであった。俗世間に戻るなど有り得ないことであったのだが……孤独に死にいく自分でいゝはずだった。


まだ十代の見習い僧は托鉢で京都の町を歩いていた。いつからか田舎の古い家を訪ねるようになり母親の後について出てくる一人の少女が気になり出していた。筒袖の着物は膝下までの子どもも丈である。


ある時期から、その少女に会いたいだけでわざわざ大原の田舎まで歩く少年であった。少女は母親から『雪江』と呼ばれていた。

少女は少年の衣姿を不思議そうに見つめているだけのことである。それだけ幼いということであったが、見習い少年僧は少女が忘れられなくなっていた。自分の立場を辨えるほどの年齢ではない。

ひたすら心はそこに向いていた。少女の目にはひっきりなしに訪ねてくる少年の姿が異常なだけのことである。

母親について出てくるだけの幼い子どもなのである。そしてじっとこちらを見つめている。その瞳の人形の如くの可愛らしさが心に留まってしまっていた。

ある時期から少年僧は結核で暗い部屋に閉じ込められて、生活するようになっていた。山の寒さの耐えられない程にの厳しいなかで病人になっていた。それを家族は知らない。貧しいから寺に出されているのを少年は知っているから家に帰りたい自由もない。親の愛も知らない。いつの時代なのかも意識にない。貧しさだけの世の中の思いだった。薄暗い部屋から雪の山を眺めながら次第に衰える体をどうすることできない。涙も出ない。ただ沈み込んでいくような寂しさだけが体を支配して、半端でない心の乱れは何をどうしていいのか定まらない。食べるものも受け付けなくなった少年僧は「雪江」という少女に会いたいためだけに、閉じ込められている部屋から勝手に外に出ることばかりを考えていた。立ち上がってみたものの自分の力で歩けない程に体力は消耗している。ただ少女に会いたい。死期が近い自分を知っていて床に臥せっていられないのだ。

雪は激しく降っていて山を下りられるわけもないのに衣を着て少年は山を下った。仏の世界が何であるか等もちろん解らない年齢だ。

やがて、その少年が行き倒れになっているのを、もう一人の自分が見つめている。同情もなく見つめている。自分の生命の最後を見つめている。

病院の一室で圭介は目覚めた時、それが夢なのか幻なのか分からない。数日続いた熱の下がらないなか、圭介はやりきれない程、自分の体が思うようにならないのを感じていた。そして言い知れないこの孤独は何なのかと思っている。そして少年の姿が自分だと解る。自分の過去世だと知っている。

いつでもそういう情けなさで、仏の修行をしていたに違いないと感じている。圭介は、物心もつかない、夢の中の少年を抱きしめてやりたい程の思いであった。そして『雪江』と呼ばれていた少女が、今『麻衣』だと知っている。体が・魂が、覚えているのを感じていた。夜中、圭介は麻衣を思い涙が流れた。自分の必死さは、それなのだ。ただそれだけなのだと。人がなにを言おうが関係ない。圭介は麻衣の魂を抱き取りたい。再生のたびに麻衣という生命を求めるだけの自分だと。しかしそのたびにその少女を抱き込めない。そういう悲しい男だったと思う。だから麻衣の魂を抱き取った時、圭介は再び人間として生まれなくてもいいと思っている。今生だけで終わりでいいと思っている。

そして圭介は感じていた。死ぬることとは健康の時に思うほどのつらさではなく。簡単に行けるのを感じ取っていた。

圭介は小森医師を父方の叔父の入院で知ったのだった。その担当医であったのだ。見舞いで二度程出会っていたが、麻衣の兄だ等と想像もしない。だがその予期せぬ巡り合いの流れで繋がるものがあったのだと思う。

圭介は桂キャンパスからの帰り医学部を訪ねた。恐れ多いのは承知で、なるべく邪魔にならない時間帯と気遣っても、それは有り得ないことで一回目はその研究室の前までで、引き返していた。小森医師のアポを取ればいいのか、との思惑で出掛けた次の日、取次いでくれた仲間の研究員との会話中入るようにの指示がきた。圭介を迎えた宏は戸惑う表情を見せたが、当然である。髪を落としている学生などいない。

圭介は招かれた部屋の椅子に掛け、迷惑を詫びつつ恐縮もしていた。が挨拶の後、何から話せばいいのか。自分も困惑していた。たいした用件ではない、訳の分からない訪問である。言葉に迷いはしたが今現在の生活から伝えた。山寺の生活など聞いてもらうことではないが順序もあるので仕方ない思いだった。

つまり研究室で話す内容など何もなく。修行僧との雑談は有り得ないことに違いない。圭介は、しかし自分にはそのくだらないことが必要事項であるのであるからと必死には思う。

「ご迷惑かとは思いましたが」で麻衣との出会い。再会を遠慮気味に話し出した。

……

「妹の足の故障は自分の係わりで起きてしまった過去で取り返しはつかず……責任は感じても何もしてやれなかった。かなりの苛めを知ってはいても、これもどうにもしてやれなく心苦しいだけだった。兄妹などは唯、見ているだけで助けてはやれないという悲しいばかりが現実だった。自分が医学部になど来なければ短大とか専門学校と、それなりの生活はできたはずでありそこで青春を満喫して、のち就職もそこからで良かった筈が。勝手な兄の犠牲で可哀想でもある。そのあたりは何気なく生きている素振りなので。尚更心痛めはしても。それを平気で見過ごしているという情けない自分ではある。その彼女の傷付く心を理解してもらえればそれが何よりの救いではある。受けた傷は深いはずで、家族などは限界があり、手の出しようもないところもあるからその辺りを理解いただければとは思う」

「男性に対する考えが人並みではない。それだけ痛手を抱える彼女のはずだから友達という関係からしか成り立たない交流かと思う。それでさえ困難かもしれない。が、やがていつかは心開くかとは思うが。それも期待は薄いかもしれない。簡単ではなく、かなり手こずり恐らく男には理解不可能という結果でしかないかもしれない」と言った。

「圭介君のレベルには及ばない妹ではあるが」


圭介は麻衣との出会いは心というか『魂』の求める繋がりだと信じているから、世間並みで仕切るつもりもない。家族から反対されようが構わない。その時にはすべてを捨てるだけのことではあると思っていた。


比叡山の冬……。

圭介はその日、卒論提出の締め切り日を控え、出来上がっていたレポートの最終確認の為に大学の図書館に出掛けた。雲行きを予想して「延暦寺」記名のある車を使用した。

寺に戻った夕方、やはり雪になっていた。

山内の道路。西塔を抜けて。「麻衣！」呼んでいた。

麻衣と擦れ違った。予想もしない光景だった。バックミラーに麻衣が捉えられた所で車を止めた。傘を差し掛けてやりたい程の、雪景色になってしまっていた。いや、抱き込んでやりたい程だった。雪の中……なぜかいつもより小さな体に見えた。

呆然とする程の思いだった。麻衣の姿が隠れる程の雪だ。その雪の降り頻る山道を歩いて行く麻衣を見ながら溜め息を付く自分の心がある。

車に乗せて送るは当然であるべきが。だが圭介は声を掛けたとたん男の命がすべて「崩壊」してしまうのを知っている。ある時人は堕落して生きてしまってもいいではないのか。そうしたいならそうすればいいではないか。理性だけが真理でもなければ道理でもないではないか。男の動揺は隠せない。何を迷うのか。他人を誤魔化せても自分は誤魔化せない。だが、それでもいいではないか。男の本能で生きるでいいではないか。間違ってしまってもいい。それが人でもあるはずだ。所詮その程度の人間ではないか。一体今、自分はどこにいる『聖地』ではないか……は苦しい程に他方意識している。だが何をそんなに迷う。自分の愚かさを謝罪し山寺を出ればいい。下りて、教師という立場に戻り……の生活でいいはずだ。多分麻衣もそれを望み、どこかの場所で人並みの暮らしができないわけではない。何にを必死で自分を我慢する。見えない物は見なくてもいいではないか。が今では見えない物の方が大事なのを知ってしまっている。だが取り繕ったところで若い男の命は捨て去ることはできない。どうなってもいいではないか。麻衣の女の若い輝かしさに、溺れ込んでいいのではないか。本音はそれ以外にないではないか。だからインクラインで声を掛けた。掛けねばならない程の男の自分だから声を掛けていた。しかし麻衣をただ雪景色の中に見送っている「寂しい男」がいる。圭介は、麻衣から視線を逸らせつつ自分を律せられない自分に幻滅もしていた。

だが、何をどう迷っても「延暦寺」の名の入る車に麻衣という女性を乗せるわけにはいかなかった。

やがて麻衣が来たと思える場所に立った。ひとりの女を見つめて彷徨う男でしかない己を軽蔑もしていた。どれ程『釈迦』に心捧げても行き着く所に行けない哀れをも知るのだ。その時代人々を救うがためだけの犠牲で、決して幸せではなかったの『崇高な哲学の人』ではないかと思う。思えるから従えるはずだったが。我が想いが情けなかった。

父を愛せず。なぜその人以外から生まれなかったかの宇宙的規模の口惜しさから始まり……つまりは男と男の戦いをし。無意識の世界だと気付いたところからの流れで今いる環境は。愛すべきものとなっていたが。

なぜあれ程の意地だったのか。息子を見つめる父親は最後まで父親でいてくれた。だが、少年は自分を意識する年齢になったとたん、家族の誰とも会話するのを拒んだ。黙ることが自己表現だった。その最中、麻衣という少女と出会わなかったら圭介は生きていないと思う。悲しみを背負う雰囲気の少女の世界が慰めの対象となった。父親に抵抗しても、自分の心の解決にはならなかった。またそういう自分も許せなかった。

その戸惑いの苦しみの少年を麻衣の少女だけが癒してくれたのだ。だから麻衣のためなら死ねた。命を差し出せた。仰ぎ見て語ることのない少女だったからこそ後々まで心引かれて、そこだけを大切と感ずるのかもしれない。

再会は奇跡だった。そして再び執着し、抱え込む惰弱な自分を見ていた。

麻衣の持たせてくれたマフラーを圭介も二重に巻いていた。山は特別に寒いが。その寒さを苦とも思うことなく山中での生涯であるはずだったが崩れてしまって修正不可能な我が心を冷静に視てもいた。


麻衣の両親に会っての帰り。圭介は彼女の会社に寄った。

確かに勝手に取り決めた。何を抵抗しているのか。行き先困難な生活が展開されたとしても、逃げようもない。麻衣の女の心に……少年時代から振り回されてきた。それを思うと圭介の男はおかしくはなるが。麻衣に振り回されて生きていくしかない。それでいゝ。麻衣に負ける他はない男なのは知っている。


麻衣は現場だという。事務員の説明してくれた現場までタクシーに移動してもらい、そこで降りた。事務員は現地案内図のコピー用紙を渡してくれつつ。工事現場の入り口に県の仮設事務所があるから、そこで会社の現場の場所は聞いた方がいい。広すぎて判らないはずだから……とのことだが。国道を入り山林を造成工事した広大な団地に変貌する分譲住宅である。すでに六割が完成し、洗濯物が見えて人々の生活がある。

圭介はそれを眺めて何とも言えない気持ちにさせられている。水戸に教員として戻った時、こんな一画でその平凡さに組み込まれて生きるはずだったと紆余曲折の今を思った。

麻衣を責める気持ちもないが。それが自分の人生とは思っても、立ち並ぶ家並みを見れば切なかった。なぜなら年齢を思う時、既に子どもも成長し父親でもあるはずだったと思うからだが。

仮設事務所に一台の県の名前の入る車を見て職員がいるらしいので事務所のドアをノックした。清が出てくるのなどは想像もしていなかったから、挨拶に戸惑った。何年も会っていない。そこには互いに年を重ねているという相手を見ての困惑もあった。病気で仕方なく帰った日よりの出会いであった。

「おお……何だ」で間が開く。

目前に広がる団地を見て、その関連の世間話し他ない。

清の説明した区画に歩き出した圭介に
「今晩どうする……泊まればいい。おふくろも喜ぶだろうから」に
「京都に帰る」の返事がきた。

いつしか別々であり……それ他ないのが流れでもある。

かなりの過去を思いだす。

母親に甘えている幼稚園に通い出した弟を見て小学校高学年になっている清は……それはやきもちだと知るが。毎日だと癪にさわり何度か母親のいない所で蹴り上げた。幼い弟には兄に、なぜそうされるのか理解できるはずもない。何度目かに母親に見つかった。

「圭介が生まれるまで全部の愛情を独り占めしていた。圭介は今、清の半分しか愛情をもらっていない。何で判らない。羨ましがらずに、圭介と同じに甘えればいい」と母親は言うが。それができないから、やきもちが先に立つ。弟が目に見えるから拙いのだも知るのだが。

「でも圭介の方が可愛いのだろう」と言い返したら母親に殴られた。

だが何回蹴り上げたのか。しかし幼い弟は泣かない。じっと見つめている。ただ見つめているだけだった。その根性がどこから来ているのか考えられなかった。兄弟喧嘩もなくというよりできなかったというべきか。ひとり相撲に終わることが多く自分が惨めになるだけの勝負だった。

比叡山に入るのを知った時。まず浮かんだのが、その幼い日の泣かない目であった。人に言えないショックも受けていた。

だが……ひとりの女性の存在を知った時、清は心から安堵した。多分山寺では誰かが圭介の代わりができると思うからだ。圭介が山を降りるのを知った母親は号泣した。其を女親は心から望んでいたのだと思えた。

人並みでいいのにが口癖せでもあった。家族は圭介の『空想世界』を理解などできなかったという他なかった。

圭介の想う女性が建設会社の従業員だと知り……仕事関連で住宅課に出入りする姿を見て、この女性だからかと、清は胸が詰まる思いだった。あの見つめる目がまた浮かんだ。そして多分弟は彼女が足が不自由でなかったら無関心で通過し意識しなかったはずだ。彼女の足を庇えるのは弟にしかできないことかと思わされた。


……


圭介は清の説明した区画まで行った。

やがて小学校も併設される予定だとかの広大な敷地面積である。

圭介はその分譲住宅の外れに近い場所で立ち止まった。麻衣を捉えた。


声を掛けるつもりはなく姿を見るだけでいい。

仕事中だと文句も言われるはずだ。

「何か発注か。お安くはない……」には苦笑だが。

あの時、我が心の片思いの発注だ。高額でもいたしかたない。どの程度で引き受けてくれるか。

やっとの思いで辿り着いた。宇宙空間から戻った程の感慨だ。大概のことには妥協できるがと思いつつ麻衣を見ていた圭介だが。西山研修所の下の道路で間違いなく麻衣の心は確実に掴めたと感じてはいた。それでなかったら会社までは行かない。

だがそうしてまで出会いを無視できない自分が居た。やっとその結論が来た。長かったは承知している。

造園工事の職人との打ち合わせは見て取れた。将来何事が起きても頑張れる根性が備わったと、麻衣の作業服姿に感動していた。


麻衣との朝。圭介は目覚めて……三時四時の起床が身に付いてその時間になると目が覚める。ベッドの横の灯を付けると麻衣を見つめていた。

男と女の生きる姿を現実化したが……思い出せば。

前髪を下げ三つ編みにした豊かな長い髪を両脇に分けそれがセーラー服のポケットを隠すあたりまで掛かり、お下げ髪など全く見ないが、麻衣はそんな古風な姿で高校生を送っていた、そのすべてが心を潤う思いで浮かびあがり。語らない少女は圭介にもアニメのなかの少女だった。

そして母親が持たせてくれたという寝間着……何と。圭介に現れた夢の中の少女が着ていた絣の着物によく似た仕立ての形で。花模様のガーゼ地は寝間着には見えずあの少女そのままである。足の不自由の娘に母親はパジャマではなく。手作りで筒袖・膝下丈の寝間着を用意していたのだ。紐を解けば、男は抱き込めるという形だが……圭介は男の心根を恥じたくなる思いでもあった。寝間着に麻衣の母親の、細やかな愛情を見る思いであり。預かった娘を大事にせねばという気持ちにもさせられていた。


……

その少女と年月を経て……京都の出会いが来た時には信じられない思いであった。圭介が一番に心配していた「引き籠もりになっていないか」が吹っ切れた。圭介へ真っすぐに見せた視線が安心感を見せてくれた。

蹴上インクラインでの出会いは生涯忘れられない。桜の満開の手の届く桜の花の下である。女子高生の時の印象とまるで違っていたが。「麻衣だ！」と我が胸が切なかった。悲しげな少女時代が終わっていた。

寺の系列門跡へドイツ語通訳で突然行かされての帰りだった。

そして「西山研修所」の森の先の寺の下での再会は京都以上に信じられない思いだった。そのような場所で会うなど有り得ないのだ。父親の三回忌で疲れたので犬の散歩をしてほしいとの母親の日課が廻ってきたから出掛けた犬の散歩である。
麻衣が働く女性だったのは嬉しかった。会社の制服姿の麻衣は逞しく見えた。胸ポケットに留めてあるカードの名前は麻衣の腕を掴んだ時から目に付いていた。そこにボールペンが二本程差し込まれていて、名刺があるのも見ていた。制服は男物だ。袖丈が長い為、手首の所で二重に折り重ねていた。その制服から名刺を引き抜いた時、麻衣は
「いや。やめてください。仕事の名刺です。返してください」呟くと、圭介の手を掴み名刺を奪い返そうとして悔しそうな表情をしたが、それが圭介には可愛いかった。
何回も圭介の手から名刺を取り戻す奮闘をしている麻衣を見つめていた。その圭介の手を麻衣は引っ張った。瞬間圭介は反対の手で麻衣の手を握り締めた。麻衣の驚いた視線は圭介を凝視し

た。

会話など必要ではない。圭介の手の中の麻衣の手は温もりと女性らしい優しさを伝えてくる。

その麻衣の手を自分の胸元まで引き寄せた。抱きしめてしまってもいいと、思ったがそれは堪えた。ふたりの初めての交流だ。圭介が今の身分「独身」でいるのは麻衣が体の中にいるからだ。心の中などではない。

麻衣の制服から名刺を引き抜きながら
どれほどに嫌がって抵抗されても必ず自分の女にしてみせる。自分の人生に麻衣他いない。少女の抵抗がなかったら、既に彼女と家庭を持ち世間一般の平凡な人並みをやっていたはずで、山寺の生活などなかったはずだ。と思っていた。限りない抵抗は過去の少年にはどうすることもできなかったが、今はどうにでもなる。いやしてみせる。

そして修行僧の身分でなければこんな簡単さで終わりにはしないと圭介は思う。

項垂れた麻衣を見て、圭介は麻衣の手を離した。心が張り裂けそうな思いは今でも変わりないが。麻衣を尊重しなければならない思いももちろんある。

また労りたい庇いたい思いも充分ある。

自分の勝手だけを押し付ける気持ちはない。

だが会社の住所・電話・などが記された小さな名刺という紙片だが。圭介はそれですべて麻衣との係わりは結論が出ると思った。

麻衣の居場所さえ分かればすべて自分の思いの通りに運んでいくはずだ。

いや無理矢理にでもそうしていく。恋人が居ようが。婚約者が居ようが関係ない。奪い取る。既に仏に背いたは知っている。


『三四郎の池』を見たいという麻衣を伴い、年度末最後の講義の日、圭介は麻衣と上京した。講義の時間を待つ間湯島天神を見てくるという彼女と別れ。圭介も講義終了の後、用事があり遅れたが、待ち合わせの赤門に来ていない。携帯電話も応答なし。

しばらく、佇む圭介は、女性を待つは麻衣他やったことがない。が、やがて嬉しそうに歩いて来る麻衣を見て、どれ程待たされても憎めないのだと苦笑他ないのだが。

「圭介さん。湯島天神だけのはずでしたのに。高校時代の友達・直美を突然思い出し。電話したら来ていいというので行ってきちゃった。

『つくばエクスプレス』の運転手と結婚して、湯島小学校近くのマンションに住んでいるの。ご主人常陸太田市電鉄勤務だったけれど。その線廃止は圭介さんも知っているわね。そこを失職はしたけれど『つくばエクスプレス』に採用で、東京生活になった時、恵と一度来たことがあり、この辺少し知っているの。今赤ちゃん生まれて幸せそうよ」が報告だった。

大学構内に入って麻衣は
「大丈夫ですか」

「何がだ」

「だって圭介さんの学生さんに会ったら格好悪くないですか」

「何が格好悪いか」

「僧職のはずの先生女連れてるって」

「じゃあ止めよう。帰ろう」と圭介は可笑しかった。

「駄目駄目長年の夢が叶うので。駄目」

その池の前に立った麻衣は
「あら、想像と違って、ちっちゃい池」

「イメージと違うか」

「ええ……物語に感動していろいろ想像し過ぎね。大学構内というからもっと大きい森の中のような雰囲気かと考えていたのね。でも、満足したわ。過去を思えば。なんと大馬鹿……青春の思い出作りが出来たのにね。圭介さんの大学生と」

「今、ここにいるでいいじゃないか」

「でも、青春と今では価値観が違う気がするもの。ああ、暗い過去だった」

「若いとは絶望ばかりで明るくはないだろう」と言うと
「圭介さんも暗かった?」

「同じレベルだから引き合った。だから一緒に居られる」

「似た者かしら」

「そうらしい」

「だから、過去から現在まで、腐れ縁というので繋がってしまった？」

圭介は苦笑したが。その程度の認識でいゝに違いない。


やがて東京駅デパ地下。圭介は麻衣がいなければデパ地下などには行かない。食料品売り場の賑わいは驚くだけで、百年に一度の不景気だと言われているがそこだけは別のような気がした。食料品は代替ができないから節約にも限界があるのだろうがそこを眺めて驚く自分は社会に参加していない他所者かとも思う。

「圭介さん。何が食べたい？　好きなものおっしゃって」

と麻衣に問われても、何かを食べたいはない。だから山寺の環境に慣れてしまえば、それでよかった。

デパ地下では麻衣の買った荷物を持たせられ……いつの間にか持たされているのだ。エスカレーターでは支える前に、しっかりと掴まってくる。この違いはどこから狂ったかと可笑しくなる。多分、女性とは年月と共に次第に強くなるに違いないと気付いてはいる。


独りで生きる選択の時、麻衣に再会など予想だにしないから。独りっきりの人生終結の生活が自分には一番いいとの気持ちで抵抗はなかった。

だが……入山の日。東京駅で向かい側のホームの若い二人連れを見て。おそらく他人には、ほどくことができないであろうと思える程に手をからませ合う恋人達を見ながら。セーラー服の少女と、とうとう手を繋ぐなどはなかった少年を悲しく見ていた。その麻衣を想う男がいる。それは寂しい男の想いであり、その男を捨て切れぬ心を、冷静に見ていた。それは孤独に立ち尽くす映像であった。生きるとは不遜な思いだった。深山に向かうのにやりきれない男の「心」が立ち尽くしたホームだった。

新幹線の座席に掛けて後、麻衣は

「圭介さんありがとう。麻衣は幸せね。圭介さんのおかげで」

これは夜寝る時の麻衣の口癖にもなっていた。麻衣の生きるの必死さなのだとその言葉を聞くたび感じ受けとめていた。

「圭介さん。一日とても楽しかった。ね。私達十年連れ添った夫婦に、見えるわね。そう、愛人関係にも見えなくもないわよね」

圭介は可笑しくなる。いつでも一言多い。

何も喋れなかった過去の少女は新富士駅を通過するあたりまでひとりで喋っていたが。やがて圭介の肩に顔を寄せ、片方の手は膝に乗せて寝てしまった。どこでも眠れる女性である。泣き疲れて圭介にしがみ付いたままでも眠れるという……幼いのか。図太いのか分からない。ただ、十年連れ添った夫婦にはこんな姿はないのだがと圭介は思っている。

圭介は麻衣の小さな寝息を聞きながら思い出している。

麻衣に電話を入れた夜。

「圭介さんは。男の二十代と女の二十代が違うというのを知らない。女の二十代の一年一年は男の一年とはまるで違うのに」

と圭介は麻衣に怒られつゝ、なる程そうかとは思ったが。その年月どの箇所を思い出しても、格闘していたとも言いたい日々で麻衣の言うような細かいことまで考える余裕もなかった。

「女は二十代になると。きちんと体内で子どもを育てゝいけるように自然は完璧に整えてくれている。生まれてくる新しい命の知能によい条件が揃えられている。だから私はひとり田舎で圭介さんの子どもを育てたいと夢みていた。圭介さんは理想の『僧』人生を思い通り歩んで行けばいゝ。つまり女を抱きたかったら抱けばいゝ。間違いを堂々とやればいゝ。臆することなく恥を曝け出せばいゝ。取り繕いの男など見せなくていゝ。

仏教が渡来してからの歴史のなかで決して罪などではないはずです。なぜなら女を抱かなかった高僧は『明恵上人』だけだと、どなたかの研究書で読みました。圭介さん。田舎で圭介さんに命差し出されて。男の美しさを見せてくれた姿は、この世のものではないほど神々しかった。それはすでに高いレベルにまで上り詰めた僧侶の昇華した姿でした。完成し尽くしてそれより上はない輝かしい僧の姿でした。その圭介さんなら。掲げていたであろう美学の理想に敗北する経験……つまり女を抱きたかったら抱いて。それが修行僧のもう一面の男の真実以外何もないのだと。己を軽蔑しつゝ地獄に落ちる程に、麻衣の女の命で、もがき苦しみの経験をしてみてほしかった。

その三次元の残酷な僧の現実の姿を・男の闘いを・悶えを。あからさまに見せてほしかった。その時、初めて圭介さんの男は体裁ではない戒律の真髄を見極め・経験し。僧の生きる激しさを見極められて、あらゆる人々の苦悩するあがきも、三次元での誰もが死なねばならないという宿命の悲しみも、遣る瀬無さも抱え込めて、身代わりとなり。迷える多くの人々を懸命に救うことが出来。体裁だけの僧侶ではない歴史に残る高僧となれると信じたもの。伝教大師のお傍に行く運命は、圭介さんが。やり遂げなければならない定めがあるからではないのですか。呼ばれて上がったのではないですか。圭介さんなら、その役目を、はなばなしくやり遂げられるのにと麻衣は信じていた。それが圭介さんの存在であり。哲学の・美学の。完成となり。輝いたはずです。それを遠くにみて、麻衣は幸せだと思えたのに。なぜ放棄してしまったのですか」

圭介は返事に窮し。体裁だけで生きている己を思い絶句だった。更には美などは何処にも持ち合わせてはいない男だ。ただの醜い生々しい姿そのまゝの修行僧でしかなかったではないか。そして高山寺の歴史的に名を残す高僧の名が出てくるのも驚きだった。圭介の書棚には『梅尾明恵上人遺訓』阿留辺機夜宇和……明恵上人の弟子『高信』が記した。その虫食いの残ったままでの原本からコピーされている書籍が大学時代に選択した国語学での教科書使用になった、そのゼミでの自分担当、他の学生達の解釈作成した各部分の原稿の綴りがストックされている。大事にしているものだが。比叡山に入る前にその国語学での参考のために上人に関する書籍を調べた関心ことで神護寺・高山寺は訪ねていた場所だった。女性関係がかなりの歴史を重ねたにも関らず残って付いて回る立場の高僧の姿が研究対称にまでなって活字化している。超人が生きるはそこまで追究される。その超人を見つめる尼僧の存在までもが記録されて残る。

麻衣の言葉に圭介は絶句他なく恥じたいこともあって困惑もした。


さらに麻衣の言葉は重なった。

「圭介さんの田舎での夜も、何もなかった。そして雪の降りしきる山内の道路で、圭介さんは麻衣と擦れ違っていた。麻衣は来てくれるのを待ったのに圭介さんは来てくれなかった。生きるに必死なら……繰り返しにはなるけれど。堂々と間違いを犯してもいゝじゃないですか。それが男の生きる本音だと叫べばいゝ。だけど、麻衣は圭介さんの戒律という肩書きに、しがみつき、踏み出せない男を感じてしまった。ですから自分の女の思惑が疎ましくなり雪の中に消えてしまいたい程だった。圭介さん。麻衣は若さという一瞬に過ぎる命の『価値観』を頂きたかった。欲しかった。つまり、墨染の衣の圭介さんに狂う程に抱かれたかった。こんな情けない、ふしだらなことしか言えずごめんなさい。でも本気だった。圭介さんの男を頂いて『さようなら』をしたかった。言ったではないですか。京都駅で……自然界では男という役割は絶対的に必要な存在で誕生させられたって……私にその存在を見せてほしかった。世の中は男がすべて先ではないですか。歴史も物語も男からの始まりではないですか。その生きる戦いの切磋琢磨の男を教えてほしかった。これが男だと。不可欠の男の姿だと。

でも、もういゝ。人生何回もない。ですから比叡山に戻り麻衣のいう。役目のためにその真髄を迷わず完成させてください。伝教大師さまのお傍の山寺での生涯の方が圭介さんは、ひときわ男を輝かせられると麻衣は思う。その他では組み込まれてのひとりでしかないように思える。ですから比叡山で偉くなってください。遠慮はいゝ堂々と男らしく出世を求め。男の世界の頂点を闘って掴めばいゝ。それはすぐ其処にまで来ているではありませんか。見える処に。心から応援し祈ります。命を懸けて麻衣を癒し救いあげてくださってありがとうございました。心から感謝いたします。圭介さん。ありがとうございました。さようなら。もう、麻衣を圭介さんの心から消し去ってください。さようなら」

圭介は涙が噴き出す程の思いだった。本音は言ってることとは違う。「さようなら」であるはずがない。圭介のために別れると表現する。麻衣の願いの女心も痛い程に伝わる。恋心は何をどうすればいいのか。どうしたらいいのか分からなくなってもいる。抱き締めてやれば数々の言葉も不必要に違いないが。確かに待たせ過ぎたが、焦ってまで目的・信念を適当に済ませるわけにはいかなかった。躓きたくもなかった。本来なら後数年・三十代後半まで祈りたい気持ちはあったが。それでは麻衣が悲しすぎるはずだと思うから下山した。麻衣の叫びはその年月の堪えた悲しみの女心だと圭介は知っている。生活が始まればそれを取り返せる男はいる。

圭介は、非常に滑稽だと知りつつ、麻衣の言葉を受けて言う他なかった。

「オレは麻衣なくしては生きていけない。麻衣。今頃に、滑稽すぎる過去の想いだが。オレは麻衣の高校卒業を待って学生結婚をするつもりでいた。本気だった。麻衣を待った、あの雨の日、家に来てもらい、その話をする決意だったが、少年の想いは何ひとつ少女には伝わらなかった。土砂降りの雨に濡れしきって家に帰る、打ちのめされた惨めな少年は、その心を今でも忘れていない。あの時、麻衣に渡したかった『もの』があった。何だと思う。圭介の少年の命だ。なぜに、こんなに可愛いのかと大人になる前の麻衣の少女を抱きたかった。男の命を感じたかった。また、残ったノートや使い終わった辞書なども麻衣に挙げたかった。

その、必死の少年の心は虚しさを抱えて彷徨った。麻衣。遣る瀬無い生きるもあると孤独な圭介の男だった。その馬鹿な男は、その同じ繰り返しを何年も引き摺り、ある時麻衣が少女であるはずがないというのに気付き、すでに他の男の命の中ではないのかと、仰天した。そういう幼稚な思惑から脱却できず。それを見詰めるだけの孤独な男がいた。そのように麻衣他なかったのだ。今を生きるという男の人生に麻衣だけでいゝ。仕事の結果などはついてくるもので求めるものではない。だから麻衣だけが大事の今生でいゝ」

「戒律のために男を我慢したのではない。男としてすべて中途半端で情けないがためだけの理由だ。高校教員も失敗だった。何が原因かと言えば。優柔不断な性格だからだ。これでいいと決めながら納得できなくなるという粗末さだ。今でさえ未来は分からない。明日また適当に自分を誤魔化してしまうかもしれない。それでも今、麻衣とのけじめをつけなかったら腰砕けのまま日々を送ってしまいそうな気がするからで、自信はないのだ」

「そんな男だ。麻衣が来てくれなかったらオレはどうすればいい。また迷い出す他ない人生になるではないか。あの橋の所の少年の……諦め切れない虚しい別れと一緒になるではないか。何度も同じ繰り返しの経験はしたくない。させなくていい。麻衣！　つまり圭介をつかまえていてほしいんだよ。悲しい男を。一人では頑張れない男を」

「麻衣。オレは麻衣の傍で遠慮なく酒にも酔いたい。我慢はもういゝ。さらに言えば。麻衣を……そうだ。麻衣の言うように、オレの三次元の男の残酷さを麻衣に見てもらい……見せて崩れる程に麻衣を抱きたいから山を下りたのではないか。その程度のくだらない男だ。出世はいゝ。祈りもいゝ。体裁の我慢はもういゝのだ。男の本音でいゝ。つまりオレは麻衣の女でしか生きられない。そのように圭介の男の帰る場所は麻衣の『女』の所以外どこにもないんだよ。麻衣と連れ添って、だらしない男を見せて生きていくでいゝ」


麻衣の無意識に過去世の少年圭介が存在し。雪江という少女に組み込まれた記憶が圭介の衣姿に涙を溢れさせるに違いない。と思う。

幼い女の子は……ある日から。訪ねて来なくなった少年は、死んだのだと母親から教えられて成長し。やがて比叡山を訪ねて少年を捜し求めたに違いない。インクラインで「比叡山延暦寺」と聞き、突然に零れるほどに溢れ出した麻衣の涙は、呼び戻された記憶だと圭介には思える。

麻衣の「叫び」は。そこからも来ていると圭介は思っていた。

そして、麻衣は自分の運命の身を悲しむが。それが唯一圭介が今生麻衣を捜し出せた手掛かりだと知っているから、その手掛かりが済んだにおいては医学は進歩している。外科手術である程度まで回復可能だとも思える。女の身の悲しみを治療治癒できるなら。なんとかしたいとも考えている。

圭介は……新幹線の中
少年の頃のどうにもならなかった切ない愛しさを捨てられなかった自分を見ている。どこにいてもひとりの意識が消え、抱えていた男の孤独も癒されているのを実感し、麻衣他なかったと思っていた。

限りなく反抗され、くだらない喧嘩をし、言わなくていいことまで言ったが圭介は思っていた。麻衣の男への恐怖が抜け切ったのだと。そうでなければ、最初から泣くだけで喧嘩などできるはずもない。田舎で癒されたと麻衣は言うが。あの時男の力を受け入れられるとは、圭介は思っていない。それは安心感を得ただけで、体も心も自由になどなってもいない。麻衣を腕の中に抱え込みながら信じられない程の麻衣の心の傷を感じ取った。

病気後の体力でなかったら見過ごした。というより不可解さだけで終わったと思えた。もっと早くに何とかできなかったのかと麻衣の体を離せなかったのだが、硬直した体は可哀想な程の女の生命であった。恐怖に近い悲鳴を挙げたが、やがて圭介にしがみ付き「圭介さん。男が怖い」と震える声で呟いた。「苛め」とはこんな姿にまで生命を心を変化させるものなのかと、想像以上に深刻な思いだった。よく頑張って働いていると誉めてやりたかった。京都に帰る前の夜麻衣の寝顔を傍らに見つめて涙が流れた。

「圭介さんのひとりぼっちなど、やがて見たくない」は麻衣の言葉だが、彼女の言う通り、孤独に耐え兼ねる男の最後は知っていた。どれ程悟っても生命継続の中、完璧になれるはずもなく悟ったつもりが、人の心の乱れはとんでもない運命に引き込まれた時、疑心暗鬼となり瞬間で砕けもすると自分の哀れは知っていた。慌てふためくであろう自分を知っているからその覚悟で生きる決意もあったのだが。心とは時にわがままで身勝手な気もするのだ。

多分満足できたと思う修行など、自分には到底訪れもせず、ただ、なにがしかを学んだだけという記録しか、最後になっても残らないのではないか。その学んだものは後継者に伝えられても本物の「姿」は教えられないに違いないと思っていた。下山他なかった。

京都駅で麻衣を見つめて涙を溜めたのは……人の手の届かない偉大なる存在は小さき存在の、今に生きる一人の修行僧を許してくれるに違いない。おこがましく自己中心の、なかなか思い通りに精進できない男の勝手過ぎる思いではあるが、ほんの少しだが自分にも存在価値があるのだという自信が湧いてきたからだ。比叡の山での日々がもたらしてくれたものだと嬉しかったのだ。麻衣を抱き取るのも自分に課せられた人生ではないのかと気付かされ、ならそれで生きればいいとの結論だった。

目前に存在する命の女性が自分を愛する以上の感慨でたまらなく愛しかった。

捻くれて・暗く・取り柄のないと表現するが。しっかりとした信念があり充分に自分をわきまえた生き方のできる女性だと圭介は思っている。

あの日。東大路通りに出てしまったら出会いはない。蹴上インクラインは初めてだった。南禅寺まで歩き、そこからバスで比叡山行きのバス停までの移動のためで桜の満開は意識になかった。車で送るという出先の寺の挨拶を辞退したがゆえの出会いであり、それはもう導かれての……という他はない。「真理」はすぐ傍に存在し導いてくれているのを確信したのだ。

光圀が晩年愛して移り住んだ「西山荘」のある町の高校に通う麻衣との交差が青春のすべてとなった。その過去の何もかもが愛しく麻衣を見つめて二十六歳の男は止めようもない涙が流れたのだ。


……


圭介は新幹線の座席……麻衣の温もりを感じつつ、それを労り、膝に乗せられた手を包み込みながら……男とは女とは、何を学んでも何も分からないと思わされているが麻衣という命を慈しみ授かった生命を生き尽くすでいいに違いないと感じている。どんな理論を組み立てても逆らえない空間に生きさせられて、そこにある心理を曲げてはみても所詮、そこの箇所からは抜け出せるはずもなく。そこの部分からエネルギーをもらう以外に自分を消化できないと考えている。つまりそこからしか「力」は来ないと思えた。

人間自分の力だけでは成しえないものがあると思うからだが。熱心に向き合うなら、自ずと真理も助力してくれる気がする。

麻衣と生活を始めて、心温められ癒されている。想像以上に豊かな感性を持っていた。その姿を見ているだけでやはりひとりでなくて良かったのだと感じていた。

やがて、くだらないことで喧嘩もし、憎しみ合うもあるとは思うがそれも夫婦で生きる絆であり紡ぎであり……たったひとりで生きる男の孤独よりは遙かにいいに違いないと思える自分がいると言えた。

圭介は新幹線がスピードを最高レベルに上げているのを体に感じ勤務中の運転手・車掌・諸々携わる職員にも礼をいいたい程であった。

高速鉄道大好きの女性は心地よく眠ってしまってはいるが……。

圭介はこの平凡さこそが何にも代えがたい人の幸せなのだと思っていた。

麻衣・メモリー

私は入籍し『中井川麻衣』となり……。

役所・銀行でその名を呼ばれて、誰のことかと戸惑う。そして茨城から搬送してもらった車を「水戸」ナンバーのまま使用していた。京都市内はいつでも混雑していて買い物するにも田舎と違い神経は使うが。それでも準備で伊丹空港からシアトルに出国する圭介の送り迎えもし……宏の家族とも食事に出掛けることもあり、私は幼い甥と姪に「おばちゃん」と呼ばれ。母親はかつての宏と麻衣を見ているようだというけれど、やはり抱き締めてしまいたい程に可愛い。そして、宏は子どもの前では『おかあさん』と由木子を呼ぶけれど。なんていい日本語なんだろうかと思わせられる。心優しい言葉に響いてくるのだ。

それは恵の御主人もそうなのだ。恵はおい！　と言うのだと表向きは言うけれど。電話の最中に響いてくる御主人はやはり、恵を遠くから「おかあさん」と呼んでいるのだ。電話の雑音で聞こえてくる声を私は聞きながら、家庭の温かさを「おかあさん」の言葉に感じ取る。

六月下旬……。

佐竹さんがあっという間の付き合いで繭子と結婚式になった。専務の仲人である。共働きであるがきっといい家庭が出来ると思う「宏ちゃんのお嫁さんになる」が口癖だったがその「宏ちゃん」は海外での学会のため来れなかった。

その結婚式後、数日私は両親の所で生活した。圭介の心配りで親との別れをさせてもらったのでシアトルへは成田空港出国となった。宏も多分京都で生活できそうだ。どうして、父親は愚痴を言った程でもなく母の言う通り息子自慢の変形か？　人とは適当な愚痴を言って聞かせて自分の立場を誇示したいのかとも思う。農家が根っから好きなのだ。だから其を守りたいだけが本音なのだ。今更欲をかいても仕方ないのに。畑・田圃を手放せないらしい？　いつかは武夫さん他引き継ぐ人はいないのに。その土地だって先祖から引き継いだだけで自分のものではないのに。

私は今思う。たくさんの人に助けられて生きてきたと。何よりも恵という友達が持てたというのが一番嬉しい。思えば恵が居たから落ち込みながらも、しっかりと支えられて少女時代を過ごせたのだ。

そして高校時代の担任教師伊藤先生にだけは報告したかった。

「おおそうか。何より良かった。息子を連れて野球観戦に行くからよろしく」と喜んでくれて、シアトルを案内しろと乗り気な言葉だった。

シアトルに出国の成田は曇り。私は初めての海外……で落ち着かない。飛行機は飛び立ったが視界ゼロの空に私は驚いてしまっていた。そうしたくはなかったが圭介の手を掴んだ。数えきれないほど飛行機に乗っている男は平気でいるが初めての者は緊張だけで耳もおかしくなる。

全日空。圭介はビジネスクラスにするかと言ったがそんな贅沢は必要でないのでエコノミークラス。でも航空会社は足の曲がらない私のために非常口の所の空間のある席のチケットを手配してくれた。感謝である。

順行高度になって機長の挨拶。飛行機にはこんな形式があるのだと初体験。上空快晴なのだ。

「ようこそ。中井川先生。ご搭乗いただきありがとうございます」

ブランケットを頂いた後に声を掛けられて圭介は乗務員を見

「えっ⁉」と驚いている。

「あっ！」と気付いたみたいで

「林君か」と言ったが

「林さんか」に言い替えた。教え子だと知った。

圭介は髪を伸ばし始めていたので多分気が付いたと思える。

「先生にお会いできるなんて夢のようです。こんな、出会いのチャンスがあるのですね。本当にお久しぶりです」

「おお……」で圭介はなかなか言葉が出ない。だが、次にはなんと英語で会話をし出した。もちろん私には聞き取れないが。キャビンアテンダントは笑顔で受け答えをしている。なんで「内緒話」なのだと私は思っている。

「妻……麻衣」とやがて圭介は気の毒そうに私を紹介した。

翌日。午前中シアトル空港に降りる時、彼女に請われた住所などを記したメモを渡しつつ「シアトル便の時には遊びに来るように。待っているので」と付け加えた。

乗務員の方達は丁寧な挨拶で見送ってくれた。


シアトルの空港はチェックインフロアーまで、飛行機が到着した場所からの移動にまるで地下鉄の電車一区間の距離にも思えた。入国手続きが済んで私は限りなく心が自由になっていた。

「ありがとう。圭介さん。嬉しい。言葉にできない程の感動でいっぱいなの」心から礼を言った。

シアトルの秋。
圭介と私とそして圭介の母親と「老後は外国で暮らすのが夢だった」で我が家は三人の家族なのである。
「お義母さん。来てくださいませんか」と生活始まって二カ月、私は圭介の母親に電話を入れたら一週間もしないで来てくれた。一戸建ての借家なのだが庭の手入れが大変となり圭介が「おふくろに頼め」と言うのでその手伝いを依頼したのだが。空港まで迎えに出た私に
「六月に一緒に来たかった」と笑ったのだ。圭介という息子と暮らしたいとの意味だと気付いた

ので

「お義母さん。一緒に生活していただければ私も助かりますけれど」と伝えた。私は家族は大切だと思っている。宏は「自分で食事を作って幼い麻衣と食べた」と言ったがその頃、今より農家は忙しかった。

そんな寂しい経験をして私達兄妹は育ったがそれでも家族は愛しい。そして母親が宏を思う気持ちと義母が圭介を思う気持ちは同じだと思う。

「私は息子と娘の為に働くのだから」と義母は身軽に動いてくれる。ありがたいと思うのだ。

「息子が比叡山に行くと報告に来た時、何がなんだか解らない程驚いて返事もできなかった。寺の息子なら当然でも、まさか自分の息子が入山などとどんな育て方をしてしまったかと、大の大人の息子の顔見て悩んでね。長男は大学を出て、県庁勤務ですぐに県警で働く事務の女性連れて来たという。それが当たり前で次の息子も同じに考えていたら何を考えているのか分からない。本音は言わないし母親としては心配でもあった。反対したところで山寺には行くであろうから。納得せずとも諦める他なかった」

「そして、病気になった時も、明日帰るの連絡で知った有り様で、入院など考えもしないから、驚かされてね。まさか女性を連れて来るとは想像もしないから、また驚かされて。でもね嬉しかったのよ。麻衣ちゃん見た時に……質素でなんていい娘なんだろうと思ったのよ。そう、親は普通に人並みで生きてもらいたいものね。山を下りてもらいたいが母親の本音で……心の中は修行などは認めたくないという最悪ではあったろうけれど。やがて息子がひとりっきりで老いて死んでいくのを想像した時、つらくて母親としてはどうしようもなかった。仏の加護は充分あるとは思っても……情けなく考えていたのよ。麻衣ちゃん」

「でも、今。念願だった無理とも思えた理想の生活も実現させてもらって有り難いのよ。麻衣ちゃん」と言ってくれる。私への配慮だと思うから私は感謝の心だけは忘れない。多分義母は圭介という息子と生活したいという憧れをずっと持っていたに違いない。つまり、自分の若き日の『夫』とよく似ている息子に違いないと、私は共に暮らして感じている。人生とはそんな連鎖で組み合わさって生きていくのかなと思ったりしている。

「大丈夫か?」と、誰かは気配りしてくれるが、そう決められての人生に違いないと私は抵抗はない。ただ、私はあまり神経細かい女ではないらしい。つまり、ずぼらでいい加減な性格の女らしい。それに、賑やかに部屋を飾りたてるなどしない。できないと表現すべきか? 最低限必要のものがあればいいという簡単で暮らしたいが、理想だ。だから、圭介という繊細過ぎる男と生きていけるのかもしれない。数々抱え込んでも死んでいく時何も持っていけないが私の母親の口癖で私はその教訓にはまっているのかもしれない。

義母はパッチワークが趣味で我が家のベッドカバーもすべて手作りである。その見事な出来栄えのキルト作品は素晴らしい。布の色彩の組み合わせの見事は見とれてしまう程、趣のある作品である……を見れば少しは生活に装飾も必要だとは思う。心癒されるから。つまり私はすべてにおいて義母を越えられないのを知っている。

圭介は母親に敬語で話す。その日本語は美しいが、義母と私は時々茨城弁。この『発音』はどうにもならない。それを聞いている誰かはニヤニヤしているが身に付いてしまった方言はどこにいても消去できないのだ。だから『茨城県』生まれは困るのだ。母親と京都近郊の温泉に宿泊した時もロビーで親娘の会話を聞いていた宿泊客が「茨城からですか？」と聞く。「なぜ判りますか」と聞いたら「主人が茨城の出身なので」で笑い合った旅の思い出も有るほどの方言だ。

圭介は……CDは義母の所有のものだが、演歌大好き男であった。

「いいじゃないか。日本人だ」と威張っているが、何とかならないのかと思う。なぜなら休日になると、私まで付き合わされる。

クラシックと歌謡曲を求める時間帯が違うというが……？　もう一個？　私の奏でる華麗なる？響きのはずのギターはどっちでもいいという情けなさだ。

そして、私の大好きなイチロー選手。夏に息子を連れて我が家に宿泊した高校時代の恩師と共に圭介の案内で「セーフコフィールド」に連れて行ってもらった。先生には中学生の息子さんがいて大喜びだった。私と同じイチロー選手の大ファン。中学生と話が合うとは……私はやはり精神年齢が低いか？　毎年来たいという彼に来年は高校生だからひとりで来れるだろうから夏休み数週間、ここで生活していいというとひとりで必ず来ると答えた。私と友達になっていた。中学生からは時々手紙がくる。英会話の塾に通い出したようだ。私の側にいる男は「ラブレターか。オレからの手紙は読んでいたのかいないのか。さらには返事もなかったという冷たさが。こまめに日本に返信とは……そんなに嬉しいか」って。やきもちやくが私はニコニコする。

そして、もうひとつ。林さんも遊びに来るようになっていた。私は密かに思う。彼女の初恋は『圭介先生』だったのだと。ただし「先生」の方は気付かない。気付かないから訪ねて来る教え子を、毎回非常に喜んで迎えるという。目出度い？　先生だ。自らご馳走を作って接待するという……人には言えない弱み？　があるらしいと義母と私の内緒話。で、時には義母とともに私は買い物に託けて外出し。ふたりに気も使う。林さんのいい思い出を大切にしてあげたいために。

私は、新しい年が来ての初夏、我が胸に、圭介からの幼い命を抱ける。私の生命のなかに命が生きてくれている。限りなく嬉しい。言葉では表現できない程の感動である。『生きている』という実感なのである。自分の身に訪れた『妊娠』という初めての喜びが込み上げてくる。今、心から幸せを噛み締められるのだ。朝、目覚めて傍らに圭介を見て女の命の嬉しさが沸き上がる。「唯一……選ばれて存在する、たったひとりの女の命……」と言った圭介の言葉が、何よりの優しさと実感で心に広がる思いなのだ。

たったひとりを一生懸命に生きたいという必死さとなり、訪れてくれる命にも責任と共に圭介と分け合ったという命だからこそ、使命を担い命の引き継ぎという形の存在の重みを自覚している。

私は苛められたことでの心の痛みは記憶から消せないけれども、癒されたところから感じた命の喜びも、また、忘れずに心に認識しつつ生きる定めだとも思うようになった。多分苛めをする人とは『たったひとり』の自覚もせず『心』がどこにあるのかも知らないのだと思う。

私は苛められて泣きながら心とは胸の中に小さく在るのだと気付いていた。なぜならその部分が痛んだのだ。それは喜びの時にもそこがまた作用するのを感じていた。

まだ、分からないが、女の子が来てくれるような気がする。母の命はそう受け取れる。『女の子よ』と語りかけて来てくれる思いがするのだ。

『お母さんを助けてあげるよ』と響いてくる。つまり圭介の魂の想いだと私は密やかに感じとっている。だから余計に喜びは溢れるのだ。

恵に時間調整をして電話を入れた。

「めぐ。聞いた話だけれど。建設中の東京スカイツリーの高速エレベーター『日立』っていうからめぐのパパも参加しているんでしょう」

「よく知ってるね。ひたちなか市の工場の実験棟で試行錯誤でやっているようだ」

の挨拶が済んで

「あのー」では時間の無駄なのに

「妊娠か」と恵は相変わらず察しがいい。

「うん」

「嬉しいだろう。麻衣」

「うん」

「幸せだろう。麻衣」

「うん」

「圭介さんの子だと最高の感激だろう。麻衣」

「うん」

「男に生まれた方がの麻衣だったけれど。今は女で幸せだろう」

「うん」

バカみたいだが「うん」他ない。

「麻衣。お腹大きくなってくると、とてつもなく女の幸せを感ずる。……子ども産む気持って。

麻衣。今度は理解できるだろう。彼の子どもが我が体で成長しているって涙出る程の感動であり。

言葉には表現不可能という誇らしさと感激だろう」

「……」

「麻衣。もう涙出るか」

「ところで圭介さんの潔癖相変わらずか」

「私のいい加減に慣れたみたい。洋服も田舎っぽいって言い乍ら着てくれるけれど」

恵は笑い
「言ってやれ。それが麻衣の個性だって」

「でも……」

「そうだよ。もう、おっさんで何着たって皆同じだよ」

圭介に限っては変わらず格好いいよと言いたいが皆、同じかな？

「さて……麻衣。姑・嫁問題は大丈夫か」

「大丈夫かって？」

「女同士いやったらしくないか」

「別に。だって私いっぱい助けてもらっているもの。私の場合は健康な人と違うもの。だからありがたいって思うことばかりで。これからお産で不安だと思うのにお義母さんいてくれるから安心だもの」

「麻衣は偉いね」

庭仕事はもちろんだが水廻りの家事なども私を助けてくれて姑とは考えていない。

「お義母さんの方が気を遣ってくれていると思う。生活始める時お互いに言いたいことは言うことに決めたけれどそんなのあまり関係ない。だって、毎日助けてもらっていて感謝だもの。もう切れない家族と思っている。日本に帰られたら私が困るほどだもの」

「ああそうか。だけど、麻衣は偉いんだよ。麻衣のようにはなかなかなれないもの」

「多分私は苛められての残酷な時を経験して来たために親切にされると感動してしまって言葉にならない程なのね。そんな経験がよかったのかもしれない。だからわがままなんか言えないもの」

「圭介さんというすばらしい男性も授かってか」

恵の言う通りに違いない。が
「でも、この頃、喧嘩する」

「夫婦喧嘩か？」

「そうなの」

「麻衣も喧嘩するのか」

「だって、圭介は私の話し、聞いてる振りして聞いてないことあるんだもの。うんうんだけで。それでつい言いたくなるの」

「麻衣。だけど麻衣のところは圭介さん家で論文書き研究書読みだろうが。我が家とは違うんだから、うんうんで当然だろう。圭介さん考え中が多いんだろうに。喧嘩腰では可哀想だろうよ。駄目だよ麻衣」

それはそうだけれど……恵の言う通りだ。反省して反省？　した。

だが、夫婦喧嘩も必要だと何かで読んだが。

でも私は仲直りの方法は心得ている。私は小さい頃から母親に、疲れたから肩揉んでくれ腰揉んでくれと頼まれて、マッサージ上手？　になってしまっていて、圭介さんごめんなさい。でその奉仕活動をする。性格が悪いので文句ばかり並べて私の謝るが多いので奉仕活動になる。私の特技は誉められる。もちろん義母にも提供する。さて、どっちがいいのか。奉仕か。喧嘩しないことか？

私の英会話もスパルタ？　教育のお陰？　で少し通じ。近所の人達との簡単な日常会話にも慣れて、買い物には不自由しない。そして、ホンダ左ハンドルの車で私は圭介を大学まで送り迎えをしている。歴史的人物『新渡戸稲造氏』が在籍した大学が圭介の勤務する大学。赤いレンガの校舎が松の木立ちに囲まれて美しい。

そして、私は圭介の酔うのを見た。数量はそれ程飲めないのに日本酒に酔う。すぐに寝てしまうという飲み方だが、酔い始めると「ジャズ」を原語で歌う。物悲しく。これもまたえっ！　だった。大学で英文学専攻の男はアメリカ南部大好きなのである。ニューオーリンズ・オクラホマ・ミシシッピー川。そして「風と共に去りぬ」を愛する。

酔った圭介に「圭介さんは、光圀の変身ではなくアメリカインディアンが先祖みたいですね」と言うと。「正解」と、私の手を掴んで寝てしまうという姿だが。私は圭介はこれでいいのだと思っている。過去の年月に休息がなかったに違いない。他人の中で緊張でしか生きられなかった。義母はそんな息子を知っていたのだ。母親は切なかったに違いない。

だが我が家の酔っ払いは時に少々手が掛かる。酔っ払いは寝てしまったと思い手を離すと我が妻を「まあちゃん」とか呼ぶ。

「僕の愛するまあちゃん」などと滑稽ではないか。誰にも聞かせたくない。そして手を掴まれて眠るまで私の手を離さない。

「後片付けが残っていますよ」伝えると「そんなのは放っといていい。どこにも逃げて行かない」って？　そこに置いたものを見ていられない。許せないとでも言うのかの、潔癖とも思う程の奇麗好きは、どうしました？　なのだ。キッチンのテーブルには食器が並んだまま。すべて酔っ払いのものだ。義母はいつでも早めに寝てしまっている。

「ほら……聞いて笑っている子がいますよ」と私は自分のお腹に圭介の手を引き寄せて言うと
「構わない。いやしっかり聞かせたい。僕の可愛いまあちゃん」って、困ったものである。

「圭介さんの命の子はびっくりしてますよ」

「いやしっかり喜んでいる。まあちゃん」と情けない父親だ。


「まあちゃん。僕いい子にするからひとりにしないでくれ」って何なのだ。

「まあちゃん。僕はいつでも誰かさんに振られて、山奥の田舎でひとり泣いていたよ。情けなくて悲しくてさ。生きる悲しさ教えられすぎだよ。純情でいたいけない少年は傷付き過ぎた。あの過去を自分の思い通りに書き改めたい程だ。まあちゃん何とかしよう。どうしたらいい……心が今でも疼く」って。ああ「少年」は今でも健在なのか。過ぎ去ってしまった『青春』は修正もできなく。遙か彼方の茜空の向こうの年月にしっかり沈んでしまって取り戻せるはずもなく……が。「まあちゃん。反省していい子になるから置いていかないでくれ。本当に情けない。こんなに愛しているのに。永久不変の無限大の愛だよ。オレの心数式で計算しても宇宙を突き抜ける程で答えなんか出ない程だよ」って、かなり酔っ払っている。「心」をどうして計算する。数式?って。おバカじゃないの。思うようにならなかった「少年」の後遺症かと疑いたくもなる。カウンセリング?　が必要らしい。可なりの「重症」で長引くかもしれない。

私は恵の言葉を思い出している。女は結婚すると強くなると言ったが、強くならざるを得ないような気がした。つまり強くなるように男に仕込まれてしまうのではないか。と私は圭介を見て感じているけれど?

恵は「大きい子どもと小さい子どもが我が家にはいる」とかだが。私もいつか恵に「家の子ども達」というのだろうか。

ただ解ることは女は子どもにはなれない。やはり恵の言う通り女には捉えどころのない心の動き「業」負けていられるか。お前にはという。自分でも理解不可能の心の動きが時にあるけれど、それが向かい合った相手に対して、その意地の醜い戦いの心が湧き出す時。女二人以上は「大変」になるのだと思う。多分、男にはそれがなく常に純粋のまま、年齢を重ねて行けるに違いない。恵は「なぜ、麻衣と仲良くできるか。麻衣はいつでも私を立ててくれている」というが。それはない。世間を知らないものだからトボケているだけの女である。その子ども?　を見せる男性を見つつ男の方が純粋である分。人生の幸福の度合いも多い気がする。そこには計算も張り合いもないはずだから……を感じている。

そして、圭介は今、心から満足した仕事ができる。つまり自分で自分を使いこなせる環境が訪れたのを自覚していると思うし。圭介の成果を認めてくれ指導してくれている教授の元で、やがて研究生活が花開く時が来る。導いてくれている「力」は圭介を輝かせてくれると信じてあげたい。

夜……書斎の圭介にお茶を運び、傍らに立ち私は時に泣いている。私は知っている。麻衣という女性に特別の想いがあったとしても足の不自由な少女でなかったら、圭介少年は少女を待ちはせず、京都蹴上インクラインでも声など掛けては来なかったはずだ。私の方から声を掛けても無視して行き過ぎたはずだ。私は其を思う時堪えられない涙が噴き出す。

多分、比叡山延暦寺に捧げた何年間か「孤高」とも言えて圭介の能力は磨ぎ澄まされて輝いたはずだ。

円頓止観
ひたすら　読経で
ひたすら　修法で

ひたすら　祈祷で
惰弱だと自分を責め責め暗中模索での修行だと思う。男の精神世界の「行」はたったひとりの戦いに違いない。集団の中のひとりっきり……孤立したまゝ孤独だったと圭介は言ったが孤立して厳しさに向かい厳しさが重なって。
やがていつしかマントラの彼方に『釈迦』という崇高な人に辿りつけた時が『解脱』か。美学の完成で本人も気が付かないうちに超人となり輝き出すのかもしれない。山寺での衣の美しさは精神世界を生きる男の孤独の姿ではないのか。だから独特の爽やかな『美』を見せてくれるのではないのか。その衣姿だけで充分に「美学」の完成とも言えると思える。

圭介は私の為に断食をしたのだと、病み上がりの男の命に触れた時に気付いた。栄養障害だと言ったが……圭介のひたすらな願いの為にそれ他なかったに違いない。既に心は捨て身のはずで、私との再会の葛藤は簡単ではなかったはずだ。それを宏だけが知っていたと思う。
男のプライド。つまり延暦寺での生涯と決めた入山のはずだ……そこから降りるは、有り得なかった筈だから。それは想像を絶しての心の戦いだったと、私は今思うけれど。
そして、山寺だけで生きてほしいとの私の願いも必死だった。

いい形に髪も整ったが、その圭介を見つめて私の涙は流れる。泣かなくていい。と圭介は言うが

「ごめんなさい。足が不自由なばっかりに。麻衣は圭介さんの精神世界を根絶させてしまった」と涙が零れる。

「麻衣と生きるでいい。麻衣を初めて視た日を忘れてはいない。友達と手を繋ぎスキップしながら笑顔で校門から出て来た。麻衣を心に留めた日だ、その爽やかさが印象に残り、生きる世界が何もかも優しく思えた程だった。麻衣を背負うことが自分の人生だと即決していた。圭介少年は男で生きる感動を知り男の命が嬉しかった。勝手な思い込みで浮き浮きする程の馬鹿になった。麻衣の差し出すネクタイやポロシャツを垢抜けないとか色彩感覚が幼稚だとか。くだらない表現をしたが。嬉しさあまりの照れ隠しの言葉だった。抱きしめたら崩れてしまいそうな、か弱い印象だった少女が高卒で働き出したエネルギーだと思った時。勿体なくて申し訳なくて簡単に使用できなかったのだ。だがしまい込んで置くのはもっと勿体ないことであるから……今はただ感謝の気持ちで身に付けている。嬉しい思いだ。そして麻衣を採用し麻衣の個性と才能を引き出してくれた建設会社に礼も言いたい」と圭介は言ってくれた。本当にそうなのだ。幾つ就職試験を受けても内定がもらえず、クラスで唯一人残り悲しみを背負い込んでいたのだ。ゆえに捻くれてになってしまってもいた。母親は娘を見ていられず「麻衣。家事手伝いでもいいんだよ」と娘の就職難を慰めてくれたが。社会に出て働きたい。農家の手伝いではひとり引き籠もるに等しい環境が、その自分が恐ろしくもあった。「外で働きたいよ」と涙流した。最後に担任教師は「大学進学に変更するか。二次試験のある大学なら間に合うから」と言ったが「先生。大学はいいの。就職したいの」で泣いていた。人生真暗闇とか言うけれど……其を意識した十八歳だった。卒業ぎりぎりだった。涙ばかり見せる私に担任教師は伝えてくれた。「建設会社に行かないか。小森の住む町だ。通勤にも丁度いい。そこに、下手なダジャレ大好きの社長の息子の立場という友達がいる。俺のクラスの就職できずに残っている一人の生徒を採用してくれると、会社の運気もあがるはずだとお仕着せ・押し付けたら。履歴書と内容は何でもよい。作文を数枚書いて持って来てくれという返事をくれた。小森は前途有望な建設会社に……これはお世辞になるが。これで決まりだな。やっと安心だ」先生の言葉にまた私は泣き出していた。就職という狭間で私は苦しむハメになっていたが。喜びは最後の最後に訪れてくれた。建設会社が拾ってくれた。

「もう、泣かなくていい。幼い命も一緒に泣いているはずだ。泣かせなくていい。小さい命で頑強っているのに可哀想だ。麻衣と我が子と自分でいいが青春の願いで、今その生活が訪れてくれた。感謝だ。ただそれだけでいい」と圭介は言ってくれたが。

シアトルは寒くなりまるで長年住み慣れた思いさえする街で、義母と私は買い物に出ての帰り。ふたりとも小さく雑多な店が好きで、その小さな人の溢れる喫茶店で窮屈そうにしてお茶するのだが。

「これがアメリカだ。の雰囲気で最高だわね」とふたりとも同じ気持ちで盛り上がる。楽しい。

休日の圭介さんはいつでも留守番。

その義母は観光で入国したので長期滞在ビザ取得と、自分の部屋も片付けてくると。日本に帰国。

晩秋の日曜日の朝。

圭介と私は日課の散歩に出掛けた。私は茜色のマフラーを愛用している。

住宅街の静かな中……犬の散歩の日本企業から赴任の家族とも、時に立ち話もするという顔見知りもできた。そう、チョコちゃんにも草木染の作家の家の女の子との間に子どもが授かったという家族からの手紙に添えられた写真も届き、中井川家は賑やからしい。

「圭介さん。女の子だよって小さい命が伝えてくる」小さい命が私の生命のなかで動くのだ。その自然の営みの威力に私は驚愕し、其を伝えたく
「お父さんに早く抱っこされたいって。圭介さん」
だが、私と歩む男は
「麻衣の童話か」って。ああ情けない。男には通じない。
私は圭介の指を掴み
「聞こえるでしょ。聞き取れません？」
返事をしない圭介に
「麻衣を愛してるっておっしゃってみてください。赤ちゃん聞いてておお腹のなかでジャンプしてくれるはずですから。圭介パパ大好きって」
圭介は可笑しそうに笑い、私の手を掴んではくれたが……もう愛しているなどとはバカバカし

くて言えないらしい？

やがて……いつか。

私は生活を共にする哲学者を。何でこの男性が特別にいい男に見えたのかと不思議になり。宏と何も変わりない十人並みの普通の男だったと気付き？「望まれて生まれてくれた女」だとか言われて感動して涙を流したりしたが。それはなしで。生まれてしまったのは消せないのでこれは圭介の言うように「気付いたら生きていた」で仕方ない変えられないと原点に戻り？

そして圭介さんも傍らの女を。何でこんなのが可愛く見えたのか。他にたくさん女の子はいたはずだったと、馬鹿馬鹿しくなり。少年時代の取り返しのつかない錯覚？　に困惑し。何でこの女と共に暮らさなければならなくなったのかと非常な疑問で悩むに違いないと私は思う。

比叡の山での生涯がやはり間違いなかったと「反省？」するに違いない。

たった独りきりの男の「孤独」という価値観は愛すべき人生空間だったと、男と女が生きるという非常に『煩わしい生活』をやってみて初めて気付くと思うので。

でも、まあいいか。『恋愛』とは都合よく出来ていて人間の頭脳は「その程度」の勝手な？思い込みという「簡単さ・単純さ」で仕組まれているに違いないと諦めればいいのかと思っている。

ただひとつ圭介さんは我が子には最高の父親になるに違いないと確信はしている。

そして圭介は私の足を労るが、今のまゝでいゝと思っている。治療はいゝ。そのまゝ生きて私は女の人生を輝かせたい。圭介の傍なら成せると思う。圭介が輝かせてくれると信じている。

中井川圭介は限りなく優しく心温かい男性だった。
私を癒し救ってくれた。思いは込み上げる。
私。麻衣は心から尊敬し心から愛している。
この思いは生涯変わらない。

比叡山延暦寺には圭介の足跡は残ると思う。
私の夢物語には残された。

今日も延暦寺は静かな深い山の中
朝晩読経が流れ……修行者が精進し
観光客が数多く訪れているのを。
シアトルから……私は想像を巡らす。

茜いろの空のかなたに

2011年11月25日　初版第1刷発行

著　者　根本 節子
発行者　韮澤 潤一郎
発行所　株式会社 たま出版
〒160-0004 東京都新宿区四谷4－28－20
☎ 03-5369-3051（代表）
FAX 03-5369-3052
http://tamabook.com
振替　00130-5-94804
組　版　一企画
印刷所　株式会社エーヴィスシステムズ

ISBN978-4-8127-0332-8　C0093